大众阅读系列

插图本

诗经品鉴

李炳海◎编著

中国人民大学出版社

·北京·

目　录

国　风

小 雅

大 雅

周　颂

鲁　颂

商　颂

前　言

《诗经》是中国第一部诗歌总集，是反映上古社会生活的百科全书，后来又成为重要的国学经典。《诗经》还是中国古代最基本的教材之一，它在结集成书以后，便成为各类教育的课本，使用的时段覆盖从春秋到清代的漫长岁月。

一、《诗经》名称的由来

《诗经》在开始阶段是可以配乐演唱的歌诗，就其文字而言属于歌词。《诗经》最初称为诗，在它成为经典之后才称为诗经。

诗经最初是用于演唱的歌词，为什么称之为诗？这要从文字的构形谈起。诗，字形从言从寺。言，表示人开口说话或歌唱。寺是侍的初文，字形从寺者多有准备、等待之义。如：侍，指服侍、伺候、等待为对方服务。恃，指依赖，是由等待之义引申而来。庤，指储藏，准备。至于秦汉时期祭祀五帝的祭坛称为畤，那是因为祭坛是为神灵而设，等待神灵的到来。

诗字的构形所表达的是言出而又所等待的意思，用它来称呼最初的歌词，是因为早期的歌词大多都是有唱有和的方式。《尚书·皋陶谟》有如下记载：

> 帝庸作歌。曰："敕天之命，惟时惟几。"乃歌曰："股肱喜哉！元首起哉！百工熙哉！"皋陶拜手稽首飏言曰："念哉！率作兴事，慎乃宪，钦哉！屡省乃成，钦哉！"乃赓载歌曰："元首明哉，股肱良哉，庶事康哉！"又歌曰："元首丛脞哉，股肱惰哉，万事堕哉！"

皋陶和虞舜既相互对话，又彼此对歌，这是中国古代典籍中有关对歌的最早记录，反映的是远古时期的歌咏方式，即一方歌咏之后，对方要加以回应，采用的是对唱的方式。

《穆天子传》卷三有如下记载：

> 乙丑，天子觞西王母于瑶池之上。西王母为天子谣曰："白云在天，山陵自出。道里悠远，山川间之。将子无死，尚能复来。"天子答之曰："予归东土，和治诸夏。万民平均，吾顾见汝。比及三年，将复而野。"

西王母和周穆王也是采用对唱的方式言志抒情。西王母首倡，周穆王应和，有来有往，表达彼此间的依恋之情。这是一则历史传说，未必完全是实事，人们是按照当时歌咏的方式想象周穆王与西王母的交往，如果当时的歌咏不是采用对唱的方式进行，也不会凭空想象出周穆王与西王母一唱一和的情节。

进入春秋时期以后，这种一唱一和的歌咏方式仍然可以经常见到。《左传·隐公元年》叙述郑庄公与其母姜氏在隧道中相见，其中有如下情节：

> 公入而赋："大隧之中，其乐也融融。"姜出而赋："大隧之外，其乐也泄泄！"遂为母子如初。

郑庄公母子通过一轮对唱，化解了先前的积怨。他们都是即兴演唱，歌词是各自所创，郑庄公倡于前，姜氏回应于后。

《左传》所记载的即兴对唱还见于宣公二年，宋国筑城人员先是以歌谣嘲讽战败逃回来的华元，华元令其随员以歌谣反击，最后筑城人员再次以歌谣相讥，华元不得不离开筑城工地。

相互对唱是中国早期最基本的歌咏方式，《诗经》有的作品就保留了这方面的痕迹。《郑风·萚兮》全诗如下：

> 萚兮萚兮，风其吹女。叔兮伯兮，倡予和女。
> 萚兮萚兮，风其漂女。叔兮伯兮，倡予要女。

这首诗出自女子之手口，她在歌咏时请对方首倡，自己进行应和。由此不难想象，在正常情况下，这首诗唱完之后对方会开始歌咏，然后女子再继续进行应和。

《大雅·卷阿》首章称："岂弟君子，来游来歌。"这首诗作于周成王在岐山大会诸侯之际，其中的君子指来朝的诸侯，他们以歌咏的方式表达聚会的欢乐。诗的结尾写道："矢诗不多，维以遂歌。"作者交代该诗的创作缘起，他是以诗配乐加以演唱，用以回应来朝诸侯的歌咏，是以朝廷大臣的身份与来朝诸侯对唱。

《诗经》在开始阶段都是歌词，用以演唱，当时的歌咏往往采用对唱的方式。这样一来，就使得进行歌唱的人有一种心理期待，要得到对方的回应，对方也会为回应做好准备。这样一来，用以演唱的歌词就被称为诗，表示期待、准备之义。歌词通常都很精练，有节奏和韵律，所以，歌词这种文本也被称为诗。这样，诗就变成了一种文体的名称，而它所蕴涵的准备、等待的意义，通过字形得到了保存。诗，字形从寺；寺既表义，又表音，其意义是等待、准备，这是诗字的最初内涵。

《诗经》在先秦时期通常称为诗，或称为诗三百。至于后来称为《诗经》，和它被用作教材直接相关。《国语·楚语上》记载，楚国的申叔时在谈到贵族子弟的教育时提到了多种课本，其中就包括《诗》："教之《诗》，而为之导广显德，以耀明其志。"《诗》是贵族子弟所用的课本，具体的讲授是"诵诗以辅相之"，通过咏诵作品而对贵族子弟进行熏陶，使他们健康成长。《左传》、《国语》记载大量春秋时期士大夫赋诗引诗的事象，这也有力证明，这些贵族成员受教育阶段，《诗》是他们的必修课。否则，他们不可能引诗赋诗如数家珍，对作品极其熟悉。《诗》是周代官学的重要教材，是贵族子弟受教育阶段必备的课本，从而确立了其权威地位，为它后来成为经典奠定了基础。

把《诗》称为经，首见于《庄子·天运》：

> 孔子谓老聃曰：丘治《诗》、《书》、《礼》、《乐》、《易》、《春秋》六经，自以为久矣，孰知其故矣。

这是假借孔子之口，把《诗》和其他五部书统称为六经。这里透露的信息表明，《诗》被称为经，和孔子所创立的儒家直接相关。孔子所开设的私学，把《诗》作为基本课程。孔子特别重视弟子对《诗》的学习，反复强调其重要性，具体论述见于《论语》的《子路》、《阳货》、《泰伯》、《季氏》等篇。孔子对《诗》也很熟悉，反复加以引用和评论，具体见于《论语》的《为政》、《八佾》、《阳货》、《子罕》。另外，《左传》记载孔子引诗七处，《礼记》所载孔子引《诗》多达六十九处。至于上海博物馆藏战国楚竹书中的《孔子诗论》，则应是孔子讲《诗》的记录。孔子是儒家的创始人，在成为宗师的同时，孔子及其传人所推崇的《诗》，自然也就成了经典，尊之以经。《礼记·经解》是解经之作，其中所列的六经就包括《诗》，把它列为六教之一。《诗》而称为经，与孔子及其传人对它的弘扬、传授直接相关。

战国是百家争鸣的时代，各家都有自己的经典。《老子》是道家的经典，被称为《道德经》。《墨子》是墨家的经典，既有《经上》、《经下》，又有《经说上》、《经说下》。《诗》被尊为经，《老子》、《墨子》也被称为经。在这个历史阶段，《诗》的地位与其他学派的经典共存并立，还没有显得特别突出。进入汉代以后，传经《诗》者分为齐、鲁、韩、毛四家，这些传《诗》的经师陆续进入朝廷任职，事见《汉书·儒林传》。鲁人申公在武帝朝任太中大夫；齐人辕固生景帝时为博士；燕人韩婴文帝时为博士，景帝时任常山太傅，武帝时曾与董仲舒辩论于朝，赵人毛苌为河间献王傅。这些经师原本在民间讲授《诗经》，属于私学，他们进入朝廷，特别是担任博士之后，使得《诗经》在朝廷传授成为专门的学问和职位。至汉武帝“罢黜百家，独尊儒术”，设五经博士，《诗》遂由儒家一门之经跃为王朝之经，天下之经。

《诗》被尊为经，极大地提高了它的地位，使得它在更大范围得到普及，无论官学还是私学，都把《诗》作为基本的教材。同时，对《诗经》的注释、解读也成为一门显学，并走上经学化的道路。

二、《诗经》的作者、采录和编辑

《诗经》内容丰富，覆盖广阔的地域，它的作者也来自各个阶层。其中有周天子、周王朝诸侯、大夫、士人，还有农民、船夫、猎手等普通百姓，还有许多女性。《诗经》绝大多数篇目都没有留下作者的姓名，只有少数几篇在作品或其他典籍中做了标示。作品本身做了标示的篇目是：《小雅·节南山》是家父所作，《小雅·巷伯》是寺人孟子所作，《大雅》中的《崧高》和《烝民》是尹吉甫所作。其他先秦典籍标示作者姓名的，如：《尚书·金縢》称《豳风·鸱鸮》是周公所作，《左传·闵公二年》称《鄘风·载驰》是许穆夫人所作，《国语·楚语》称《小雅·抑》是卫武公所作。除此之外，还有些见于关于《诗经》作者的记载，但是否可信，需要进一步考辨才能确定。

《诗经》作品的主要来源有三：一是周王朝及诸侯国乐官所掌握的用于各种礼仪的歌诗；二是周王朝派专人到各地采集的诗；三是朝中大臣所献的诗。

周王朝和各诸侯国都设有乐官，他们所保存和整理的歌诗，有的后来就编入了《诗经》。《国语·鲁语下》记载："昔正考父校商之名《颂》十二篇于周太师，以《那》为首。"正考父是宋国的乐官，他到周王朝太师那里去校对《商颂》十二首，其中五首流传至今，保存在《诗经》中。《诗经》有相当一部分取自乐官所掌的歌诗，这些作品往往用于各种礼仪。

中国很早就有采诗制度，对此，《左传·襄公十四年》记载，晋师旷引《夏书》有"道人以木铎徇于路"之语，指的就是采诗。《汉书·艺文志》称："故古人采诗之官，王者所观风俗，知得失，自考正也。"《汉书·食货志》亦称："孟春之月，群居者将散，行人振木铎徇于路以采诗。献之太师，比其音律，以闻于天子。"这里所说的行人，指的是天子派出的使者，负责采集各地的歌谣。除《汉书》的上述记载外，钱绎《方言笺疏》卷十三所载刘歆《与扬雄书》、《公羊传·宣公十五年》何休注，都提到古代朝廷派人采诗事宜。《诗经》所涉题材很广泛，有许多反映普通百姓生活的作品，如果没有采诗制度，它们很难进入《诗经》。

中国古代很早就有大臣对君主以诗相谏的传统，先秦文献对此记载很多。《左传·襄公四年》写道："昔周辛甲之为大史也，命百官，官箴王阙。"辛甲是商周之际的人物，弃商从周，得到周文王的信任，担当太史之职。流传至今的《虞人之箴》，据说当时就是虞人听从辛甲的指令，为讽谏君主而作。对君主以诗相谏，见于先秦典籍的还有《左传·襄公十四年》、《国语·周语上》、《国语·晋语六》等。《左传·昭公十二年》还具体叙述祭公谋父作《祈招》之诗讽谏周穆王的情况。《诗经》有相当一部分作品是大臣为讽谏君主而作，并且献给朝廷加以保存，后来就编入了《诗经》。这类作品以变雅居多，主要用于批判朝廷的时弊。

《诗经》作品来自多个渠道，它的选录、结集，是周王朝乐官完成的。成书后的《诗经》，许多地方留下了乐官采录编选的痕迹。

第一，《诗经》章句排列比较整齐，有规律可循。除《周颂》和《商颂》前三章是由单章构成外，其余作品都是由几章构成。由多章构成的篇目，大多数作品各章的句数相同，可以用同一种曲调演唱。这是因为，能够用同一曲调演唱的歌词，各段句数必须相同或大体一致，《诗经》多数作品合乎这一要求。《诗经》有些作品虽然各章句数不同，但其排列也是有章可循，并非散漫无序。一种类型是奇数章句数相同，偶数章句数也相同，二者句数不一致。《鄘风·载驰》属于这种类型，全诗共四章，第一、三章各六句，第二、四章各八句。显然，这是用两种曲调交替演唱，奇数章一种曲调，偶数章用另一种曲调。此种类型在《小雅》、《大雅》里也可以见到。另一种类型是诗的前半部分各章句数相同，后半部分各章句数也相同，前后两部分每章句数不同。《大雅·卷阿》属于这种类型。全诗十章，前六章每章五句，后四章每章六句。以此推断，《卷阿》前六章是用一种曲调演唱，后四章用另一种曲调演唱。《诗经》的章句结构适合演唱，不会给演唱造成障碍，这是乐师对章句精心编排的结果，使它们都以歌词的形态出现。

第二，《诗经》个别作品所流传的不同版本说明，乐师对这些歌诗进行了加工。《卫风·硕人》第二章描写庄姜的美貌，后半部分有如下三句："螓首蛾眉。巧笑倩兮，美目盼兮。"《论语·八佾》篇写道：

> 子夏问曰："'巧笑倩兮，美目盼兮，素以为绚兮'何谓也?"子曰："绘事后素。"

子夏所引用的诗句出自《卫风·硕人》，但今本《诗经》没有"素以为绚兮"这句。之所以出现这种情况，是乐师在编辑时删节的结果。《卫风·硕人》全诗四章，每章七句，如果把"素以为绚兮"这句加入，第二章就变成八句，在句数上与其他三章不一致，给演唱造成障碍。乐师对《硕人》一诗各章句数作了整齐划一的处理，删去了原有的"素以为绚兮"。这种整齐划一的删节造成了文学表现上的缺失，却适于演唱，各章能采用同一曲调。再如《小雅·雨无正》，全诗未出现"雨无正"之语，令人对其篇目产生了疑惑。

朱熹《诗经集传》写道：

> 元城刘氏曰："尝读《韩诗》，有《雨无极》篇……至其诗之文，则比《毛诗》篇首多'雨其无极，伤我稼穑'八字。"愚按：刘说似有理，然第一、二章本皆十句，今遽增之，则长短不齐，非诗之例。

显然，《雨无正》诗原本有开头“雨其无极，伤我稼穑”两句，乐师在编排整理时，为了使第一、二章句数一致，删去了这两句，因此，使后人对篇名的由来大惑不解。乐师是按照适于演唱的原则对各章的句数进行调整的。以上仅是可以明显见到的两个典型案例而已。

第三，《诗经》某些作品的排列顺序与先秦时期在礼仪上的演唱顺序相一致，这也可以证明《诗经》是由乐师编订的。《国语·鲁语下》和《左传·襄公四年》记载，鲁国叔孙豹出使晋国，晋国为欢迎他的到来，首先演唱了的是《文王》之三，即《大雅》中的三首诗，叔孙豹不肯答拜。对于他所作的解释，《国语·鲁语下》有如下记载：“夫歌《文王》、《大明》、《绵》，则两君相见之乐也，皆昭令德以合好也，皆非使臣之所敢闻也。”这里提到的《文王》、《大明》、《绵》，是《大雅》的前三篇，依次排列，其顺序和春秋时期的演唱顺序完全一致。晋国为叔孙豹演唱的第二组歌诗都出自《小雅》，叔孙豹听完后答拜致谢。对此，他的解释如下：“夫《鹿鸣》，君之所以嘉先君之好也，敢不拜嘉！《四牡》，君之所以章使臣之勤也，敢不拜章！《皇皇者华》，君教使臣曰：每怀靡及，诹谋度询，必咨于周，敢不拜教！”这是当时诸侯燕礼以及大夫、士乡饮酒礼所演唱的一组歌诗，具体记载见于《仪礼》。在《诗经》中，这三首诗列于《小雅》之首，并依次排列，其顺序和演唱的次第完全一致。另据《仪礼》的《燕礼》和《乡饮酒礼》的记载，在这两个礼仪中还要演唱《鱼丽》、《南有嘉鱼》、《南山有台》，这三首歌诗在《小雅》中也前后相次，排列顺序和演唱次第完全一致。

另据《仪礼》记载，诸侯燕礼，大夫、士乡饮射礼，大夫、士乡饮酒礼，在合乐阶段演唱出自《国风》的一组歌诗，它们是《周南》的《关雎》、《葛覃》、《卷耳》，《召南》的《鹊巢》、《采蘩》、《采蘋》。《周南》的上述三首歌诗排在《周南》前面，排列顺序和演唱次第完全一致。今本《诗经·召南》排在前面的四首诗依次是《鹊巢》、《采蘩》、《草虫》、《采蘋》。如果去掉《草虫》，其他三首诗的排列顺序和演唱顺序次第就完全一致了。由此推断，在早期乐师那里，《鹊巢》、《采蘩》和《采蘋》前后相次。最后编订成书，把《草虫》排在《采蘩》之后，与《仪礼》的记载出现抵牾，但这仍然可以证明《国风》是由乐师编订的。

那么，是否还存在相反的可能，即先有乐师以外的人员编订的《诗经》，然后乐师从中选出一些歌诗用于演唱？从实际情况考察，这种可能性不存在。《大雅》开头三篇都是颂扬祖先功德的作品，《文王》的赞美对象是周文王，《大明》的赞美对象主要是王季和文王，《绵》则主要叙述古公亶父迁于岐地的业绩。按照常理行事，追溯祖先功德一般应是由远到近，从始祖开始。《国语·周语》所记载的周人述祖言论，遵循的的确是这个原则。《周语上》首篇是祭公劝谏周穆王，对于先公先王，从后稷开始追溯。《周语下》所记载王子晋批评周景王，追溯祖先功德也是从后稷开始。《诗经·大雅》的编排次第则不同，开头三篇歌颂的是文王祖孙三代，第十一篇作品才是歌颂后稷的《生民》。之所以出现这种情况，和祭祀所用的歌诗密切相关。天子大祭祀所唱的歌诗是《清庙》，其中有"秉文之德"的诗句，把文王提到特殊地位。祭祀所用歌诗由乐官掌管，《清庙》用于最隆重的祭祀及其典礼，它在《周颂》中也排在首位。

与此相应，古公亶父、王季和文王的血缘关系最近，因此，歌颂文王及其祖父、父亲的歌诗，用于最高级别的两君相见之礼。由于这三首诗在礼仪中的特殊地位，也就显赫地编排在《大雅》的最前面，这显然是乐师进行处理的结果。他们是根据在仪礼中演唱情况进行编排的。

《诗经》的采录和编辑不是一次完成的，而是经历漫长的时段，反复进行了多次，这从引诗、赋诗的发展轨迹可以得到印证。春秋之前引诗的记载见于《国语·周语上》祭公谋父引《周颂·时迈》是在周穆王时期，芮良夫引《大雅·文王》、《周颂·思文》是在厉王时期。春秋之前赋诗的记载唯见于《穆天子传》卷五：

> 庚寅，天子西游，乃宿于祭。壬辰，祭公饮天子酒，乃歌《昊天》之诗，天子命歌《南山有台》，乃绍宴饮。

祭公为穆王演唱《周颂·昊天有成命》，穆王又令他演唱《小雅·南山有台》，祭公对于《诗经》很熟悉，否则不可能连续演唱两首。

从上述记载推断，至迟在西周穆王时期，《诗经》已经有早期的传本，祭公、芮良夫这类高官贵族都有机会阅读和歌咏。

进入春秋之后，前期只有少数几次记载引用《诗经》的句子，未有赋诗。进入中期，即僖、文、宣、成四君时期，引诗次数大增，并且开始赋诗，但次数有限。春秋后期，即襄、昭、定、哀期间，引诗赋诗均达到高潮，并且赋诗者和听诗者以及赋诗双方能够达成默契。这说明，当时已经出现流传较广的《诗经》版本，贵族成员对它有广泛的接触。

《左传·襄公二十九年》记载，吴公子季札在鲁国观乐，乐工所演奏的《国风》，从《周南》到《齐风》，其排列顺序与今本《诗经》相同。在此之后，是按照豳、秦、魏、唐、陈、桧、曹的顺序演奏，而不是今本《诗经》的魏、唐、秦、陈、桧、曹、豳的次第，《豳风》、《秦风》置于《齐风》之后，位次靠前。这表明，季札所观周乐，《诗经》已经基本编排完毕，后来所作的调整只是局部的。《诗经》的最终编定，是在季札观乐之后，应在春秋晚期。

《史记·孔子世家》有孔子删《诗》的记载，把三千余篇删成三百零五篇。这种说法找不到其他证据，是一种误传。先秦文献引《诗》绝大多数都见于今本《诗经》，逸诗所占比重极低。当时人们所传习的，大致限于今本《诗经》之内，这足以否定孔子删《诗》的说法。《论语·泰伯》："子曰：'吾自卫返鲁，然后乐正，《雅》、《颂》各得其所。'"孔子对于《雅》、《颂》的乐章进行过整理，那就是调整篇章的次序，而不是删《诗》。

三、《诗经》的分类

《诗经》按照风、雅、颂的分类进行编排。

风，指国风，包括《周南》、《召南》、《邶风》、《鄘风》、《卫风》、《王风》、《郑风》、《齐风》、《魏风》、《唐风》、《秦风》、《陈风》、《桧风》、《曹风》、《豳风》，由十五部分组成，共计一百六十篇。十五国风，是十五个地区歌诗的汇集。

歌诗而称为风，是由它的音乐属性而得名，风指的是曲调。《大雅·崧高》末章写道："吉甫作诵，其诗孔硕。其风肆好，以赠申伯。"这里的诵，指的是歌诗，包括歌和诗两部分，其中的歌指曲调，称之为风。把乐曲称为风，这在《山海经》中也可以见到。《大荒西经》："祝融生太子长琴，是处榣山，始作乐风。"这里所说的乐风，指的是乐曲，风指曲调。《海内经》："鼓，延是始为钟，为乐风。"这里的乐风，还是指乐曲。《左传》也有把乐曲称为风的记载。成公九年的"乐操土风"，指用本地的曲调演奏，土风，谓本土曲调。襄公十八年记载晋国师旷之言："吾骤歌北风，又歌南风，南风不竞，多死声。"南风、北风，分别指南方曲调和北方曲调。

乐曲而称为风，这是因为它们诉诸人的听觉来把握。风起有声，乐曲也是以声音为媒介。风的声音有高低、清浊、曲直等各种样态，曲调也同样如此。古人凭着朴素的直观感觉到风与曲调的某些相通之处，于是称曲调为风。

先秦时期称音乐曲调为风，同时又把乐曲的功能和风联系起来。《国语·晋语八》写道："夫乐以开山川之风，以耀德于广远也。"这是说乐曲能使山川之风流动通畅，不会遇到障碍。先民还把乐师赋予省风的职能，《国语·周语上》记载，春耕正式开始前五天，"瞽告有协风至"，举行开耕典礼的当天，"瞽师音官以省风土"。瞽师，指乐师。乐师音官负责省风，即检测风的温度和湿度，还是把风和音乐相沟通。

雅分《小雅》、《大雅》，《小雅》七十四篇，《大雅》三十一篇，总计一百零五篇。《小雅》、《大雅》都是周王朝首都所在地的歌诗，多为朝廷的公卿大夫所作，相当一部分是宫廷诗。这类诗之所以称为雅，主要着眼于它出自宫廷所在地。雅，字形从牙，从隹。从牙，取其音；从隹，取其义。隹指鸟，在空中飞翔，栖于高处，因此，雅指的是高。王朝首都所在地的歌诗称为雅，是从政治角度所作的命名，那里是政治等级最高层所在之处，故称为雅。《毛诗序》称："雅者，正也，言王政之所由废兴也。"训雅为正，用的是它的引申义。雅，本指高，即政治等级的高层，是发号施令的权力中心，故又引申为正。

雅和夏在先秦时期往往通用，因此，有的学者也就以夏释雅，认为《小雅》、《大雅》就是小夏、大夏。雅和夏相通，这在《荀子》中可以见到。《荣辱》篇写道："越人安越，楚人安楚，君子安雅。"《儒效》篇又写道："居楚而楚，居越而越，居夏而夏。"这两段文字相比照，确实是雅与夏相通，用以表示政治中心所在地的地域。但是，雅和夏有时又不能互训。如《左传·襄公二十九年》所载，季札称秦声为夏声，后面又提到《小雅》、《大雅》。在这种语境中，显然不能称秦声为雅声。称秦声为夏声，因为秦国所居地域偏西，西方为夏。季札评论《小雅》提到的是"周德之衰"，"先王之遗民"，评论《大雅》着眼于"文王之德"。季札评论《小雅》、《大雅》，聚焦于王政兴衰，文王之德，是对政治高层的关照，这也可以看出季札对雅的理解。

关于《小雅》、《大雅》的划分，《毛诗序》写道："政有小大，故有《小雅》焉，有《大雅》焉。"这是认为《小雅》、《大雅》的划分源于作品题材的性质，《大雅》所选取的是重大题材，《小雅》选取的则是普通题材。按照作品题材的性质来区分《小雅》、《大雅》，这个基本思路是可取的，但也要进一步进行细致对照。《大雅》所选取的基本都是重大题材，有的追述祖先功德，周族的兴衰，还有的是叙述军国大事，以及周王的行迹。《小雅》既有重大题材，也有普通题材，二者相错杂。需要加以辨析的是重大题材作品的归属，为什么有的编入《小雅》，有的编入《大雅》。如果对同类重大题材的作品加以对比，会找出问题的答案。《六月》、《采芑》、《江汉》、《常武》，四首诗都作于宣王时期，都是叙述周王朝军队的远征，同属于重大题材。可是，前两首诗收入《小雅》，后两首诗编入《大雅》。《六月》一诗的主角是尹吉甫，由他率兵出征。《采芑》一诗的主角是方叔，由他领兵征伐楚国。《江汉》一诗的主角是周宣王，叙述他命令召虎率兵出征，战争胜利后又对他加以赏赐。《常武》一诗的主角也是周宣王，他率兵亲征，平定徐方。《六月》、《采芑》的主角是周王朝的大臣，天子没有直接出现，因此编入《小雅》。《常武》、《六月》的主角是周宣王，他直接出现在诗中，因此，这两首诗编入《大雅》。通过以上对比可以看出，同是重大题材的作品，编入《小雅》还是收入《大雅》，很重要的标准就是看它是否与天子有关，是否以天子为主角。与天子直接相关，以天子为主角者，收入《大雅》，与天子不直接相关，不以天子为主角者，收入《小雅》。战争诗是这样，其他如朝会诗、政治批判诗等大致如此。

《诗经》有《风》、《雅》之分，《风》、《雅》又有正与变之别，即所谓的正风、正雅和变风、变雅。郑玄《诗谱序》有如下一段：

> 文武之德，光熙前绪以集大命于厥身，遂为天下父母，使民有政有居。其时《诗》，《风》有《周南》、《召南》，《雅》有《鹿鸣》、《文王》之属。及成王、周公致太平，制礼作乐，而有《颂》声兴焉，盛之至也。本之由此《风》、《雅》而来，故皆录之，谓之《诗》之正经。
>
> 后王稍陵迟。懿王始受谮，烹齐哀公。夷身失礼之后，邶不尊贤。自是而下，厉也，幽也，政教尤衰，周室大坏。《十月之交》、《民劳》、《板》、《荡》，勃尔俱作，众国纷然刺怨。五霸之末，上无天子，下无方伯。善者谁赏？恶者谁罚？纪纲绝矣。故孔子录懿王，夷王时讫于陈灵公淫乱之事，谓之变风、变雅。

郑玄划分正变，所持的标准有两个，一是按时代进行划分，二是按照作品内容加以区别。治世盛世之作为正，衰世乱世之作为变。歌功颂德之作为正，批判怨刺之作为变。这两个标准是相互统一的，正如《毛诗序》所言："治世之音安以乐，其政和。乱世之音怨以怒，其政乖。亡国之音哀以思，其民困。"所说的治世，指的是历史上升期，这个时段产生的作品以欢乐为基调，属于正风、正雅。所谓的乱世指的是历史下降期，这个时段产生的作品以怨、怒、哀惧为基调，属于变风，变雅。《毛诗序》也提到变风、变雅："至于王道衰，礼义废，政教失，国异政，家异俗，而变风、变雅作矣。"这段话是郑玄《诗谱序》之所本，郑玄又进一步加以发挥，明确指出正、变之别。

《周颂》、《鲁颂》、《商颂》合称三颂，共四十篇。其中《周颂》三十一篇，《鲁颂》四篇，《商颂》五篇。三颂是用于祭祀的歌诗，在祭祀的礼仪中演唱。《毛诗序》写道："颂者，美盛德之形容，以其成功告于神明者也。"这是从功用上给颂定义，基本合乎当时的实际。为什么祭祀神灵的歌诗称为颂？通常都以颂扬、赞美的角度加以解释。《周礼·春官·大师》提到六诗时有颂，郑玄注："颂之言诵也，容也，诵今之德，广以美之。"郑玄继承《毛诗序》的说法，从颂扬美德方面去理解颂。可是，综观三颂，并不全是颂美之词，《周颂》中的《闵予小子》、《访落》、《敬之》、《小毖》是周成王的悔过诗，这几首诗检讨过失，自我警戒，有的语言沉痛，忧郁叹息。显然，从赞美称扬方面给颂诗下定义是不确切的，无法涵盖三颂所有诗篇。祭祀用诗而成为颂，着眼于人神交往和沟通。《周礼·春官·大卜》："大卜掌三兆之法，一曰玉兆，二曰瓦兆，三曰原兆。其经兆之体皆百有二十，其颂皆千有二百。"郑玄注："颂谓繇也。"贾公彦疏："颂谓繇者，繇之谓兆，若易之说卦，故名占兆之书曰繇。"颂，又称为繇，指的是占卦的占辞，相当于后世方术的签诗之类。《周礼·春官·占人》写道："占人掌占龟，以八筮占八颂，以八卦占筮之八故，以视吉凶。"贾公彦疏："凡筮之卦，自用易之爻占之。龟之兆，用颂辞占之。"这样看来，占龟所用的颂，相当于《周易》的爻辞。卜卦是一种巫术，所用的繇辞称为颂，用于沟通人神。《诗经》用于祭祀的歌诗称为颂，其原因也在于它的功能是沟通人神，和卜卦的占辞同名。

《诗经》与《风》、《雅》、《颂》并提的还有赋、比、兴，统称为六艺。《周礼·春官·大师》写道：

教六诗，曰风、曰赋、曰比、曰兴、曰雅、曰颂。

对于赋、比、兴的含义，郑玄作了如下解释：

赋之言铺，直铺陈今之政教善恶。比，见今之失，不敢斥言，取比类以言之。兴，见今之美，嫌于媚谀，取善事以喻劝之。

郑玄主要从社会功用方面解释赋、比、兴的含义，同时也触及赋和比在表现手法上的特点，赋是直接铺陈，比是比类以言之。

郑玄注还引述了郑众的如下解释：

比者，比方于物也。兴者，托事于物。

郑众基本是从表现方式上解说比和兴，把它们看作两种艺术手法。

《毛诗序》写道：

故诗有六义焉：一曰风，二曰赋，三曰比，四曰兴，五曰雅，六曰颂。

《毛诗序》提到诗的六义，就是《周礼·春官·大师》所说的六诗，它们对六者的排列顺序完全相同。《毛诗序》只是对风、雅、颂做了解说，而对赋、比、兴则没有任何阐释。

《诗经》毛传在对作品进行解说时，只标示出兴体，而对赋和比没有涉及。其中标兴体的《国风》七十一篇，《小雅》三十三篇，《大雅》四篇，《周颂》、《鲁颂》各一篇，总计一百一十篇。毛传为什么独标兴体而不提赋和比？对此，刘勰《文心雕龙·比兴》作了如下解释：

诗文弘大奥，包韫六义，毛公述传，独标兴体。岂不以风通而赋同，比显而兴隐哉！

毛传独标兴体，表明对这种艺术手法的重视。《毛诗序》虽然提到赋、比、兴，但未加以任何解说。由此也可以证明，毛传和《毛诗序》不是出自同一个人。

朱熹《诗经集传》对前代说法斟酌取舍，分别对赋、比、兴作了界定："赋者，敷陈其事而直言之也。""比者，以彼物比此物也。""兴者，先言他物以引起所咏之词也。"上述界定分别见于他对《周南》的《葛覃》、《螽斯》、《关雎》所作的解说。朱熹把赋、比、兴说成是三种表现手法，这种解释得到广泛的认可，成为经典性的定义。

四、《诗经》产生的地域和时代

《诗经》是按地域进行编排，所涉及的空间也非常广阔，覆盖了周王朝的大部分版图。《诗经》既有周王朝建立之前的作品，又有殷商王朝的遗篇，其中大部分作品产生在西周至春秋中期，下限是鲁宣公十年（前 599），即《陈风·株林》的创作。

（一）《国风》

《周南》十一篇、《召南》十四篇，都是黄河以南的作品。西周初期，以陕（今河南陕县）为界，周公姬旦统辖东方诸侯，召公姬奭统辖西方诸侯。《周南》是周公统辖的南方区域，《汉广》提到长江、汉水，《汝坟》提到汝水，其中涉及的地域北至汝水，南到江汉合流的今湖北武汉一带。《召南》有《江有汜》其地域也南到长江。《周南》、《召南》有东周的作品，如《甘棠》、《何彼秾矣》，也可能有西周的作品。

《邶风》、《鄘风》、《卫风》共三十九篇，都是出自卫国的作品。西周初年，成王的叔父姬封是卫国首封之君，都朝歌（今河南淇水县东北），春秋时卫文公迁都于楚丘（今河南滑县东），卫成公又迁于帝丘（今河南濮阳西南）。《邶风》、《鄘风》、《卫风》多数是春秋时期的作品。其中卫懿公被杀和卫宣公淫乱两大历史事件，分别产生出一系列相关作品，如《载驰》、《泉水》、《定之方中》、《新台》、《墙有茨》等。

《王风》十篇，是东周首都洛阳（今河南洛阳）地区的作品，都作于春秋时期。

《郑风》二十一篇。周宣王封其弟姬友于郑（今陕西华县西北），是为郑桓公。其子郑武公迁都于今河南新郑，其领地在今河南中部。《郑风》全都作于春秋时期，产生于郑武公迁都之后。其中的《叔于田》、《大叔于田》以郑庄公之弟公叔段为描写对象，作于春秋早期。

《齐风》十一篇。周武王封大臣吕望于齐，都营丘（今山东临淄），其疆域在今山东中部和北部。《齐风》中的《南山》、《敝笱》、《载驱》、《猗嗟》都是产生于春秋阶段的齐襄公时期，其余作品年代不详。

《魏风》七篇。其始封之君为姬姓，都城在今山西芮城西北，领地在今山西西南部。东周惠王十六年（前 661），晋国灭魏，《魏风》是在此前的作品。

《唐风》十二篇。周成王封其弟姬叔虞于唐（今山西翼城南），境内有晋水，后改称晋，领地在今山西中部。《唐风》具体写作年代难以确定。

《秦风》十篇。西周孝王封其臣非子于秦（今甘肃天水）。周平王东迁，西周王畿及豳地相继归秦。《秦风》多数是春秋时期作品，其中的《黄鸟》作于秦穆公逝世之际。

《陈风》十篇。始封之君妫姓，是虞舜的后裔，邻地在河南淮阳。其作品年代可考者，只有《株林》，作于春秋时期。

《桧风》四篇。桧（也作郐），国君妘姓，颛顼氏后裔，与楚同祖。都城在今河南密县东北，领地在今河南中部。春秋初年被郑武公所灭，《桧风》应是西周时期的作品。

《曹风》四篇。周武王封其弟姬振铎于曹（今山东定陶），领地在今山东西南部。春秋时期周敬王三十一年（前489），宋国灭曹。其中的《下泉》作于周景王逝世之后，是春秋时期的作品，其余篇目年代不详。

《豳风》七篇。周族先祖公刘迁于豳（今陕西邠县北），其疆域在今陕西栒邑、邠县一带。西周灭亡，豳地归秦国所有。《豳风》的《七月》、《鸱鸮》、《破斧》都作于西周初期。

（二）《小雅》、《大雅》

《小雅》七十四篇。其中的《正月》提到西周的灭亡，当是作于春秋初年，其余作品大多数作于西周。产生于西周中心地区的篇目较多，也有作于其他地域的篇目。《大东》出自东部地区，《四月》作于江汉流域，《鼓钟》作于淮水之滨，《都人士》作于镐京以外地区，《渐渐之石》、《何草不黄》是征夫在服役期间所作。

《大雅》三十一篇。其中的《生民》、《公刘》、《绵》、《皇矣》、《大明》，是周族的史诗，叙述英雄祖先业绩，产生的年代较早，有的是长期在口头流传，初创于先周时期，最后在西周初年写定。《大雅》基本都是西周时期的作品，产生的地域以西周镐京为主。

（三）《周颂》、《鲁颂》、《商颂》

《周颂》三十一篇，都是西周时期的作品，作于镐京。《周颂》提到的先王有太王、文王、武王、成王、康王，而昭王以后的天子没有提及，多数是昭王、穆王以前的作品。

《鲁颂》四篇。周成王封周公之子姬伯禽于鲁（今山东曲阜），其领地在今山东的东南部。《鲁颂》中的《泮水》、《閟宫》作于春秋时期鲁僖公在位期间。其余两篇《駉》、《有駜》，旧说也作于鲁僖公时期。

《商颂》五篇。周成王封殷纣王之兄微子启于宋（今河南商丘），宋国君主是殷商的后裔。一种说法，认为《商颂》五篇是宋国祭祀宗庙的歌诗，是宋国所作，产生于春秋之前。另一种说法，认为《商颂》是殷商时期所作，后为宋国所保存。第三种说法，认为《那》、《烈祖》、《玄鸟》作于殷商时期，其余两篇《长发》、《殷武》是宋国建立后所作。

五、《诗经》的早期传播

《诗经》的早期传播，主要有以下四条途径。

一是配乐演唱。《诗经》是歌诗，可以配乐演唱。《诗经》的配乐演唱方式主要用于各种礼仪。《周颂》、《鲁颂》、《商颂》是用于祭祀的歌诗，它们在各种祭祀场合被反复演唱。《左传·襄公二十九年》记载，吴公子季札在鲁国观乐，演唱的作品覆盖今本《诗经》的《风》、《雅》、《颂》各个组成部分，当然演奏的都是具有代表性的作品。由于礼仪的不同，所演唱的歌诗也不完全一致。天子大祭祀、视学养老、两君相见，演唱《周颂·清庙》。两君相见还演唱《大雅》的《文王》、《大明》、《绵》。诸侯燕礼，大夫、士乡饮酒礼，演唱《小雅》中的《鹿鸣》、《四牡》、《皇皇者华》、《鱼丽》、《南有嘉鱼》、《南山有台》，以及《国风》的《关雎》、《葛覃》、《卷耳》、《鹊巢》、《采蘩》、《采蘋》。这些歌诗在进行演唱时，每三首为一组，只有《清庙》是单独演唱。礼仪场合演唱的《诗经》作品，盛行于西周和春秋时期，进入战国时期逐渐消歇。从演唱比例上看，三《颂》最高，其次是《小雅》和《大雅》，最后是《国风》。通过演唱方式传播诗经，主要是在各种礼仪场合，参加成员以贵族为主，因此《颂》和《雅》被演唱的机会较多。

《诗经》传播的第二条途径是赋诗。这种风气盛行于春秋中后期。《左传》有关赋诗的记载有六十八则，《国语》六则，总共七十四则。赋诗的场合有的是行人出使，有的是诸侯盟会，通过赋诗委婉地表达意愿，赋诗经常是断章取义。所赋的诗以《雅》居多，《国风》次之，《颂》最少。进入战国之后，赋诗之风也随之消歇。

《诗经》传播的第三条途径是引诗。引诗之风在西周中后期已见端倪。《国语·周语上》记载，祭公谋父谏周穆王，引《周颂·时迈》；芮良夫谏周厉王，引《大雅·文王》、《周颂·思文》。进入春秋时期，引诗风气日益兴盛。《左传》、《国语》所载引诗二百零七则，其中绝大部分是在中、后期，后期尤盛。进入战国之后，引诗风气不但没有衰歇，反而更加兴盛。诸子引诗，从春秋时期的孔子就已经开始，《论语》多有记载。孟子作为儒家的亚圣，引诗更为频繁，《孟子》一书共引诗三十五次。《荀子》一书也反复引诗，总共多达九十六次，居先秦诸子著作之最。儒家以外的诸子著作，如《墨子》、《管子》、《晏子春秋》、《吕氏春秋》，也都多次引诗。

《诗经》传播的第四条途径是学校教育。西周至春秋中期是学在官府，官学教育为主。当时的官学把《诗经》作为重要的教材。《周礼·春官·大师》载："教六诗：曰风、曰赋、曰比、曰兴、曰雅、曰颂。"这是把《诗经》列为贵族学校的教材。《礼记·学记》称："不学博依，不能安诗。"博依，指广为譬喻，把它作为教诗和学诗的主要方法。《礼记·经解》称："温柔敦厚，《诗》教也。""温柔敦厚而不愚，则深于《诗》者也。"从西周开始的《诗经》教育，已经具有完整的体系，培养出大批熟悉《诗经》的贵族成员。《国语·楚语上》记载，申叔时论教育太子的方法："教之《诗》，为之导广显德，以耀明其志。"春秋时期的楚国，也把《诗经》列为贵族子弟入学的重要教材。

孔子是古代私学的开创者，《论语》所载的几则论《诗》的材料，有的就是孔子传授《诗》时所言，有的是和弟子进行讨论。至于上海博物馆藏战国楚竹书中的《孔子诗论》，则是以孔子传授《诗经》为背景，是儒家的传《经》之作。《孟子》所载的说《诗》文字，有的明显标示是孟子和弟子在讨论《诗》的含义，涉及了《邶风·凯风》、《小雅·小弁》、《小雅·北山》。

先秦儒家私学继承周代官学传统，把《诗》作为重要教材。因此，汉初三家诗的鲁诗，就把传承谱系一直上溯到孔子：孔子传子夏，子夏传曾申，曾申传李克，李克传孟仲子，孟仲子传根牟子，根牟子传孙卿，孙卿传浮丘伯，浮丘伯传申培。从孔子到申培，经历了九代。

《左传》、《国语》所载春秋时期的引诗、赋诗、歌诗，各诸侯国见于记载的数量依次为晋、鲁、郑、楚、卫、齐、秦。这说明当时《诗经》的传播范围很广，即使是处于边远的秦、楚两国，也有引诗、赋诗的风气。那个时期的《诗经》传播，是以晋和鲁为中心。到了汉初出现的三家诗，鲁诗传人申培是鲁人；齐诗传人辕固生是齐人；韩诗传人韩婴是燕人，传诗于燕赵之间。三家诗在西汉成为官学。毛诗后出，大毛公亨为鲁人，小毛公苌为赵人。汉代四家诗的经师除齐诗辕固生，其余都与鲁文化和三晋文化有很深的渊源，带有鲜明的地域特征，与春秋时期《诗经》传播的地理格局基本一致。

汉代四家诗、齐、鲁、韩为今文经，所传《诗经》用当时通行的隶书写成。毛诗传本用先秦古文写成，称为古文经。陈奂《诗毛氏传疏叙》写道："两汉信鲁而齐亡。"也有的学者认为齐诗亡于曹魏，鲁诗亡于晋朝的东渡，韩诗亡于宋朝的南渡。其中韩诗今存《韩诗外传》。毛诗至东汉末年郑玄在毛传基础上为之作笺，成为流行的传本。从南宋王应麟的《诗考》，到晚清王先谦的《诗三家义集疏》，对于三家诗遗说的辑佚整理基本完成。

参考书目：

孔颖达. 毛诗正义. 北京：中华书局，1962
朱熹. 诗经集传. 北京：中华书局，1962
王先谦. 诗三家义集疏. 北京：中华书局，1987
马瑞辰. 毛诗传笺通释. 北京：中华书局，1989
姚际恒. 诗经通论. 北京：中华书局，1958
方玉润. 诗经原始. 北京：中华书局，1989
陈子展. 诗经直解. 上海：复旦大学出版社，1983
余冠英. 诗经选. 北京：人民文学出版社，1956
高亨. 诗经今注. 上海：上海古籍出版社，1980
于省吾. 泽螺居诗经新证. 北京：中华书局，2003
孙作云. 诗经与周代社会研究. 北京：中华书局，1966
向熹. 诗经语言研究. 成都：四川人民出版社，1987
洪湛侯. 诗经学史. 北京：中华书局，2002
夏传才. 诗经研究史概论. 郑州：中州书画社，1982

国风

关　雎

关关雎鸠[1]，在河之洲。窈窕淑女[2]，君子好逑[3]。
参差荇菜[4]，左右流之[5]。窈窕淑女，寤寐求之[6]。
求之不得，寤寐思服[7]。悠哉悠哉[8]，辗转反侧[9]。
参差荇菜，左右采之[10]。窈窕淑女，琴瑟友之。
参差荇菜，左右芼之[11]。窈窕淑女，钟鼓乐之[12]。

【注释】

[1] 关关：象声词，鸟的鸣叫声，连续不断之象。雎鸠（jū jiū）：即王雎，俗名鱼鹰，善捕鱼。

[2] 窈窕（yǎo tiǎo）：幽静大方的样子。淑：美好。

[3] 好逑（hǎo qiú）：好的配偶。

[4] 参差：长短不齐。荇（xìng）：多年生草本植物，叶浮于水面，嫩茎可食。

[5] 流之：放之。《尚书·尧典》："流共公于幽州，放驩兜于崇山。"流、放二字的意义相同。

[6] 寤（wù）：醒来。寐：入睡。

[7] 思服：思念。

[8] 悠哉：思虑深重的样子。

[9] 辗转：翻转。反：覆身而卧。侧：侧身而卧。辗转反侧：翻来覆去，无法入睡。

[10] 采：选择。《史记·秦始皇本纪》："采上古帝号曰皇帝。"

[11] 芼（mào）：错杂，重叠堆放。

［12］乐：喜爱。乐（yào）之：使之喜欢。《论语·雍也》：“子曰：‘知者乐水，仁者乐山。’”

【译文】

声声鸣叫的雎鸠，在那河中的沙洲。幽静大方的好姑娘，正是君子的好配偶。

参差不齐的荇菜，把它放在我的左右。幽静大方的好姑娘，醒来梦中把她追求。

追求她不可得，梦里醒来思念不舍。苦思啊苦思，翻转身体又俯又侧。

参差不齐的荇菜，左边右边挑选它。幽静大方的好姑娘，弹琴鼓瑟亲近她。

参差不齐的荇菜，左边右边堆置它。幽静大方的好姑娘，敲钟击鼓取悦她。

【品鉴】

该篇选自《国风·周南》，是国风的首篇。《关雎》与《葛覃》、《卷耳》、《鹊巢》、《采蘩》、《采蘋》诸首歌诗，一道用于大夫和士的饮酒礼，诸侯燕礼的合乐演奏。毛传称此诗是歌咏“后妃之德”，三家诗则说是“刺”周康王“晏起”。就这首诗歌的文本来判断，它是一首爱情诗，抒发一位男青年对其心仪女子的爱恋、思念和追求。

《关雎》作为一首情诗，以水域为依托而展开。鱼鹰在水中的小洲上鸣叫，作者采择水草，都是以水域为背景。《诗经》中的男女相会求偶往往在水边进行，《关雎》首开其端，景物的选取带有典型性。

这首诗采用“兴”的表现手法，先是以物起兴，然后又以事起兴。以物以事起兴，是以鱼鹰的鸣叫，引出作者对淑女的追求。鱼鹰捕鱼与男性求偶，作为同类事象而相继出现。用水鸟的捕鱼来暗示两性的结合。这种起兴的手法还见于《曹风·候人》：“维鹈在梁，不濡其咮。彼其之子，不遂其媾。”鹈鹕也是一种水鸟，以捕鱼为食。这里出现的鹈鹕却不肯捕鱼，也就暗示了诗中的男子不肯和女子亲近。《关雎》则是用鱼鹰的鸣叫引出男主人公的求偶。以事起兴，是用男主人公采荇菜的事象来象征他对淑女的执著追求。

《关雎》叙述了男主人公对荇菜的处理，对淑女的追求，采用了递进攀升的笔法。男主人公采荇菜的动作依次是流之、采之、芼之。流之，即是放之，就是把采来的荇菜堆放在左右；采之，即挑选，对堆放的荇菜进行整理；芼之，则是把经过选择的荇菜重叠堆放在左右。主人公对荇菜的处理，从无序到有序，一步比一步精细。再看男主人公对淑女的追求历程。先是把她锁定为自己最合适的配偶，然后是"寤寐求之"，因求之不得而"寤寐思服"，以至于达到"辗转反侧"的程度。彻夜的冥思苦想之后，这位男子终于找到了接近淑女的办法，并且最终获得了成功。"琴瑟友之"，是通过弹奏琴瑟来引起女子的注意和好感，进而得到接近的机会。"钟鼓乐之"，则是敲钟、击鼓把自己心仪的女子迎娶过来。"琴瑟友之"，是营造轻松愉快的氛围，在娱乐中拉近与对方的距离。"钟鼓乐之"，是举行隆重的婚礼，令女子无比高兴。古代举行婚礼是要有歌舞的，《小雅·车舝》作为一首迎亲诗是这样描述的："虽无德与女，式歌且舞。"诗中的新郎把歌舞看作婚礼的重要节目，用以取悦于对方。

《关雎》的男主人公称自己心仪的女子为"窈窕淑女"。对"窈窕"一词的含义，清人马瑞辰《毛诗传笺通释》卷二辨析甚详。窈，有幽深义，指幽静；窕，指娴雅，大方。"窈窕"二字，或侧重于内，或侧重于外，组成一个联绵词。

《关雎》的男主人公自称"君子"，诗当出自一位贵族青年之手，且诗风清新高雅，带有明显的周代礼乐文明的属性。

采采卷耳[1]，不盈顷筐[2]。嗟我怀人，寘彼周行[3]。

陟彼崔嵬[4]，我马虺隤[5]。我姑酌彼金罍[6]，维以不永怀[7]。

陟彼高冈，我马玄黄[8]。我姑酌彼兕觥[9]，维以不永伤。

陟彼砠矣[10]，我马瘏矣[11]，我仆痡矣[12]，云何吁矣[13]。

【注释】

[1] 采采：茂盛繁多之象。一说指采了又采。卷耳：野菜名，今名苍耳，嫩时可食。

[2] 盈：满。顷筐：浅筐，一种形似簸箕的筐，前低后高。

[3] 寘（zhì）：放下，放置。周行（háng）：大路，大道。

[4] 陟（zhì）：登。崔嵬：高峻的山。

[5] 虺隤（huī tuí）：疲惫不堪之象。

[6] 姑：姑且。酌：斟酒。金罍（léi）：一种酒器，青铜铸成，口小肚大。

[7] 维：发语词。永：长。怀：思念。

[8] 玄黄：生病的样子。

[9] 兕觥（sì gōng）：牛角杯，形如犀牛角。一说用犀牛角制成。

[10] 砠（jū）：多石的山。

[11] 瘏（tú）：病重。

[12] 痡（pú）：大病。

[13] 云：语助词。何：为什么。吁（xū）：张大口喘粗气的样子。

【译文】

卷耳菜繁多茂盛，却装不满浅筐。唉！我想起那心上人，把筐放在大路上。

登着那险峻的高山，我的马累得疲软。我姑且把金杯斟满酒，缓解那绵长的思念。

登着那高高的山冈，我的马现出病状。我姑且把牛角杯斟满酒，不让内心长久悲伤。

登着那多石的高山，我的马病重难前，我的仆人也身患大病，为何张大口吁吁气喘。

【品鉴】

这首诗选自《国风·周南》，是一首怀人诗。

诗的开头两句用彼此相悖的事象设置悬念：卷耳菜繁多茂盛，却装不满浅筐，原因何在呢？由此引出主人公对心上人的怀念。他是因为心有所思而无意采菜，所以才会出现这种情况。既然如此，他索性把筐放在路上，不再采摘卷耳。从采菜装不满浅筐到把筐放在大道上，展现的是主人公思念之情愈加不可遏制的情态。

“采采卷耳”，是用采采描绘野菜的繁多，采采的这种含义在《诗经》中反复出现。《周南·芣苢》全诗三章均以“采采芣苢”开头，采采，指繁多。《秦风·蒹葭》共三章，各章分别以“蒹葭苍苍”、“蒹葭萋萋”、“蒹葭采采”开头，苍苍，萋萋，采采，都表示繁多茂盛。《曹风·蜉蝣》称：“蜉蝣之翼，采采衣服。”蜉蝣成虫有两对翅膀。所谓的“采采衣服”，就是着眼于它的翅膀众多，采采，指的还是繁多。

《卷耳》的主人公因为怀念心上人而无心采集卷耳，把筐置于路上，开始乘车登山。诗的第二、三、四章均以登山为背景，继续抒发无法排遣的思念情怀。他所登的山依次是崔嵬、高冈、砠，分别突出它的险峻、高耸和石头之多，暗示路途的艰难。而对于驾车的马和仆夫所作的描写，则采取逐步盘升的手法，虺隤是疲软之象，玄黄则是病态。《周易·坤》上六：“龙战于野，其血玄黄。”玄黄带有恐怖色彩。《小雅·何草不黄》第一、二章分别以“何草不黄”、“何草不玄”开头，把玄黄拆解开来运用，表现的依然是凋零之象。《卷耳》主人公的马由虺隤到玄黄，是由劳累疲软到过度疲惫而生疾病的演进，是生命状态的进一步恶化，至于仆夫的“痡矣”，同样是一种病态，并且是重病，已经到气喘吁吁的程度，较之马的玄黄之象在程度上更加严重。全诗四章，前三章每句末尾都没有语气词，第四章则是每句末尾都用语气词，所抒发的情感更加强烈，已经达到高潮。

《卷耳》主人公的怀人之情是无法排遣的，乘车登山过程中斟酒自饮，那不过是以酒浇愁，并没有收到什么效果。诗中对马、仆夫所作的描写，其实是主人公内心痛苦的写照。

《卷耳》的主人公是男性还是女性，单凭采集卷耳的情节还无法判定。《诗经》中有女性采集野菜的作品，也不乏男性采集野菜的诗篇，因此，要确定作品主人公的性别，还要在其他方面寻找证据。诗的第二、三章分别出现斟酒自饮的情节，依此判断，主人公应是男性，因为《诗经》中再也找不到女性饮酒的其他证据。作品主人公有车马，有仆夫，他应该是位贵族。

桃夭

桃之夭夭[1]，灼灼其华[2]。之子于归[3]，宜其室家[4]。
桃之夭夭，有蕡其实[5]。之子于归，宜其家室。
桃之夭夭，其叶蓁蓁[6]。之子于归，宜其家人。

【注释】

[1] 夭：甲骨文作人奔跑的姿态，奔跑必屈身，故“夭”指屈曲之态。夭夭：桃树屈曲之象。

[2] 灼灼：桃花鲜红的样子。华：古“花”字。

[3] 之子：这个人，指出嫁的女子。于归：出嫁。

[4] 宜：适宜，合适。室家：男方的家。

[5] 蕡（fén）：果实丰硕的样子。实：指桃子。

[6] 蓁（zhēn）蓁：茂盛的样子。

【译文】

桃树枝条屈曲，花朵将闪烁光华。这位女子出嫁，适宜她的室家。

桃树枝条屈曲，会结出丰硕的果实。这位女子出嫁，适宜她的家室。

桃树枝条屈曲，树叶茂密光润。这位女子出嫁，适宜她的家人。

【品鉴】

这首诗选自《国风·周南》，是女子出嫁时所演唱的歌诗。

全诗三章，均以桃花起兴，依次出现的是桃花、桃实、桃叶，引出新娘的美丽和青春活力。在起兴的诗句中，所凸显的都是桃花美好的形态和旺盛的生命力。桃树枝条屈曲，展现的是充满生命张力的曲线美，散发着生命的光辉。桃的果实硕大饱满，是旺盛生命力的结晶。桃叶浓密繁茂，正处于富于生命力的青春期。作品以桃花、桃实、桃叶象征出嫁的女子，渗透的是对自然生命力和生殖力的崇拜。这是首新婚祝福诗，诗的作者相信，新娘像桃花、桃实、桃叶那样，既美丽又洋溢着青春的活力，一定会把吉祥幸福带给夫家，这个家族将人丁兴旺，子孙满堂，蒸蒸日上。

这首诗以桃花起兴，依次推断，女子出嫁应在春天，正值桃红柳绿的季节。全诗三章，按照桃花、桃实、桃叶的顺序依次起兴。桃花、桃实和桃叶同时出现，这显然是作者的联想。由桃花的开放联想到桃子的硕大无比，联想到桃树枝叶的繁茂。也就是说，《桃夭》不是纯纪实性的作品，其中还有想象的成分。至于说到“宜其家室”，推测和想象的因素就更多了。

《桃夭》是新婚祝福诗，它感情热烈，节奏明快，带有浓烈的喜庆气氛。《礼记·曾子问》写道：“嫁女之家，三夜不息烛，思相离也。娶女之家，三日不举乐，思嗣亲也。”这是把男女婚配看作幽阴之事，强调它的严肃庄重。《桃夭》反映的是另一种类型的婚俗，与《礼记·曾子问》的规定大相径庭，体现出古代婚俗的多样性。

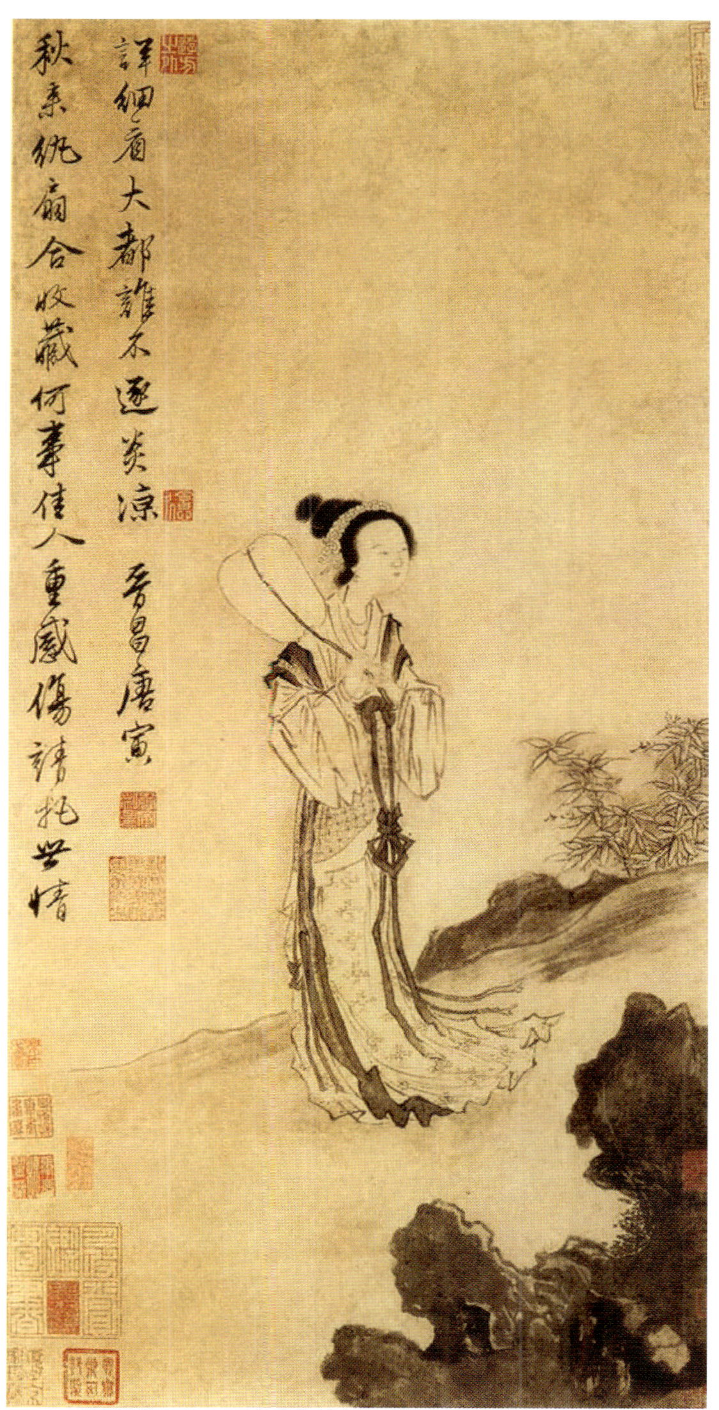

秋风纨扇图／唐寅作

关关雎鸠在河之洲
窈窕淑女君子好逑
——《关雎》

芣苢

采采芣苢[1]，薄言采之[2]。采采芣苢，薄言有之[3]。
采采芣苢，薄言掇之[4]。采采芣苢，薄言捋之[5]。
采采芣苢，薄言袺之[6]。采采芣苢，薄言襭之[7]。

【注释】

[1] 采采：繁多的样子。《诗经·秦风·蒹葭》："蒹葭采采，白露未已。"《诗经·曹风·蜉蝣》："蜉蝣之翼，采采衣服。"芣苢（fú yǐ）：车前草，又名车轮菜，可食。

[2] 薄：急急忙忙。《诗经·周南·葛覃》："薄污我私，薄浣我衣。"言：语气词。采：选择。

[3] 有：取。《诗经·大雅·卬》："人有土田，女反有之。"

[4] 掇（duō）：用手摘取。

[5] 捋（lǚ）：用手扯下。

[6] 袺（jié）：用手提起衣襟兜起来。

[7] 襭（xié）：把衣襟固定在腰上兜东西。

【译文】

多而又多的车前草，急急忙忙挑选它。多而又多的车前草，急急忙忙获取它。

多而又多的车前草，急急忙忙去摘它。多而又多的车前草，急急忙忙去捋它。

多而又多的车前草，急急忙忙提起衣襟来兜它。多而又多的车前草，急急忙忙固定衣襟储留它。

【品鉴】

这是一首劳动歌谣，是妇女们在采摘车前草时所唱。全诗三章，每章首句相同，都是描写芣苢的茂盛。其余每章三句只是进行动词的更换，变动极小，采用叠章吟唱的方式。

这首诗用白描笔法，即所谓的直赋其事，是一首纪实的诗。三章用的是六个不同的动词，表示采摘芣苢的不同动作。这些动作具有连续性，体现采摘动作的次序。"采之"，是指对众多的芣苢进行分辨，确定采摘的对象。"有之"，是确定采摘对象之后，进行求取。"掇之"，是用手摘取，动作较轻。"捋之"，是指用整个手掌把芣苢扯下来，动作较重。"袺之"，是把采摘下来的芣苢用衣襟加以承载。"襭之"，是把包有芣苢的衣襟固定在腰间。这些动作前后相承，多数动作不能前后颠倒。这些排序方式合乎劳动程序，反映的是采摘活动的实际情况。

《芣苢》一诗，富有生活气息，以一个侧面反映出采摘野菜在当时社会生活中所处的地位。参加采摘活动的妇女技术娴熟，充满对生活的热爱，是一幅农家乐的画面。

芣苢，指车前菜。毛传："芣苢，马舄；马舄，车前也，宜怀妊。"也就是说，这种野菜有益于妇女怀孕、生育。芣苢，又写作薏苡。《吴越春秋·越王无余外传》记载："鲧娶有莘氏之女，名曰女嬉。年壮未孳，嬉于砥山，得薏苡以吞之，若为人所感，因而妊孕。"相传大禹是其母吞薏苡所生，夏族姒姓，和这一传说密切相关。古代妇女采集芣苢，一方面作为食物，同时也包含植物崇拜和生殖崇拜的因素。

汉广

南有乔木[1]，不可休思[2]。汉有游女[3]，不可求思。汉之广矣，不可泳思[4]。江之永矣[5]，不可方思[6]。

翘翘错薪[7]，言刈其楚[8]。之子于归[9]，言秣其马[10]。汉之广矣，不可泳思。江之永矣，不可方思。

翘翘错薪，言刈其蒌[11]。之子于归，言秣其驹[12]。汉之广矣，不可泳思。江之永矣，不可方思。

【注释】

[1] 乔木：屈曲的树。一说指高大的树。

[2] 休：休息。思：语气词。

[3] 汉：汉水。游女：游走的女子。

[4] 泳：游泳渡水。

[5] 江：长江。永：长。

[6] 方：指木排或竹筏，此指用木排或竹筏渡水。《诗经·邶风·谷风》："就其深矣，方之舟之。就其浅矣，泳之游之。"深水用船筏子，浅水游泳渡过。

[7] 翘（qiáo）翘：高出的样子。错：杂乱。薪：指草木。

[8] 刈（yì）：割。楚：荆条。

[9] 之子：这个人，指汉水游女。于归：出嫁。

[10] 秣（mò）：喂牲口。

[11] 蒌（lóu）：一种蒌草，又名柳蒿。

[12] 驹：马六尺为驹。一说是小马。

【译文】

南边有屈曲的树，不能在那里歇休。汉水岸边有游走的姑娘，没有办法把她追求。汉水宽啊，不能游泳前去；汉水长啊，不能用筏子摆渡。

茂长错杂的草木，我割取的是荆条。这位女子出嫁，我想把她的马喂好。汉水宽啊，不能游泳前去；汉水长啊，不能用筏子摆渡。

茂长错杂的草木，我割取的是柳蒿。这位女子出嫁，我想把她的马喂好。汉水宽啊，不能游泳前去；汉水长啊，不能用筏子摆渡。

【品鉴】

一位男子追求汉水游女，用这首诗抒发他对游女的爱恋和期待成婚的心理。

全诗三章，每章八句。各章后四句都相同，因汉水、长江既不能泅渡，也有无法驾筏子抵达的慨叹，抒发他对汉水游女苦苦追求的感慨。诗的前后情调相通，但又有不同的地方。首章以乔木不可休息，引出汉水游女不可求的感慨，表达的是无可奈何之情。后两章虽然结尾四句的喟叹依然怅惘，但前面四句则带有理想色彩，在幻想中充满期待。

诗中提到刈楚刈蒌，是男子为新婚准备的礼物，即为出嫁的女子提供喂马的草。《诗经·唐风·绸缪》叙述男方迎亲时的准备工作和激动心情，三章开头一句分别是“绸缪束薪”，“绸缪束刍”，“绸缪束楚”，即把柴草缠绕成捆，作为礼物送给女方，供喂马之用。《汉广》的男主人公期待能与汉水游女成婚，届时他将割取荆条和柳蒿，用来喂女方送亲的马。当然，这是他的幻想和期待，在诗中并没成为现实。束薪、束楚的事象还出现在《诗经·王风·扬之水》和《诗经·郑风·扬之水》，并且两首诗都和婚姻相关。

鹊巢

维鹊有巢[1]，维鸠居之[2]。之子于归[3]，百两御之[4]。
维鹊有巢，维鸠方之[5]。之子于归，百两将之[6]。
维鹊有巢，维鸠盈之[7]。之子于归，百两成之[8]。

【注释】

[1] 鹊：指喜鹊。
[2] 鸠：布谷一类的鸟。
[3] 之子：这个人，指出嫁的女子。于归：出嫁。
[4] 两：借为辆。御：迎接。
[5] 方：比，合在一起。
[6] 将：送。
[7] 盈：满。
[8] 成：成全。

【译文】

喜鹊有窠巢，布谷鸟也住进那。这位女子出嫁，百辆车子迎接她。
喜鹊有窠巢，布谷鸟合住进那。这位女子出嫁，百辆车子去送她。
喜鹊有窠巢，布谷鸟入住满员了。这位女子出嫁，百辆车子成就她。

【品鉴】

《鹊巢》选自《国风·召南》，是一首描写新婚典礼的诗。全诗三章，每章句法相同，只是每章更换两个动词。

每章开头两句都是起兴，以鸠入鹊巢，引出女子嫁到夫家，建立美好家庭。每章后两句诗描写女子出嫁的场面，有百辆车迎送，庄严隆重。《诗经·大雅·韩奕》在叙述韩侯迎娶场面时，有“百两彭彭”之语。由此看来，《鹊巢》展现的是贵族婚礼，排场很大。

诗中用“居之”、“方之”、“盈之”表示女子嫁到男方那里，共同组成家庭；用“御之”、“将之”、“成之”表现送亲及迎娶队伍的活动，用词简洁而准确，并且前后呈现出意义的递进关系。

喜鹊筑巢于树间，人的房屋建在地上，鹊巢是鸟的归宿，由此很自然联想到人的家，鹊巢也就成为家庭的象征。《诗经·陈风·防有鹊巢》是一首悼亡诗，开头两句是“防有鹊巢，邛有旨苕”。防，这里指堤防。诗作者看到鹊巢，感慨亡妻的坟墓已长出绿草。这里的鹊巢，成为家庭残破的反衬物象。

《鹊巢》用鹊鸠同巢，象征男女的婚姻和家庭都很圆满。鹊巢是家庭的象征，喜鹊因此也被视为吉祥鸟，并且在后代往往成为联结男女双方的纽带。所谓鹊桥相会的传说，词牌《鹊桥仙》就是以《鹊巢》为原型的。

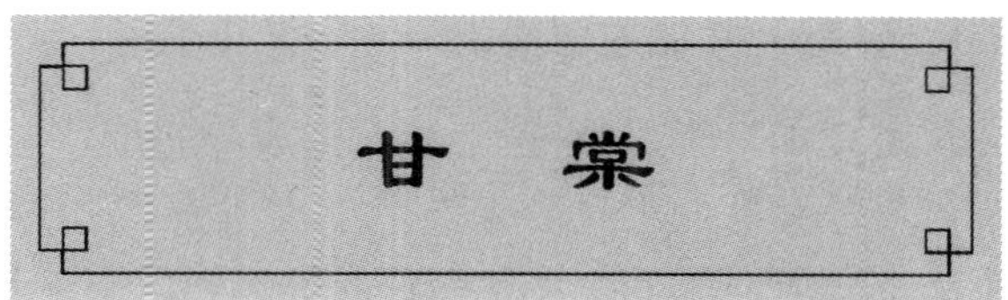

甘棠

蔽芾甘棠[1]，勿翦勿伐[2]，召伯所茇[3]。
蔽芾甘棠，勿翦勿败[4]，召伯所憩[5]。
蔽芾甘棠，勿翦勿拜[6]，召伯所说[7]。

【注释】

［1］蔽芾（fèi）：树下乘凉。《诗经·小雅·我行其野》："我行其野，蔽芾其樗。"甘棠：树木名，果味甘美，今名棠梨树。

［2］翦（jiǎn）：侵削，削夺。《诗经·鲁颂·閟宫》："后稷之孙，实维大王。居岐之阳，实始翦商。"伐：砍伐。

［3］召伯：西周大臣姬奭，主持治理今河南陕县以西的南方地域，其子孙继承者亦称召伯。一说，召伯指周宣王的大臣召虎。茇（bá）：站立。

［4］败：摧残，损伤。

［5］憩（qì）：休息。

［6］拜：屈曲，指把树枝拉低，弯曲。

［7］说（shuì）：长歇。《诗经·鄘风·定之方中》："星言夙驾，说于桑田。"指停下马车休息。

【译文】

在甘棠树下乘凉，不要把它剪削砍伤，那是召伯站立过的地方。
在甘棠树下乘凉，不要把它剪削摧残，那是召伯休息过的地方。
在甘棠树下乘凉，不要把它剪削弯曲，那是召伯的长歇之处。

【品鉴】

这首诗出自《国风·召南》。召南是召公治理的地域，关于召公的德政，《韩诗外传》卷一有如下记载：

> 昔者周道之盛，邵伯在朝。有司请营召以居。邵伯曰："嗟！以吾一身，而劳百姓，此非吾先君文王之志也。"于是，出而就烝庶于阡陌陇亩之间，而听断焉。邵伯暴处远野，庐于树下，百姓大悦，耕桑者倍力以劝，于是岁大稔，民给家足。

相传召公在甘棠树下处理政务，起居休息，因此，这首诗的作者也爱屋及乌，把对召公的崇敬之情，通过对甘棠树的保护抒发出来。

这首诗共三章，每章第二句开头两字都有"勿翦"，提醒在甘棠树下休息的人不要对它有所侵削。"勿翦"是带有概括性的警示，还没有涉及具体的动作方式。而各章第二句后面依次出现的"勿伐"、"勿败"、"勿拜"，则是对具体伤害方式的禁止。伐，是砍伐，对甘棠的伤害严重，导致树木死亡。败，指损伤，会使树木遭到摧残，受伤害的程度轻于砍伐。拜，指拉低树枝或使之弯曲，树所受的伤害很轻微。各种行为对甘棠伤害程度，按从重到轻的顺序递减排列，而抒发的感情却越来越强烈，表现出递增的趋势。对召伯所依托的甘棠树，不但禁止乘凉的人砍伐，甚至连拉低树枝都不允许，可见对召伯的崇敬之情何等深切。

诗的各章最后一句所用的动词分别是茇、憩、说。茇是站在树下，停留的时间不会太长。憩是一般的休息，说则是长歇。三章的末尾一句，是按照停留的时间由短到长依次排列，是递增顺序，与害树动作排列的递减顺序形成逆向对应，同样起到了强化抒情力度的作用。

《甘棠》全诗三章，每章三句。三句成章的作品在《诗经》中所占比重不高，这是一种古老的诗歌样式，《诗经》某些作品对此作了保留，《甘棠》就是其中的一篇。

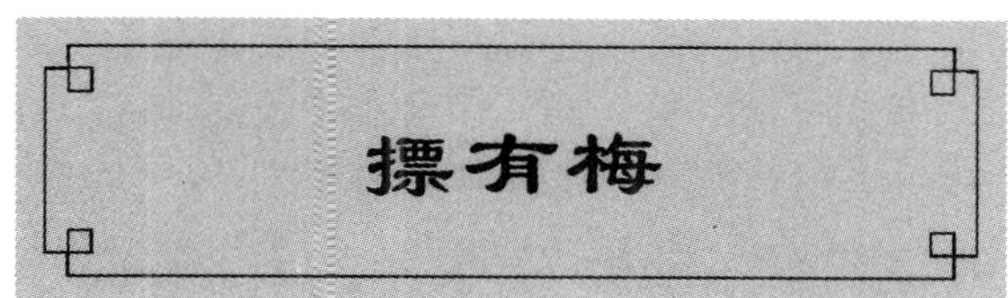

摽有梅[1]，其实七兮[2]。求我庶士[3]，迨其吉兮[4]。
摽有梅，其实三兮。求我庶士，迨其今兮。
摽有梅，顷筐塈之[5]。求我庶士，迨其谓之[6]。

【注释】

[1] 摽（biào）：落，掉下来。有：助词。
[2] 实：指梅子，梅的果实。
[3] 求：追求。庶：众多。士：对男性的称号。庶士：众多的男士。
[4] 迨（dài）：趁着。吉：良辰吉日。
[5] 顷筐：浅筐，形似簸箕，前低后高。塈（jì）：取之。
[6] 谓：对人说。

【译文】

梅树果实落在地，树上十成只剩七。追求我的众男子，趁着良辰吉日。

梅树果实落在地，树上十成只剩三。追求我的众男子，莫要错过趁今天。

梅树果实落在地，手持浅筐来拾掇。追求我的众男子，趁着我在对人说。

【品鉴】

这首诗选自《国风·召南》，是一位待嫁女子的自道之词，期盼有人迅速前来迎娶。

梅树的果实落地，引起待嫁女子的伤感，她唯恐自己青春早逝，希望有人尽快前来迎娶。这首诗的高明和巧妙之处，在于女子不是说自己盼望尽快出嫁，而是向求婚男子昭示：你们如果不抓住时机前来迎娶，那就会痛失良机，后悔莫及。仿佛女子本身并不愁嫁，而是许多男士不懂得珍惜良机。这样一来，变被动求嫁为号召男士抓紧成婚。

在表现机遇的难得易失和时间的紧迫性时，诗中采用数量递减的方式进行昭示。先是“其实七兮”，接着是“其实三兮”，树上所剩的梅子数量锐减，以此暗示男士迎娶的紧迫。最后一章不再出示树上所剩梅子的数量，意谓梅子已全部落地，正是持筐拾取的最后时机，虽然没有明言数量而数量自存其中。

由梅子落地引发青春易逝的感慨，用持筐拾梅比喻男士娶女，运用的是类比联想，渗透物我一体的生命意识。其中的“摽有梅”在全诗中兼有兴和比的功能。

小星

嘒彼小星[1]，三五在东。肃肃宵征[2]，夙夜在公[3]。寔命不同[4]！

嘒彼小星，维参与昴[5]。肃肃宵征，抱衾与裯[6]。寔命不犹[7]！

【注释】

[1] 嘒（huì）：明亮的样子。

[2] 肃肃：急急忙忙。宵：夜晚。征：行。宵征：夜里行走。

[3] 夙：早晨。夙夜：从早到晚。公：指公务。

[4] 寔：通“实”，确实，实在。

[5] 参（shēn）：星名，又名白虎星，有星七颗。昴（mǎo）：星名。

[6] 抱（pāo）：通“抛”，抛弃。衾（qīn）：被子。裯（chóu）：床帐。

[7] 不犹：不好。犹：良，好。

【译文】

闪着光亮的小星，三三五五在东方天空。急急忙忙夜里赶路，从早到晚陷在公务中，实在是命运不同。

闪着光亮的小星，那是参和昴。急急忙忙赶路，被子床帐全抛，实在是命运不好。

【品鉴】

这首诗选自《国风·召南》，是一位下层官吏苦于出差赶路而慨叹自身命运的作品。

全诗两章，每章前两句描写的都是星象：三三五五的星辰在夜空闪亮，那闪亮的星辰就是参与昴。参与昴都属于二十八宿，是比较引人注目的星座。既然星光明亮，说明正值夜晚。就是在这应该入睡的时段，诗的作者却急急出行，履行公务，确实是“夙夜在公”，为了公务没日没夜地忙碌。正因为如此，在夜行时“抱衾与裯”，舍弃了被子床帐，意谓不能张帐盖被休息，实在是辛苦疲劳。对于这种生存状态，诗的作者把它们归为命运，是自己的命运和别人不同，是自己的命运不好，对命运抱着无可奈何的态度。

这首诗采用的是逐步深入的表达方式。首章称“嘒彼小星，三五在东”，至于是什么星辰，没有直接点明。第二章则明确标示那闪亮的星辰就是参与昴。首章称“肃肃宵征，夙夜在公”，叙述夜晚出行的事象。第二章则称“肃肃宵征，抱衾与裯”，因为夜里出行而不得张帐盖被休息，是舍弃了被子和床帐，所表现的情节更加具体。

诗中所说的“嘒彼小星”，嘒，有的释为明亮，有的释为微光。嘒，字形从彗，指的扫帚。扫帚的功能是清除污秽，使物清洁。由此而来，字形从彗者往往有明亮、响亮通透之义。《小雅·采菽》：“其旂淠淠，鸾声嘒嘒。”《商颂·那》：“鞉鼓渊渊，嘒嘒管声。”《小雅·小弁》：“菀彼柳斯，鸣蜩嘒嘒。”以上诗句出现的嘒嘒，都是指声音响亮，其中有鸾铃声，有管乐声，有蝉鸣声。《小星》用嘒嘒描写星辰，应是明亮、光亮之义，而不是昏暗的微光。

野有死麕[1]，白茅包之[2]。有女怀春[3]，吉士诱之[4]。

林有朴樕[5]，野有死鹿。白茅纯束[6]，有女如玉。

舒而脱脱兮[7]，无感我帨兮[8]，无使尨也吠[9]。

【注释】

[1] 麕（jūn）：兽名，又名獐，似鹿而小，无角。

[2] 白茅：一种草，洁白柔韧。

[3] 怀春：指思春，因春季到了而情感萌动。

[4] 吉士：指勇武的男子。吉，甲骨文作兵形，故字形从吉者往往强调强固之义。

[5] 朴樕（sù）：丛生的树木。

[6] 纯：指完全。《周礼·考工记·玉人》：“案十有二寸，枣栗十有二列，诸侯纯九，大夫纯五”。纯，谓皆，全部。纯束：全部包束起来。

[7] 舒：徐缓。脱（tuì）脱：轻轻地。

[8] 感：触碰。帨（shuì）：佩巾。拴在腰带上，与小刀、玉佩等拴在一起。

[9] 尨（máng）：指狗，拟声词，仿狗叫“汪汪”声而来。

【译文】

野外有头死麕，白色的茅草包起它。有位女子春思动，勇武的男子引诱她。

林中有丛生的树木，野地有头死鹿，用白茅把它整体捆束，有位女子其美如玉。

慢些，轻些！不要触碰我的佩巾！不要惊动狗发出吠叫的声音。

【品鉴】

这首诗选自《国风·召南》。作品叙述一位猎手与他钟情的女子相识、相爱和幽会的过程。

诗的前两章相继出现“野有死麕”和“野有死鹿”的事象，作品没有明言死麕、死鹿从何而来，但可以想象出是这位“吉士”的猎物，是送给姑娘的见面礼。他把猎物送给对方，用以显示自己技艺的高超，以此赢得姑娘的芳心。尚武是先秦时期的重要风气。男子是否具有这种素质，往往决定婚姻的成败和是否美满。

《野有死麕》中的男子是个狩猎的能手，因此他充满自信，向她心仪的姑娘发出了求爱的信号，把猎物送给她。在赠送礼物时，“白茅包之”，“白茅纯束”，用白茅把猎物包好，然后郑重地赠送。《周易·大过》初六的爻辞是：“藉用白茅，无咎。”把白茅垫在物品下面，表示恭敬和虔诚，因此不会有过错。古人在祭祀或馈赠时往往用这种方式。

《野有死麕》中的男子把自己的猎物用白茅包裹好送给自己的意中人，是表示对她的尊重，同时也表明自己不但是个射猎的能手，而且是个按礼仪行事的君子，有武士风度，也有君子风范。

《野有死麕》的男主人公不但猎取到麕和鹿，而且也获取了如玉般美女的芳心。诗的最后一章是两人幽会的情景，女子提醒他动作舒缓，不要因触摸佩巾而发出声响，从而惊动守护院子的狗。这段叙述惟妙惟肖，道出了两人幽会的隐秘，把女性的细腻心理充分展现出来。

柏舟

泛彼柏舟[1]，亦泛其流[2]。耿耿不寐[3]，如有隐忧[4]。微我无酒[5]，以敖以游[6]。

我心匪鉴[7]，不可以茹[8]。亦有兄弟，不可以据[9]。薄言往诉[10]，逢彼之怒。

我心匪石，不可转也。我心匪席，不可卷也。威仪棣棣[11]，不可选也[12]。

忧心悄悄[13]，愠于群小[14]。觏闵既多[15]，受辱不少。静言思之，寤辟有摽[16]。

日居月诸[17]，胡[18]迭而微[19]。心之忧矣，如匪浣衣[20]。静言思之，不能奋飞。

【注释】

[1] 柏舟：柏木做的船。

[2] 泛其流：顺水泛舟。

[3] 耿耿：清醒，不困倦。寐：入睡。

[4] 隐忧：藏在心头的忧愁。

[5] 微：非，不是。

[6] 敖：通“遨”字。

[7] 匪：非。鉴：铜镜。

[8] 茹（rú）：容纳。

[9] 据：依靠。

[10] 薄：急急忙忙。言：语气词。

[11] 威仪：礼节风度。棣（dì）棣：雍容娴雅貌。

[12] 选：去掉，抛弃。

[13] 悄悄：隐微。

[14] 愠（yùn）：怒。群小：众多小人。

[15] 觏（gòu）：遭逢。闵（mǐn）：忧伤。

[16] 寤：醒来。辟（pì）：同“擗”，捶胸。《礼记·檀弓下》：“辟踊，哀之至也。”辟，即指捶胸。摽：击打。《左传·哀公十二年》：“长木之毙，无不摽也。”《诗经·召南·摽有梅》：“摽有梅，其实七兮。”此处“摽”为落的意思。

[17] 居、诸：语助词。

[18] 胡：为什么，何也。

[19] 迭：交替。微：本指隐藏。

[20] 浣（huàn）：洗。

【译文】

泛起柏木舟，顺着水势漂流。两眼长开不能入睡，好像有深藏的忧愁。不是我没有酒，携带着去遨游。

我的心不是镜面，不能什么都包容。也有我的兄弟，却不能够依凭。急忙向他去诉说，却碰上他怒气冲冲。

我的心不是石头，不能随人翻转；我的心不是席子，不可任意收卷。威仪完美可观，不能把它捐弃。

忧伤的心深隐困扰，恨我的人都很渺小。遭遇的忧患已经很多，受到的侮辱实在不少。静下心来想起这些，醒过后几乎把胸辟掉。

太阳啊月亮啊，为什么交替亏微。我的心忧郁啊，像那没有洗过的脏衣有污秽。静下来想起这些，不能像鸟那样振翅高飞。

【品鉴】

这首诗选自《国风·邶风》。诗的作者是一名官员，他在官府受到群小的打击，回到家里向兄弟诉说又逢其怒，使他陷入忧郁痛苦之中。诗的作者在叙述自己内心的痛苦和坚定的志向时，相继用了几个形象的比喻，极具感染力：心灵不是镜子，不能对任何外物都能接纳；心灵不是石头，不能任意旋转；心灵不是席子，不能加以卷曲；心中的忧愁如同脏衣服未洗，无法澄净。这些比喻都取自现实生活，以有形之物比喻无形的忧愁和志向，渗透着丰富的人生体验，富有艺术魅力。

诗的作者是位恪守礼法的君子，这从他说的“威仪棣棣，不可选也”，可以看得很清楚。崇尚威仪之美，是周代礼乐文化的重要属性之一。《邶风》出自卫地，那里最初作为康叔的封地，对威仪之美特别重视。《卫风·淇奥》是歌颂卫国贵族的作品，通篇都在展现贵族的威仪之美。《诗经·大雅·抑》开篇写道：“抑抑威仪，维德之隅。”把威仪看作美德的外观形态，强调对威仪的敬慎。诗中还写道：“敬慎威仪，维民之则。”“慎尔出话，敬尔威仪，无不柔嘉。”对于如何敬慎威仪，诗中从多方面作了说明。《国语·楚语上》记载：“昔卫武公年数九十有五矣，犹箴敬于国……于是作《懿》诗以自儆也。”《懿》诗指的是《大雅·抑》，这首崇尚威仪的诗，是卫武公所作。

《柏舟》的作者因忧愁而泛舟，“泛彼柏舟，亦泛其流”。但是，其忧愁并没有因泛舟而消释，而是始终伴随着他，这就使得泛舟意象和忧愁结缘。《诗经·国风》出自卫国的诗篇经常可以见到泛舟意象的忧愁情调。《邶风·二子乘舟》首章云：“二子乘舟，泛泛其景。愿言思子，中心养养。”《卫风·竹竿》末章写道：“淇水滺滺，桧楫松舟。驾言出游，以写我忧。”或是他人为驾舟者忧，或是驾舟出游者自忧，泛舟和忧愁的关联反复出现，成为中国古代文学的一个原型。宋代李清照《武陵春》词后阙写道：“闻说双溪春尚好，也拟泛轻舟。只恐双溪舴艋舟，载不动，许多愁。”如果追溯这个泛舟意象的原型，《邶风·柏舟》有开先河之功。

绿衣

绿兮衣兮[1]，绿衣黄里[2]。心之忧矣，曷维其已[3]！
绿兮衣兮，绿衣黄裳[4]。心之忧矣，曷维其亡[5]！
绿兮丝兮[6]，女所治兮[7]。我思古人[8]，俾无訧兮[9]！
絺兮绤兮[10]，凄其以风[11]。我思古人，实获我心[12]！

【注释】

[1] 绿：绿色。衣：指上衣。

[2] 黄里：黄色衬里。里：衣服的衬里。

[3] 曷：何。已：停止。

[4] 黄裳：黄色下裙。裳：下裙。

[5] 亡：消失。

[6] 丝：丝线。

[7] 女（rǔ）：通“汝”，你。治：治理，纺绩。

[8] 古人：故人，指作者的亡妻。

[9] 俾（bǐ）：使。訧（yóu）：失误，过错。无訧：没有过错。

[10] 絺（chī）：本指细葛布，这里指细葛布做的衣服。绤（xì）：粗葛布，这里指粗葛布做的衣服。

[11] 凄：寒冷。以：因为。凄其以风：因为风吹而寒冷。

[12] 获：得。

【译文】

绿色的上衣，绿色上衣黄衬里。心里的忧伤，何时能停止。

绿色的上衣，绿色上衣黄色下裙。心里的忧伤，何时不再留存。

绿色的丝线，是你纺绩治理。我思念亡故的人，使我没有过失。

细葛衣粗葛衣，因风吹过生凉意。我思念亡故的人，实在和我心相系。

【品鉴】

这首诗选自《国风·邶风》，是一位男子悼念亡妻的诗。

这首诗通篇采用的是睹物思人的抒情方式，通过展示各种物品引发对亡妻的思念。

第一类物品是亡妻穿过的衣裳，第一、二两章属于这种类型。首章展示亡妻穿过的上衣，对上衣的色彩从外到内进行描写。第二章展示亡妻穿过的上下身服装，从上衣到下裳加以描述。

第二类是亡妻亲手治理并遗留下来的物品。第三章属于这种类型。绿丝是亡妻生前纺绩治理过的，为的是用它织布。但是，亡妻已逝，空留绿丝，布还没有织成，给人留下莫大遗憾。

第三类是诗作者身上所穿的衣服，其原料是粗细葛布，由身上所穿的衣服想到曾经为自己缝制衣服的人。

全诗采用的都是睹物思人的表现方式，由于所睹之物的不同，所引发的思念也多种多样。第一、二章所睹之物是亡妻所穿过的衣服，当年她在家穿这绿衣黄裳，如今却物是人非，由此引出作者无限的哀伤。这种哀伤无休无止，不会消失。第三章所睹物品是亡妻治理过的绿丝，由此回想起亡妻对他的诱导规劝，使自己没有出现过失，这与治丝有相通之处。第四章所睹之物是自己身上穿的葛布衣服。葛布衣服不耐寒，风吹在身上有凄凉的感觉。这使他感慨，还是亡妻体贴自己，如果她还健在，早就给更换上保暖的衣服了。《绿衣》的睹物思人遵循情感的逻辑，所睹之物和所抒之情有着内在的关联，形成自然的对应关系。

《绿衣》在对亡妻的服装进行展示时，着意点出它的色彩，上衣是绿色，下裳是黄色，上衣的衬里也是黄色。这种描写对于考察那个时代的风俗有重要的参考价值。

《诗经》中的女性在择偶出嫁等重要场合都是身着素色的罩衣，《卫风·硕人》、《郑风·出其东门》和《郑风·丰》、《唐风·扬之水》展示的都是这类画面。《绿衣》中亡妻所遗留下来的是绿衣，显然，这是家居时所穿，因此色彩鲜艳，不同于公共场合的白衣素服。

《绿衣》还提到黄裳，即黄色下裙。《周易·坤》六五爻辞是“黄裳，元吉”，对于它的解说多种多样。为什么“黄裳，元吉”，《礼记·郊特牲》提供了线索：“野夫黄冠，黄冠，草服也。”由此而来，休闲时所使用的器物往往选用黄色。《小雅·车攻》叙述周王狩猎参加人员是“金舄”，穿着黄色的鞋，而在朝廷则是赤舄，脚穿赤色的鞋。狩猎驾车的马是“四黄”，四匹黄马，而在其他重要场合或是红马，或是黑马。狩猎是周代贵族休闲方式之一，鞋是黄色，马也是黄色。由此推断，《绿衣》中的黄裳和绿衣一样，是女性休闲在家时所穿的服装，因此，更能激发作者对亡妻的悼念和哀思。

燕燕

燕燕于飞[1]，差池其羽[2]。之子于归[3]，远送于野[4]。瞻望弗及[5]，泣涕如雨。

燕燕于飞，颉之颃之[6]。之子于归，远于将之[7]。瞻望弗及，伫立以泣[8]。

燕燕于飞，下上其音[9]。之子于归，远送于南。瞻望弗及，实劳我心[10]。

仲氏任只[11]，其心塞渊[12]。终温且惠[13]，淑慎其身[14]。先君之思[15]，以勖寡人[16]。

【注释】

[1] 燕燕：指群燕。于飞：往飞。于：往，前往。

[2] 差（cī）池：即参差不齐的样子。

[3] 之子：这个人，指戴妫，卫庄公的后妃。于归：往归，指返回陈国老家。

[4] 野：郊外。

[5] 瞻望：向远处望。弗及：见不到，这里指远在视域之外。

[6] 颉（xié）：向上飞。颃（háng）：向下飞。

[7] 将：送。

[8] 伫（zhù）立：久立，长久站立。

[9] 下上其音：鸣叫声时上时下。

[10] 劳：愁苦。

[11] 仲氏任只：指周文王的母亲，她是挚国君主次女，任姓。事

见《诗经·大雅·大明》。

[12] 塞渊：诚实深沉。塞：诚实。渊：深沉。

[13] 终：既。温：温和。惠：爱心。终温且惠：既温和又有爱心。

[14] 淑：美好。慎：谨慎。身：谓立身行事。淑慎其身：美好地谨慎行事。

[15] 先君：已故的国君，这里指卫庄公。

[16] 勖（xù）：勉励，激励。寡人：诗的作者的谦称，这里指卫庄公的夫人庄姜，齐庄公的嫡女。

【译文】

群燕在天空飞翔，参差不齐地舒展翅膀。这个人前往娘家，送她到城外很远的地方。遥望她的身影逐渐消失，我哭泣流泪如同雨降。

群燕在天空飞翔，时而向上时而向下。这个人前往娘家，送她到很远的地方。遥望她的身影逐渐消失，我长久站立泪下成行。

群燕在天空飞翔，鸣叫声时上时下。这个人前往娘家，送她到很远的南方。遥望她的身影逐渐消失，实在令我内心悲伤。

任姓君主的二女儿，她的心诚实渊深。既温和又惠爱，很好地谨慎自身。请思念我们的先君，用以激励本人。

【品鉴】

这首诗选自《国风·邶风》，是卫庄公夫人庄姜在为庄公后妃戴妫送行时所作。

庄姜是卫庄公的夫人，戴妫是卫庄公的后妃。庄姜无子，就把戴妫所生的公子完收为自己的养子，他就是后来的卫桓公。卫庄公又纵容他宠妾所生的儿子州吁，卫庄公死后，州吁杀卫桓公自立为国君，事见《左传·隐公四年》。在这种情况下，戴妫被迫返回她的娘家陈国，庄姜为她送行，写下这首诗。

诗的前三章均以“燕燕于飞”起兴作比，引出作者为戴妫送行事象。对于群燕所作的描写，或着眼于翅膀舒展的样态，或关注于它的飞行方向，或是展现它的鸣叫声。其中所用的“差池”、“颉之颃之”、“下上其音”，都是参差不齐、忽上忽下之象，而不是整齐有序的样态，以此象征戴妫返回陈国时复杂哀伤的心态和情感。

诗中出现的物象带有浓郁的感伤色彩，庄姜本人的所作所思也同样具有悲剧性。她把戴妫送到很远的地方，伫立远望她的身影逐渐消失，在此过程中泪下如雨，心里承受沉重的压力。最后以文王之母大任为楷模，以思念先君相共勉，表现的则是在困境和悲哀中的自持，显得很崇高。

对于文王之母大任的美德懿行，《诗经·大雅·思齐》有如下叙述："思齐大任，文王之母。思媚周姜，京室之妇。"这里提到大任对于古公亶父之妻太姜的孝敬，她是大任的婆婆。《燕燕》对大任的美德懿行则采用概括性的语言进行描述，诗中提到"其心塞渊"。以"塞渊"作为褒奖词语，还见于《诗经·鄘风·定之方中》，诗中称赞复兴卫国的卫文公"秉心塞渊"，意谓持心诚实深远。由此看来，"塞渊"一词是卫国贵族常用的正面词语。

凯风

凯风自南[1]，吹彼棘心[2]。棘心夭夭[3]，母氏劬劳[4]。
凯风自南，吹彼棘薪[5]。母氏圣善[6]，我无令人[7]。
爰有寒泉[8]，在浚之下[9]。有子七人，母氏劳苦。
眖睆黄鸟[10]，载好其音[11]。有子七人，莫慰母心。

【注释】

[1] 凯风：南风，指温暖之风。

[2] 棘：枣树，带刺。心：指尖刺。棘心：刚生的枣树。枣初生，先见其尖刺状的嫩芽，故称棘心。

[3] 夭夭：枣芽初生旺盛的样子。

[4] 劬（qú）劳：辛苦劳累。

[5] 棘薪：指长大的枣树。薪：草木的统称。

[6] 圣善：智慧、善良。圣：明达，智慧。

[7] 令人：善人，好人。

[8] 寒泉：清凉的泉水。

[9] 浚（jùn）：卫邑，今河南濮阳。

[10] 眖睆（xiàn huàn）：羽毛光洁的样子。《诗经·小雅·角弓》："雨雪瀌瀌，见眖曰消。"《诗经·小雅·大东》："睆彼牵牛。"眖、睆，皆指明亮。

[11] 载：乃，则。

【译文】

温暖的风从南而来，吹拂着初生的枣树。枣树生机勃勃，母亲太辛苦。

温暖的风从南而来，吹拂着枣树林。母亲通达善良，我们没有好人。

这里有清凉的泉源，在浚地的底处。有了儿子七人，母亲太辛苦。

羽毛亮泽的黄鸟，发出悦耳的声音。有了儿子七人，不能安慰母亲的心。

【品鉴】

这首诗选自《国风·邶风》，是一首歌颂母爱的诗。

诗作者的母亲有七个子女，作品先把母爱比作温暖的南风，子女如同在南风吹拂下的小枣树，由小而大，茁壮成长。后面又把母爱比作清冽的泉水，甘甜清爽。南风、清泉，润物无声，用以歌颂无私奉献的母爱，形象而贴切。温暖、清凉两种感觉结合在一起，立意新巧。

作品把无私的母爱与子女的不孝相对照，进行深深的自责。把人和鸟对照，暗示人不如鸟，鸟的鸣叫声尚可娱人，而七个子女却不能安慰母亲的心。

作品篇幅不长，但取象繁多，反复吟唱，余韵悠长。

匏有苦叶

匏有苦叶[1]，济有深涉[2]。深则厉[3]，浅则揭[4]。
有弥济盈[5]，有鷕雉鸣[6]。济盈不濡轨[7]，雉鸣求其牡[8]。
雝雝鸣雁[9]，旭日始旦[10]。士如归妻[11]，迨冰未泮[12]。
招招舟子[13]，人涉卬否[14]。人涉卬否，卬须我友[15]。

【注释】

[1] 匏（páo）：葫芦。苦叶：枯叶。
[2] 济：水名。涉：渡口。
[3] 厉：以带束衣（渡水）。
[4] 揭（qì）：撩起下裳。
[5] 弥：水满的样子。盈：满。
[6] 鷕（wěi）：雌山鸡鸣叫声。雉：山鸡。
[7] 濡：沾湿。轨：车的轴头。
[8] 牡：雄山鸡。
[9] 雝（yōng）雝：和谐的声音。
[10] 旭日：早晨的太阳。旦：天亮。
[11] 归：指女子出嫁。归妻：娶妻。
[12] 迨（dài）：趁着。泮（pàn）：冰解。
[13] 招招：摆手相招。舟子：船夫。
[14] 卬（áng）：我。卬否：即我不走之意。
[15] 须：等待。

【译文】

葫芦有枯干的叶，渡口有深水要涉。水深就用腰带束衣前行，水浅就撩起下裳过河。

渡口水涨满而盈，雌性山鸡在高鸣。渡口水涨不会沾湿车轴头，雌性山鸡高鸣是在寻找配偶。

和谐的鸣叫声发自大雁，早晨的太阳刚出地平线。男子如果要娶妻，趁着封冻冰还坚。

频频招手的是船夫，他人涉水我停住。他人涉水我停住，等待我的朋友共渡。

【品鉴】

这首诗选自《国风·邶风》，是一首船夫曲，是在渡口划船的人所唱。

这首船夫曲唱的都是眼前景、日常事，睹物兴情，随口而出。因此，诗中多种物象相错杂，它们的排列没有内在的逻辑和固定的规则。

由于船夫常年摆渡，迎来送往，见多识广，诗中就涉及了许多文化现象和生活事象，有重要的文化价值。

一是用葫芦作腰舟渡河。“匏有苦叶，济有深涉。”即指用葫芦的浮力涉渡深水。《周易·泰》九二：“包荒，用冯河”，就指用空葫芦渡水。《庄子·逍遥游》：“今子有五石之瓠，何不虑以为大樽而浮乎江湖。”葫芦大则浮力大，适于渡水。《鹖冠子·学问》：“中流失船，一壶千金。”壶，指的就是葫芦，可以当作救生圈。

二是秋冬季节婚嫁的习俗。诗中明言：“士如归妻，迨冰未泮。”“匏有苦叶”和“雝雝鸣雁”都是秋冬之际的物候。婚礼要在解冰之前举行，不能等到春天，是卫国的习俗。这和《周南·桃夭》反映的春天结婚的习俗不同。

三是古代涉水的方式和经验。除了用船摆渡外，还采用涉渡的方式，“深则厉，浅则揭”。由于水的深度不同，因此，涉渡时或是以带束衣，或是掀起下裳。船夫能够正确判断水的深度。“有弥济盈”表面看来渡口的水很大，实际上却是“济盈不濡轨”，乘车过河连轴都不会湿。这两句诗饱含船夫的生活经验。

这首船夫曲轻松明快，乐观而不乏风趣。结尾一章都是船夫的自道，他摆渡往来行人，自己却不上岸。他把来来往往的行人看作自己的朋友，对于船夫这个职业充满了热爱和自豪。

谷风

习习谷风[1]，以阴以雨[2]。黾勉同心[3]，不宜有怒。采葑采菲[4]，无以下体[5]。德音莫违[6]，及尔同死。

行道迟迟[7]，中心有违[8]。不远伊迩[9]，薄送我畿[10]。谁谓荼苦[11]，其甘如荠[12]。宴尔新婚[13]，如兄如弟。

泾以渭浊[14]，湜湜其止[15]。宴尔新婚，不我屑以[16]。毋逝我梁[17]，毋发我笱[18]。我躬不阅[19]，遑恤我后[20]。

就其深矣，方之舟之[21]。就其浅矣，泳之游之[22]。何有何亡[23]，黾勉求之。凡民有丧[24]，匍匐救之[25]。

不我能慉[26]，反以我为雠[27]。既阻我德[28]，贾用不售[29]。昔育恐育鞫[30]，及尔颠覆[31]。既生既育，比予于毒[32]。

我有旨蓄[33]，亦以御冬[34]。宴尔新婚，以我御穷。有洸有溃[35]，既诒我肄[36]。不念昔者，伊余来塈[37]。

【注释】

[1] 习习：连续不断，重复。谷风：山谷吹来的风。

[2] 以阴以雨：风雨交加。

[3] 黾（mǐn）勉：努力。

[4] 葑（fēng）：芜菁。菲（fěi）：萝卜一类的蔬菜。

[5] 无以：不用。下体：指地下根茎。

[6] 德音：善言。违：背离。

[7] 迟迟：缓慢。

[8] 中心：心中。违：抵触。

[9] 伊：助词，相当于维。迩：近。

[10] 薄：急急忙忙。畿：门槛。

[11] 荼：菜名，味苦，又名苦菜。

[12] 荠（jì）：菜名，味甜。

[13] 宴：欢乐。

[14] 泾（jīng）：水名，发源于甘肃，流入陕西。渭：水名，发源于甘肃，流入陕西，在潼关流入黄河。传说泾水清，渭水浊。

[15] 湜（shí）湜：谓水清。

[16] 屑（xiè）：顾惜，重视。以：用。不我屑以：不肯顾惜我。

[17] 逝：前往。梁：鱼梁，用于捕鱼的水坝。

[18] 笱（gǒu）：捕鱼的器具。用竹枝或树条编织而成，鱼进入其中就无法脱身。

[19] 躬：身体。阅：容纳，收容。

[20] 遑：哪里。恤：虑念。

[21] 方：用竹筏或木排渡水。

[22] 泳：潜游。游：浮游。

[23] 亡：无，没有。

[24] 丧：灾难。

[25] 匍匐：爬行。

[26] 慉（xù）：养。

[27] 雠：仇人。

[28] 阻：拒绝。

[29] 贾（gǔ）：销售货物。售：卖出。

[30] 育：本指生育，这里指生活。鞫（jū）：困难。

[31] 颠：跌倒。覆：翻转。颠覆：指生活中遭受到的艰难痛苦。

[32] 比：比照。毒：毒害，害人之物。

[33] 旨：美味。蓄：指贮藏的菜。

[34] 御：应付。

[35] 洸（guāng）：愤怒。溃（kuì）：发泄。

[36] 既：终。诒（yí）：给。肄（sì）：痛苦。

[37] 伊：那个时候。来：指女方嫁到男方家里。塈（xì，又读 jì）：依赖，依托。《诗经·大雅·假乐》："不解于位，民之攸塈。"

【译文】

山谷来风前后相续，一会儿阴天一会儿下雨。勤勉努力同心同德，不应该有什么愤怒。采芜菁采萝卜，却不用它们的根茎。善言不要违背，我与你生死与共。

走在路上慢又慢，心中抵触有幽怨。不是远送而是近辞，急忙送我到门槛。谁说荼菜味道苦，它比荠菜还甘甜。欢乐的新婚之际，你们亲密得兄弟一般。

泾水因为渭水而混浊，静止时它是那样清澈。欢乐的新婚之际，你不肯顾惜我。不要到我的鱼梁去，不要揭开我的鱼篓。我自身尚且无法见容，哪里还能虑念我的以后。

如果是水深，我就用船、用筏横渡；如果是水浅，我就游水过去。家里有什么，缺什么，我努力进行搜求。凡是亲邻有了灾难，我就尽力加以救助。

不能好生待我，反而视我如寇仇。既然拒绝我的情意，就像货物无法脱手。以前的生活恐惧艰难，和你一起跌倒翻转。有了生机有了发育，你却把我比成毒物祸患。

我有美味的储存，用来应付寒冬。你欢乐的新婚之际，却让我面临贫困。有愤怒，有发泄，最终给我带来的都是痛苦。不曾追念当初，我来到你这里把终身托付。

【品鉴】

这首诗选自《国风·邶风》，是一首弃妇诗，通篇以弃妇的口气进行倾诉。

这首诗采用多方对比的手法，揭露了负心汉的暴戾、绝情和自私，以及弃妇自身的不幸和怨恨。

一是把自己白头偕老的愿望和男子的绝情对比。诗的开头用“习习谷风，以阴以雨”起兴，引出男子的无端发怒。即使在这种情况下，女方依然好言相劝，希望他“德音莫违”，而自己则要“及尔同死”。但结果却是“宴尔新婚，不我屑以”，最终还是被对方无情地抛弃。

二是把自己对家庭做出的贡献与所得到的回报相比。女子在婚后备尝艰辛，无论是家务事，还是邻居有困难，她都竭尽全力去解决。可是家境变好之后，男方却没有丝毫的感激之心，反倒把她看作仇人和有害之物，把她一脚踢开，是典型的恩将仇报。

三是把自己的被弃和新妇的受宠对比。男子对前妻恩断义绝，迫不及待地把她赶出门，而和新妇却是“如兄如弟”。一冷一热，对比极其鲜明。

四是把自己先前持家的行为与现实的处境对比。弃妇是个持家能手，在坝上放捕鱼器具，为过冬储备蔬菜。而现实的处境却是渔具可能为别人设置，男子把她置于贫困的境地，他自己却独占了全部的生活资料。

这首诗具有明显尚德倾向。开始劝男方“德音莫违”，被休弃之后还埋怨对方“既阻我德，贾用不售”。弃妇是把德行作为衡量是非善恶的标准。她本身修身积德，男方却是个无德之人。

作品表现弃妇的无奈，她所追求的不过是夫妻间的公平。弃妇是善良的，又是软弱的，她承受男子暴怒所造成的痛苦和被休弃的不幸，结尾只是责怪对方不念当年的情意。

诗中提到多种蔬菜和植物，或比喻或直赋其事。这些蔬菜、植物和女性的关联极其密切，所取的物象带有鲜明的女性特征和生活气息。

这首诗后两章采用类似顶针的句式，有的词语反复出现，增强了抒情的力度，如：“昔育恐育鞠，及尔颠覆。既生既育，比予于毒。”“我有旨蓄，亦以御冬。宴尔新婚，以我御穷。”“育”和“御”字都是隔句反复出现。

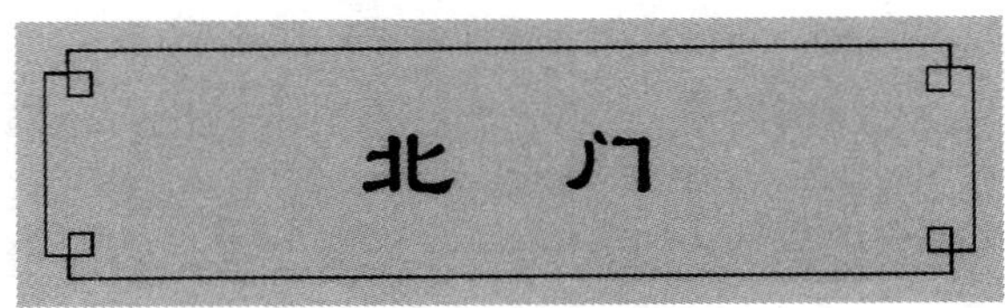

北门

出自北门，忧心殷殷[1]。终窭且贫[2]，莫知我艰。已焉哉[3]！天实为之，谓之何哉！

王事适我[4]，政事一埤益我[5]。我入自外[6]，室人交遍谪我[7]。已焉哉！天实为之，谓之何哉！

王事敦我[8]，政事一埤遗我[9]。我入自外，室人交遍摧我。已焉哉！天实为之，谓之何哉！

【注释】

[1] 殷殷：繁多，沉重的样子。

[2] 终：既。窭（jù）：指局促，受束缚。

[3] 已焉哉：算了吧。已：停止。

[4] 王事：周王朝的公务。适：专属。

[5] 一：全都。埤（pí）益：增加。政事一埤益我：公事全都加给我。

[6] 我入自外：我从外边回来。

[7] 室人：家人。交遍：全都。谪（zhé）：责备。

[8] 敦：促迫，逼迫。

[9] 遗（wèi）：给予。埤遗：多给，过多指派。

【译文】

走出城的北门，内心忧虑深深。既局促又贫困，没有人知道我的艰辛。算了吧！实在是老天安排的命运，又有什么可以谈论！

落霞孤鹜图／唐寅作

南有乔木不可休思
汉有游女不可求思
汉之广矣不可泳思
江之永矣不可方思

——《汉广》

王事专由我负荷，政事全都加给我。我从外头回来，家人都把我指责。算了吧！实在是老天这样做，我又有什么可说！

王事把我催，政事全都往我身上推。我从外边回来，家人全都讥讽相对。算了吧！实在是老天所为，我又有什么可问可追！

【品鉴】

这首诗选自《国风·邶风》，是一位下层官吏诉说自身的辛劳和苦闷。全诗共三章，首章带有总括的性质，道出诗作者为之忧愁的基本生存状态。他之所以“忧心殷殷”，是因为“终窭且贫，莫知我艰”。他的忧愁来自两个方面，一是自身的“终窭且贫”，二是外人对他的不体谅，不理解，即“莫知我艰”。

诗的首章作者叹息自己“终窭且贫”，但是，诗的后两章主要从窭的方面加以叙述，而没有涉及经济上的贫困。

所谓窭，指生存空间的狭小，并且受到压抑，这首诗作者所受的压抑主要是政务繁忙，超负荷工作，诗的第二、三章的开头两句讲述的都是这方面情况，所运用的词语呈现出逐步强化的趋势。第二章写道：“王事适我，政事一埤益我。”适，指专属，所有的王事由他专人处理。“一埤益我”，指全都增益给他承担。这两句诗强调公务数量的众多，负担很重。第三章写道：“王事敦我，政事一埤遗我。”敦是敦促，逼迫。“一埤遗我”，是全都推给我。这两句诗强调的是在处理公务过程中所承担的压力，对他所下的指令带有强制性，自己完全处于被动状态。和第二章所作的申诉相比，作者生存状态的不自由凸显得更加明显。

《北门》作者承担过多的政务，是不公平、不合理的。但是，这种不公平、不合理却无人理解，也找不到倾诉对象，连他的家人都没有给予任何同情，而是对他加以指责和嘲讽。“室人交遍摧我”，这是回应首章的“莫知我艰”。诗的作者在官府被强制性地超负荷工作，回到家里又得不到温暖，可谓内外交困。在这种情况下，他只能把自己的这种状况归咎于天，对命运抱着无可奈何的态度，三章末尾都是无力改变天意的慨叹，带有浓重的伤感色彩。

静女

静女其姝[1]，俟我于城隅[2]。爱而不见[3]，搔首踟蹰[4]。
静女其娈[5]，贻我彤管[6]。彤管有炜[7]，说怿女美[8]。
自牧归荑[9]，洵美且异[10]。匪女之为美[11]，美人之贻[12]。

【注释】

[1] 静：娴静。姝（shū）：特殊，出众。

[2] 俟（sì）：等待。城隅：城角。

[3] 爱：借为薆，僾，隐藏起来。《离骚》："众薆然而蔽之。"薆与蔽同义。不见：看不到，见，或读为 xiàn，显现，出现。

[4] 搔首：用手挠头。踟蹰（chí chú）：徘徊，来回走。

[5] 娈：美好。

[6] 贻：赠送。彤管：红色的管。

[7] 炜（wěi）：光亮。

[8] 说：通"悦"。怿（yì）：喜欢。女：通"汝"，指彤管。

[9] 牧：指郊外野地。归：赠送。荑（tí）：草名，白茅始生称荑。《诗经·卫风·硕人》："手如柔荑。"

[10] 洵（xún）：实在，确实。《诗经·郑风·有女同车》："彼美孟姜，洵美且都。"

[11] 女：通"汝"，指荑。

[12] 美人之贻：是"贻之美人"的倒装句，为押韵而变动词序。《诗经·秦风·车邻》："寺人之令。"也是"令之寺人"的倒装句。

【译文】

文静的姑娘真卓越，等待我在城的角落。隐藏起来故意不见，急得我抓耳挠腮不知如何。

文静的姑娘真漂亮，赠我一支红管器。红色的管子闪光亮，欢喜你的美丽。

从郊外送给你初生的白茅，它实在美丽又奇异。不是你白茅本身美，因为是送给美人的。

【品鉴】

这首诗选自《国风·邶风》，是一首爱情诗。诗的主角是一位男性，他和恋人先是相约在城角见面，到时女方却故意躲起来，使男子急得抓耳挠腮，到处乱找。女子终于出现，并把彤管赠给男子作为定情信物。他们从城角走到更远的郊野，男子把新生的白茅采下来送给女子，双方心心相印。

这首诗反映了先秦纯朴的民风，真挚的爱情。双方赠送的礼物都很普通，但对方都异常珍爱，还是男子禁不住说破了其中的秘密，“匪女之为美，美人之贻”。恋人间的爱慕之情溢于言表。

男女恋爱过程中互赠礼物，是当时的普遍习俗。礼物不在轻重，关键在其中的情谊。本诗女子送的是彤管，它究竟是乐器还是钥匙，已经不可考。男方所赠的白茅当是用于包装礼品，或是充当迎娶时的束薪。如果是后一种情况，就更有一番对未来的憧憬在里边了。

新台

新台有泚[1]，河水浟浟[2]。燕婉之求[3]，籧篨不鲜[4]。

新台有洒[5]，河水浼浼[6]。燕婉之求，籧篨不殄[7]。

鱼网之设[8]，鸿则离之[9]。燕婉之求，得此戚施[10]。

【注释】

［1］新台：新修筑的台。泚（cǐ）：高耸之貌。

［2］河：黄河。浟（mǐ）浟：很长的样子，指水量大。

［3］燕婉：指屈伸自如。

［4］籧篨（qú chú）：前胸凸出而不能弯腰的人，今呼为鸡胸。鲜：美。

［5］洒（xǐ）：鲜洁。

［6］浼（měi）浼：流动貌。

［7］殄（diàn）：活动，变化。

［8］设：设置。

［9］鸿：鸿雁，大雁，捕鱼为食。离：遭遇，指进入网中。

［10］戚施：腰不能直的驼背人。

【译文】

新台高高耸立，黄河水绵绵无际。追求的是屈伸自如的好身材，鸡胸汉没有美仪。

新台鲜洁光亮，河水奔涌流淌。追求的是屈伸自如的好身材，鸡胸汉的躯体不能舒张。

设置的是渔网，鸿雁却进入网中。追求的是屈伸自如的好身材，得到的却是驼背如弓。

【品鉴】

这首诗出自《国风·邶风》，是首讽刺诗。卫宣公为他的儿子伋娶齐国的姜姓女子为妻，在黄河边上筑台迎接她。卫宣公见女子貌美，就据为己有，她就成了卫宣公夫人，称宣姜。卫国人对此事很愤慨，作这首诗讽刺卫宣公。卫宣公夺宣姜之事见于《左传·桓公十六年》。

全诗以女性的口气对卫宣公进行揭露。仿佛是被夺新娘的控诉。各章均采用对比鲜明的写法，造成巨大的情感落差。

首章渲染新台的高耸，河水的悠长，出现的是一幅雄伟的景观。女主角追求的是身体舒展自如、充满活力的美男子，得到的却是丑陋的鸡胸汉。

第二章渲染新台的鲜洁，河水的流动，出现的是充满生机的画面。女主角追求的是充满生命力的美男子，得到的却是个驼背的老头子。

在第一、二章，河水、新台的壮观美丽与鸡胸、驼背汉的丑陋形成鲜明对比，女主角的择偶理想与实际所嫁丈夫形成鲜明对照，都是反差极大。第一章新台、河水与鸡胸汉所形成的对比是静态的，第二章新台、河水与驼背汉所作的对比则是动态的。

诗的最后一章运用形象的比喻，用以表现女主角在婚姻上求非所得、得非所求的失落和悲哀。设置渔网本来是要捕鱼，以鱼为食的鸿雁却进入网中。言外之意，自己的如意郎君被别人所取代，而所嫁的丈夫并不是自己所追求的，他在客观上成为自己所追求配偶的情敌。

总之，美好与丑陋，旺盛的生命力与僵硬畸形病态，理想与现实，处处形成鲜明的对比，善恶美丑一目了然。

柏　舟

泛彼柏舟[1]，在彼中河[2]。髧彼两髦[3]，实维我仪[4]。之死矢靡它[5]。母也天只[6]，不谅人只[7]。

泛彼柏舟，在彼河侧。髧彼两髦，实维我特[8]。之死矢靡慝[9]。母也天只，不谅人只。

【注释】

［1］泛：漂浮。柏舟：柏木舟。

［2］中河：河中。

［3］髧（dàn）：头发下垂的样子。髦（máo）：指长发。两髦：当指两鬓下垂的长发。

［4］仪：配偶。

［5］之死：至死。矢：指不变，发誓。靡它：没有别的想法，意谓不改变志向。

［6］只：语气词。

［7］谅：体谅。

［8］特：配偶。

［9］慝（tè）：改变，更改。

【译文】

漂浮的柏木舟，在河水的中流。两侧鬓发下垂的那个人，就是我的配偶。誓死没有别的念头。妈呀天呀，不体谅人啊！

漂浮的柏木舟，在河水的一边。两侧鬓发下垂的那个人，就是我的另一半。誓死不会改变。妈呀天呀，不体谅人啊！

【品鉴】

这首诗选自《国风·鄘风》，是一位女子的自道。她爱上了一位青年，并发誓至死不渝。

全诗两章，都以柏舟在河起兴。柏舟在河，那里是它的归宿。诗中的女子也在寻求自己的归宿，并已经选定，就是那位两鬓长发下垂的青年男子。虽然对这位男士没有过多的描绘，但是“髧彼两髦”四个字已经暗示那是一位英俊的青年。

这首诗是女子的自誓之词，她埋怨母亲、上天不体谅自己，应当是爱情遇到了障碍时所作。这种呼天抢地、矢志不移的山盟海誓，到汉代乐府诗《上邪》得到了进一步的强化。《上邪》全诗如下：

上邪！我欲与君相知，长命无绝衰。山无陵，江水为竭，冬雷震震，夏雨雪，天地合，乃敢与君绝。

墙有茨

墙有茨[1]，不可扫也[2]。中冓之言[3]，不可道也[4]。所可道也，言之丑也。

墙有茨，不可襄也[5]。中冓之言，不可详也。所可详也，言之长也。

墙有茨，不可束也[6]。中冓之言，不可读也。所可读也[7]，言之辱也。

【注释】

[1] 茨（cí）：蒺藜。

[2] 扫：扫除，清除。

[3] 中：指宫中。冓（gòu）：交媾。中冓：宫中男女交媾的事。

[4] 道：言说。

[5] 襄（xiāng）：拔掉。

[6] 束：捆束。

[7] 读：宣传，宣扬。

【译文】

墙上的蒺藜，不能把它扫走。有关宫中男女交媾的话语，不可向外泄露。如果加以泄露，那话语实在太丑。

墙上的蒺藜，不能把它除却。有关宫中男女交媾的话语，不可加以详说。如果加以详说，要说的实在太多。

墙上的蒺藜，不能把它捆束。有关宫中男女交媾的话语，不可向外传输。如果向外传输，说起来实在耻辱。

【品鉴】

这首诗选自《国风·鄘风》，是讽刺卫国宫闱淫乱的作品。

全诗三章，均以“墙有茨”起兴。茨，指蒺藜，是一种带刺的蔓草，可以附着于墙壁，具有防护作用。《周易·困》卦叙述的是监狱生活，六三爻辞就有“据于蒺藜”之语，监狱的围墙有蒺藜，以防止犯人越狱。蒺藜有刺，而且比较牢固地附着于墙壁，要把它去掉有一定难度。因此，诗中反复渲染墙壁蒺藜的“不可扫”、“不可襄”、“不可束”。这三个起兴诗句所表达的意义，和蒺藜的自然属性是切合的。

卫国宫廷秽史在当时是远近皆知，这首诗并没有对具体的丑闻加以叙述，而是反复强调它的“不可道”、“不可详”、“不可读”。那么，为什么对这些秽闻不能言说传播呢？诗中逐一给出了答案，因为这些秽闻太丑恶，是从性质上加以界定；因为这些秽闻太多，是从数量上加以渲染；因为这些秽闻令人难以启齿，讲述者本身也会蒙受耻辱，这是从讲述者本身的尊严方面着眼。诗的作者反复强调卫国的宫廷秽闻不能公开言说和加以传播，实际是以不言说、不传播的方式对它进行揭露批评，这比具体叙述宫廷秽史更能激发读者的联想，批评的力度更大。

诗中反复出现“中冓”一词，通常解释为宫廷内部或内室、卧室，韩诗训为中夜。中，指的是内部，具体指宫中，宫内。冓，甲骨文是两鱼相交之形，冓是媾的初文，其本义就是交媾，引申为婚媾。因此，诗里所说的中冓，指的是宫中男女交媾之事，具体针对卫国的宫廷秽史而言。

桑中

爰采唐矣[1]？沫之乡矣[2]。云谁之思[3]？美孟姜矣[4]。期我乎桑中[5]，要我乎上宫[6]，送我乎淇之上矣[7]。

爰采麦矣？沫之北矣。云谁之思？美孟弋矣[8]。期我乎桑中，要我乎上宫，送我乎淇之上矣。

爰采葑矣[9]？沫之东矣。云谁之思？美孟庸矣[10]。期我乎桑中，要我乎上宫，送我乎淇之上矣。

【注释】

[1] 爰：哪里。唐：唐蒙，又称菟丝子，蔓生，附于其他植物。

[2] 沫：卫国水名，在今河南省北部。乡：指地方。

[3] 云：发语词。

[4] 孟：兄弟姊妹中排行最长者为孟，其下依次为仲、叔、季。姜：姓。

[5] 期：约会。桑中：桑树林中，又解为地名，因有桑树而得名。

[6] 要：相邀。上宫：地名。

[7] 淇：卫国水名，在今河南省北部。

[8] 弋（yì）：弋姓。

[9] 葑（fēng）：芜菁。

[10] 庸：庸姓。

【译文】

哪里去采唐？沫水之乡。思念的是谁？姜姓美丽的大女儿。和我约会在桑中，邀我到上宫，把我送到淇水之上。

哪里去采麦？沬水的北部。思念的是谁？弋姓美丽的大女儿。和我约会在桑中，邀我到上宫，把我送到淇水之上。

哪里去采芜菁？沬水的东方。思念的是谁？庸姓美丽的大女儿。和我约会在桑中，邀我到上宫，把我送到淇水之上。

【品鉴】

本诗选自《国风·鄘风》，是青年男子以采摘活动为背景所唱的情歌。全诗三章，采用重复演唱的方式，每章前四句采用一问一答的方式，点明劳动的地点和所思的对象。各章后三句完全相同，用了期、要（邀）、送三个动词，叙述男女双方由相约聚会到送别的全过程。本诗出现三个地点：桑林、上宫、淇之上，分别表示双方相约、聚会、告别的场所。这首诗格调清新，带有鲜明的民歌特征。《桑中》一诗采用重复叠唱的方式，但是，三章的排列次序有着内在的逻辑。从采摘对象来看，依次是唐、麦、葑。唐是蔓生，附于其他植物，往往能伸展到高处。麦是农作物，生在地上。葑是萝卜，叶子在地面，根茎在地下。采摘的对象是按照从高到低的次序排列。再从采摘的地点来看，依次是沬之乡，沬之北，沬之东。沬之乡是总体方位，后二者则是具体方位，空间的排列顺序遵循的是先总后分的顺序。诗中出现的女性依次是美孟姜、美孟弋、美孟庸。春秋时期，姜姓之女最高贵，显然，诗中的女性是按照由高到低的顺序进行排列，和采摘对象的排列方式相合。

诗中出现的女性分别是孟姜、孟弋和孟庸，都是家中的长女，前面又冠以“美”字，以突出其可爱动人。姜姓是著姓，姜姓美女是大家闺秀。其余孟弋、孟庸，清人马瑞晨《毛诗传笺通释》加以考证，弋是姒姓，出自夏族，是禹的后人。庸是阎姓，是卫地的著姓。这个结论虽然有待于进一步考证，但姜、弋和庸都是当地的高门望族是无疑的。

相　鼠

相鼠有皮[1]，人而无仪[2]！人而无仪，不死何为？
相鼠有齿，人而无止[3]！人而无止，不死何俟[4]？
相鼠有体，人而无礼！人而无礼，胡不遄死[5]？

【注释】

［1］相（xiàng）：看，审视。

［2］仪：仪表姿态。

［3］止：指周旋揖让等动作。

［4］俟（sì）：等待。

［5］遄（chuán）：迅速，立即。

【译文】

看那老鼠还有张皮，人却没有威仪。人而没有威仪，为什么还不死？

看那老鼠还有牙齿，人却没有容止。人而没有容止，不死还待何时？

看那老鼠还有形体，人却没有礼。人而没有礼，何不立即就死？

【品鉴】

这首诗选自《国风·鄘风》，是对不讲礼仪的人进行讽刺和诅咒。

卫国崇尚威仪之美，《诗经》出自卫地的作品往往表现出对威仪的特殊关注。《卫风·淇奥》通篇写君子的威仪之美。《大雅·抑》出自卫武公之手，反复强调威仪的重要。这篇作品则是以讽刺批评的方式维护威仪。

这首诗在批判不讲礼仪的行为时，以老鼠作为反衬。老鼠对于人类具有破坏性，在《诗经》中作为负面形象出现。《召南·行露》写道："谁谓鼠无牙？何以穿我墉？"老鼠穿墙盗物，令人厌恶愤恨。《魏风·硕鼠》则把不劳而获的剥削者比作大老鼠。《周易·晋》九四爻辞有"晋如鼫鼠"之语，显示的是田鼠胆小畏人之象。

老鼠是人们恶厌的对象，这首诗却以老鼠作为反衬，讽刺那些不讲礼仪的人连老鼠都不如，采用的是递进盘升的表达方式。

"相鼠有皮，人而无仪"。这是把人和老鼠的外表进行对比。老鼠外有皮毛，使得肌肉没有裸露。人的仪表风度也是外在的，人而没有仪表风度，犹如老鼠没有皮毛，没有仪表风度的人连老鼠都不如。"相鼠有齿，人而无止"。牙齿是老鼠的门面，容止是人的体面所在。《国语·周语中》所说的"周旋序顺，容貌有崇"，就是指容止可观。人如果没有容止，就如同老鼠没有牙齿，根本无体面可言。"相鼠有体，人而无礼"。老鼠有形体承载它的生命，人如果没有礼，如同老鼠没有形体，对于人类来说，礼就是生命。这三个反衬在列举老鼠的器官时，遵循的是从外到内、从局部到全体的顺序。与此相应，仪、止、礼对于人来说也是从外到内、从局部到全体的关系。仪指仪表，显现于外。容指容止，靠人的自觉意识加以统辖。至于礼则是总括而言，仪和止都包容其中。

老鼠无皮、无牙、无体，三项出现一项就无法长久存活，既然不讲礼仪的人连老鼠都不如，好像老鼠无皮、无牙、无体，因此也就等于走向死亡。可是，这类人依旧活在世上，所以，诗的作者诅咒他们应该去死，而不能继续活着。所进行的诅咒依然是递进盘升的顺序。"不死何为"，是追问为什么不死。"不死何俟"，是质问不死还有什么等待。"胡不遄死"，则是命令对方尽快死去。三句诗的语气一个比一个紧迫，作者的厌恶愤慨感情也表达得越来越强烈。

载　驰

载驰载驱[1]，归唁卫侯[2]。驱马悠悠[3]，言至于漕[4]。大夫跋涉[5]，我心则忧。

既不我嘉[6]，不能旋反[7]。视尔不臧[8]，我思不远[9]。既不我嘉，不能旋济[10]。视尔不臧，我思不閟[11]。

陟彼阿丘[12]，言采其蝱[13]。女子善怀[14]，亦各有行[15]。许人尤之[16]，众稚且狂[17]。

我行其野，芃芃其麦[18]。控于大邦[19]，谁因谁极[20]？大夫君子[21]，无我有尤[22]。百尔所思[23]，不如我所之[24]。

【注释】

[1] 载：发语词，乃。驰，驱：车马疾行。

[2] 唁（yàn）：对遭遇灾祸者进行慰问。

[3] 悠悠：远行之象。

[4] 言：发语词，于是。漕：卫国地名，又作曹，在今河南滑县西南的白马故城。

[5] 大夫：指许国的大夫。跋涉：指登山、渡水。

[6] 嘉：赞同。

[7] 旋：还。反：同“返”。旋反：返还。

[8] 尔：你，你们。臧：善。

[9] 不远：不去，不追。

[10] 济：渡水。

[11] 閟（bì）：停止。

[12] 陟（zhì）：登。阿丘：山丘。一说指地名。
[13] 蝱（méng）：药草名，即贝母。
[14] 善怀：多思。
[15] 行：道路，指行为，做法。
[16] 许：许国。尤：指责。
[17] 稚：幼稚。
[18] 芃（péng）芃：茂盛的样子。
[19] 控：往告。大邦：大国。
[20] 因：借助。极：至。
[21] 君子：指贵族成员。
[22] 无我有尤：不要对我有责难。
[23] 百尔所思：你们百般思虑。
[24] 之：前往。

【译文】

策马奔驰急驱，返乡慰问卫侯。驱马前行，路远悠悠，于是到达曹地停留。许国大夫跋涉前来，我的心里充满忧愁。

既然不赞同我，我就不能掉头回返。看你们不够善良，我的思虑不会消散。既然不赞同我，我就不返回涉水。看你们不够善良，我的思虑不会隐退。

登上山坡的高处，采摘那里的药草贝母。女子多愁善感，也是各有各的道路。许国人加以非难，众人是幼稚的狂徒。

我在田野前行，小麦长得茂盛。向大国通告救援，谁可依靠，何去何从？你们大夫君子，不要对我加以指责。你们的百般思虑，不如我的举措。

【品鉴】

这首诗选自《国风·鄘风》，是出嫁到许国的卫国公主许穆夫人所作。

狄人攻破了卫国，杀死了卫懿公，卫人立戴公于漕。不久戴公死，卫人又立文公。许穆夫人闻知国难，前往吊唁，半路被许人追回，因作《载驰》一诗。具体记载见于《左传·闵公二年》。在此期间，许穆夫人还作了《邶风·泉水》。

这首诗按时间顺序展示出许穆夫人的情感变化，心路历程。她先是急忙驱车赶路，“驱马悠悠”既是说道路遥远，又暗示心情的沉重。受到许人的阻拦，她又陷入忧郁。接着她又表示自己归国吊唁的想法不会改变，许人的做法是幼稚的。最后一章表示她对故国的深切关心，考虑向哪个大国求援。

许穆夫人是《诗经》中有案可稽的唯一的女诗人，也是现今所知古代第一位留下姓氏的女诗人。诗歌抒发了她的无奈，同时又充满了自信。她认为自己回国吊唁并没有做错，许国贵族的见识远在自己之下，她有能力使卫国转危为安。许穆夫人是一位有远见卓识并很有个性的贵族女性，在国难当头之际表现出的责任感和勇气丝毫不比男性贵族逊色，是一位巾帼不让须眉的角色。

《左传·闵公二年》记载：“许穆夫人赋《载驰》，齐侯使公子无亏帅车三百乘，甲士三千以戍曹。”许穆夫人这首诗在当时就产生了很大影响，作为重要的事件被记录下来。

除许穆夫人的《载驰》和《泉水》外，《鄘风·定之方中》则反映了卫国在丧乱之后的复兴。这三首诗作为组诗，带有史诗的性质。

《载驰》的篇章结构在《国风》中比较特殊，它各章的句数不是整齐一致，而是根据奇数章和偶数章配置不同的句数。第一、三章各六句，第二、四章各八句。显然，奇数章和偶数章是按不同的曲调演唱。

硕　人

硕人其颀[1]，衣锦褧衣[2]。齐侯之子[3]，卫侯之妻。东宫之妹[4]，邢侯之姨[5]，谭公维私[6]。

手如柔荑[7]，肤如凝脂[8]，领如蝤蛴[9]，齿如瓠犀[10]，螓首蛾眉[11]。巧笑倩兮[12]，美目盼兮[13]。

硕人敖敖[14]，说于农郊[15]。四牡有骄[16]，朱幩镳镳[17]。翟茀以朝[18]。大夫夙退[19]，无使君劳[20]。

河水洋洋[21]，北流活活[22]。施罛濊濊[23]，鳣鲔发发[24]。葭菼揭揭[25]，庶姜孽孽[26]，庶士有朅[27]。

【注释】

[1] 硕人：身材高大的人。颀（qí）：身材修长。

[2] 褧（jiǒng）：穿在锦衣外边儿的罩衫。

[3] 齐侯之子：齐侯的女儿。

[4] 东宫：指太子。古代太子住在东宫，故以此代称。

[5] 邢：国名，其地在今河北邢台。邢侯：邢国君主。姨：古代男子称呼其妻的姐妹为姨。

[6] 谭：国名，其地在今山东济南东龙山附近。谭公：谭国的君主。私：古代对姊妹丈夫的称呼。

[7] 荑（tí）：初生的白茅。

[8] 凝脂：凝固的动物油脂，这里应指凝结的猪油，言其洁白润泽。

[9] 领：项颈。蝤蛴（qiú qí）：天牛的幼虫，身体长圆而白。

［10］瓠（hú）犀：葫芦的籽，言其洁白并排列整齐。

［11］螓（qín）：虫名，似蚕而小，广额而方正。蛾：蚕蛾，其触须细长而弯。

［12］倩（qiàn）：充满活力的样子。

［13］盼：眼珠黑白分明。

［14］敖敖：优游，悠闲之状。《诗经·邶风·柏舟》："微我无酒，以敖以游。"敖、游都指闲暇状态。

［15］说（shuì）：休息。农郊：城的近郊，那里有农田，故称农郊。邑外称郊。

［16］牡：雄性的马。骄：高大。

［17］朱：红色。幩（fén）：系在马衔两边的装饰物，或用绸巾，或用布巾，飘带状，通常是红色。镳（biāo）：色彩鲜明的样子。

［18］翟（dí）：山鸡。茀（fú）：车厢的遮蔽物。翟茀：指用山鸡尾羽装饰车辆。一说是遮车席子绘有山鸡图案。朝：到朝廷去。

［19］夙：早。

［20］君：指国君。

［21］河：黄河。洋洋：浩浩荡荡，水势盛大。

［22］活（guō）活：流水声。

［23］罛（gū）：渔网。涉（huò）：撒网入水的声音。

［24］鳣（zhān）：鲟类大鱼。鲔（wěi）：鲟鱼。发（bō）：鱼跳跃貌。

［25］葭：芦苇。菼（tán）：芦荻。苇茎较粗而中空，荻茎短而中实。揭揭：高貌。

［26］庶：众。庶姜：齐国众多陪嫁和送亲的姜姓女子。孽孽：指身材高大的样子。一说指衣饰华贵。

［27］庶士：指参加婚礼的众多男子。朅（qiè）：健壮勇武。

【译文】

壮美的人儿身体修长，锦衣外面是麻纱罩衣。她是齐侯之女，东宫太子的妹妹，邢侯的妻子是她的姐妹，谭公是她姐妹的丈夫。

手如柔软的初生白茅，白皮肤像凝结的脂膏，项颈如圆而白的天牛幼虫，牙齿如整齐的葫芦籽，蝉一样的宽额，蚕蛾般细长的眉毛。美好的笑容充满活力，黑白分明的眼睛美丽娇娆。

壮美的人闲暇优游，停车休息在城郊。四匹牡马高大威武，马衔两边的佩饰光彩闪耀，她乘坐这山鸡尾装饰的车辆入朝。大夫们早早退去，为的是不使君主辛劳。

黄河的水浩浩荡荡，向北流淌哗哗作响。渔网入水涉涉有声，鳣鱼鲔鱼触网跳荡，芦荻茂盛争相上扬。众多的姜姓女子身材高大，随行的男子勇武健壮。

【品鉴】

这首诗选自《国风·卫风》。卫庄公娶齐庄公的女儿为妻，《硕人》即作于婚礼期间，赞扬新娘的美丽华贵，展示婚礼的隆重场面。

卫庄公之妻庄姜是贵族女性，诗的首章渲染这位女性的高贵出身，对他的父兄和相关亲属作了逐一介绍，表示她出身于高门望族，是大家闺秀。这种重门第的等级观念在《国风·召南·何彼秾矣》也可见到，作品反复强调出嫁的是“平王之孙”，而所嫁的则是“齐侯之子”，只是《硕人》的描写更加铺张。

诗的第二章集中描写了庄姜的美丽动人。先是用五个形象的比喻作静态的描写，后面又用白描的笔法作动态的展示。比喻或取象于动物，或取象于植物，充满了生机和活力，把人的生命和动植物的生命相贯通。

作品以《硕人》为题，赞美庄姜的身材高大，体现的是对自然生命力的崇拜。对其他动植物的描写，同样渗透着这种理念。驾车的马，送亲陪嫁的女性，参加婚礼的男子，无一不是体魄健壮，富有生命活力。其中的景物描写，同样凸显动植物旺盛的生命力。芦荻、鱼类的茂盛鲜活，成为对于人的自然生命力的衬托。

《硕人》出现的是五彩斑斓的世界，从衣服、人的肤色、马的装饰到车辆的美化，都富有色彩感，或赤或白，或众彩错杂，令人目不暇接。

庄姜是一位贵族女性，她的婚礼带有明显的周代礼乐文化的属性，从不同侧面展示出人们所崇尚的威仪之美。车马的精心修饰，众多的参加婚礼的人员，行为举止的风度，都展现出威仪之美的庄重高雅。

氓

氓之蚩蚩[1]，抱布贸丝[2]。匪来贸丝[3]，来即我谋[4]。送子涉淇[5]，至于顿丘[6]。匪我愆期[7]，子无良媒。将子无怒[8]，秋以为期。

乘彼垝垣[9]，以望复关[10]。不见复关，泣涕涟涟[11]。既见复关，载笑载言[12]。尔卜尔筮[13]，体无咎言[14]。以尔车来，以我贿迁[15]。

桑之未落，其叶沃若[16]。于嗟鸠兮[17]！无食桑葚[18]。于嗟女兮！无与士耽[19]。士之耽兮，犹可说也[20]。女之耽兮，不可说也。

桑之落矣，其黄而陨[21]。自我徂尔[22]，三岁食贫[23]。淇水汤汤[24]，渐车帷裳[25]。女也不爽[26]，士贰其行[27]。士也罔极[28]，二三其德[29]。

三岁为妇[30]，靡室劳矣[31]。夙兴夜寐[32]，靡有朝矣[33]。言既遂矣[34]，至于暴矣[35]。兄弟不知，咥其笑矣[36]。静言思之[37]，躬自悼矣[38]。

及尔偕老[39]，老使我怨。淇则有岸，隰则有泮[40]。总角之宴[41]，言笑晏晏[42]，信誓旦旦[43]，不思其反[44]。反是不思，亦已焉哉[45]！

【注释】

[1] 氓（méng）：指流动人口。蚩蚩：敦厚质朴之貌。《后汉书·

刘盆子传》："儿大黠，宗室无蚩者。"蚩，这里指愚蠢。

[2] 布：帛一类的丝织品。贸：交换。丝：蚕丝。

[3] 匪：非，不是。

[4] 即：到这里。谋：指商量婚姻事宜。

[5] 涉：渡水。淇：卫国的水名，在今河南省北部。

[6] 顿丘：卫国地名。

[7] 愆（qiān）：拖延。

[8] 将：请求。

[9] 乘：登。垝（guǐ）：高而危。垣：墙。

[10] 复：返回。关：车厢，这里指车。

[11] 涕：眼泪。涟涟：连绵不断。

[12] 载：语气词，则，乃。

[13] 尔：你。卜：占卜，用灼热的金属器具在龟甲或牛骨上面钻孔，根据裂纹以预测吉凶。筮（shì）：用五十根蓍草依法反复排比，根据所构成的形状断定吉凶。

[14] 体：指卜和筮所得到的兆体和卦象。

[15] 贿：财物。

[16] 沃若：润泽貌，富有活力之象。

[17] 于嗟：感叹词。鸠：指鸠鸟，布谷鸟一类。

[18] 桑葚（shèn）：桑树的果实，酸而涩，食用过多则迷醉。

[19] 士：指成年男子。耽（dān）：沉浸，迷恋。

[20] 说：通"脱"，摆脱。

[21] 陨（yǔn）：落下。

[22] 徂（cú）：前往，这里指出嫁。

[23] 食贫：生活在贫困中。

[24] 汤（shāng）汤：水势盛大的样子。

[25] 渐：被水浸湿。帷：帐。裳：裙子。帷裳：车围子。车有围如同床有帐、人有裙。

[26] 爽：差错，过失。

[27] 贰：不专一。行：行为。

[28] 罔：无。极：准则。

[29] 二三其德：三心二意，朝三暮四。

[30] 妇：女子自称。因其已经出嫁，故称妇。

[31] 靡：无。室：止。

[32] 夙兴：早起。夜寐：晚睡。

[33] 朝（cháo）：聚会。这里指夫妻相聚。

[34] 言：助词，无实义。遂：成，指家业成功。

[35] 暴：暴虐。

[36] 咥（xì）：大笑貌。

[37] 言：助词，无实义。

[38] 躬：身。自悼：自我伤悼。

[39] 及：与。偕：同。

[40] 隰（xí）：低湿之地。泮（pàn）：边际。

[41] 总：束结。总角：古代少年儿童头发束结，形似牛角。《国风·齐风·甫田》："总角丱兮。"指的就是这种发式。宴：欢乐。

[42] 晏晏：温和，和气。

[43] 旦旦：诚恳的样子。

[44] 反：同"返"，这里指兑现先前的承诺。

[45] 已：停止，这里指罢休。

【译文】

流动经商的他敦厚朴实，怀抱这成品布来换我的丝。他不是来换丝，是来和我计议。送你涉过淇水，直到顿丘之地。不是我拖延婚期，你没有良媒不合礼。请你不要发怒，婚期就定在秋季。

登上高高的旧墙，眺望你的车辆。见不到你的车辆，眼泪不断流淌。见到你的车辆，有笑容把话讲。你占卦你问卜，龟纹卦象没有不吉祥。驾着你的车前来，运走我的嫁妆。

桑树没有凋落，它的叶子多么润泽。哎呀斑鸠，不要吃桑葚。哎呀，姑娘啊，不要在男子那里沉浸。男子沉浸其中，还可以解脱，女子如果沉浸，那就无法解脱。

桑树凋零的季节，黄色的叶片飘落。自从我嫁到你家，三年都在贫困中度过。浩浩荡荡的淇水，溅湿我的车围。女子没有过错，男子缺少专一的行为。男子没有准则，反复无常总出轨。

三年做你的媳妇，没有停止过操劳。每天早起晚睡，没有时间与你绸缪。家业已经成就，你就开始凶暴。我的兄弟不知内情，令人伤心地加以嘲笑。静下心来前思后想，只好自我伤悼。

本打算与你白头偕老，如今我到老都把你埋怨。淇水再宽也有岸，湿地再广也有边。童年束发时的欢乐，有说有笑多么温暖。你当初发誓的时候何其诚恳，却不想把它兑现。先前是承诺不去想它，也就停止在口说空言。

【品鉴】

这首诗选自《国风·卫风》，是一首弃妇诗，通篇以被休弃女性的口吻进行叙述。

作品以《氓》为题，诗中的氓是古代文学史上最早的经商者的形象。他在婚前的虔诚和婚后的负心形成了鲜明的对比，让人觉得他有行骗的嫌疑。他只重视女方对自己的经济价值而没有真情实意的投入。女方觉得自己像一件商品被出卖，被榨取了价值即被抛弃。中国古代以农立国，重农抑商。诗中的氓作为以成品换原料的小商贩，带有狡诈的品性，他的这种角色对后代刻画商人形象有深远的影响。古代小说《杜十娘怒沉百宝箱》是这类作品的代表。

弃妇追述她与氓由订婚、结婚到被休弃的全过程，结尾又回忆他们从小青梅竹马的经历。这首诗虽然以抒情诗的形式出现，但其中叙事占很大的比重，跨越的时间段较长，具有完整的情节。

弃妇在倾诉过程中，有几种事象反复出现，强化了叙事和抒情的效果。

一是淇水。先是“送子涉淇”，中间是“淇水汤汤，渐车帷裳”。最后感慨“淇则有岸”，自己的幽怨却永远不能休止。三次出现淇水，所涉及的事象，抒发的感情却不相同。

二是桑。用桑树来比喻弃妇本身由青春焕发到芳华已逝的转变，由鸠食桑葚引出女子对负心男子的沉迷，充满了沉痛和悲哀。

三是车。先是登上高墙，盼望恋人驱车而来，接着是“以尔车来，以我贿迁”。把自己的嫁妆奉献给对方，最后是“淇水汤汤，渐车帷裳”。期盼、付出、受伤，弃妇的命运通过车辆的三次出现清楚地展示出来，其中的苦辣酸甜都装到了车里。

《氓》和《邶风·谷风》都是出自卫国的弃妇诗，它们奠定了古代弃妇诗的基本模式。一是女方无辜，男方三心二意，女方是受害者。二是男方休妻是在家庭富裕之后，是“富易妻”。三是弃妇付出甚多，得到的却是恶报，没有公平可言。四是把婚前、新婚甜蜜情景和被休弃的凄惨结局进行对照，形成巨大的反差。

伯兮

伯兮朅兮[1]，邦之桀兮[2]。伯也执殳[3]，为王前驱[4]。
自伯之东[5]，首如飞蓬[6]。岂无膏沐[7]？谁适为容[8]！
其雨其雨，杲杲出日[9]。愿言思伯[10]，甘心首疾[11]。
焉得谖草[12]？言树之背[13]。愿言思伯，使我心痗[14]。

【注释】

[1] 伯：兄弟姊妹排行以伯仲叔季为序，伯为长。这里的伯指哥哥，是女子对其所钟爱的男子的昵称。《诗经·郑风·萚兮》："叔兮伯兮，倡予和女。"也属于这种情况。朅（qiè）：勇武强健。

[2] 邦：指郑国。桀：杰出，超群。

[3] 殳（shū）：一种兵器，梃棍类。一说为有刃的兵器。

[4] 王（wǎng）：通"往"，这里指前行，行进。《诗经·大雅·板》："昊天曰明，及尔出王。"出王，即出行。前驱：走在队伍最前面，充当先锋。

[5] 之：前往。

[6] 蓬：蓬草，叶细长散乱。

[7] 膏：脂膏，用于洗发。沐：米汁，淘米水，古代用于洗发。《史记·外戚世家》："丐沐沐我，请食饭我。"第一个沐，即指米汁。

[8] 适：适合。容：修饰，打扮。

[9] 杲（gǎo）杲：太阳明亮的样子，天气晴朗。

[10] 愿：诚恳，实在。言：语气词。《诗经·邶风·二子乘舟》："愿言思子，中心养养。"

[11] 首疾：头疼。

[12] 焉：何。谖（xuān）草：即萱草，古人认为此草可以令人忘忧，俗名忘忧草。

[13] 言：语气词，乃。树：栽植。背：指北方。古人以南为正，故北为背。

[14] 痗（mèi）：重病。

【译文】

夫君啊勇武，他在邦国最杰出。夫君啊手执长殳，充当出行的前驱。

自从你东征，我的头发乱如飞蓬，哪里是没有东西洗发，你走了谁配得上我为他修整。

就要下雨就要下雨，明亮的太阳却又破云而出。实在是思念夫君，就是思念得头痛也甘心受苦。

哪里能找到忘忧草，把它栽到房后。实在是思念夫君，心痛得难以忍受。

【品鉴】

《伯兮》选自《国风·卫风》，是一位妇女怀念在外服兵役的丈夫而作。

这是一首思妇诗，首章赞美她的丈夫卓越出众，强健勇武，是军队的先锋，为下面抒发思念之情设下铺垫。

正因为思妇的丈夫人才出众，所以这位妇人对他的思念刻骨铭心，无法排解。在抒发思念之情的过程中，短小的诗篇连续出现多种自然物：飞蓬、雨水、太阳、萱草，通过展示这些自然物的形态变化，表现复杂的心态。

诗中出现的物类事象往往相反相成。降雨和日出，心甘和首疾，萱草和心疾，都具有相反的属性。其中雨和日是自然现象的背反。心甘和首疾，是心理感受和生理感受的逆反。萱草和心痛，则是两种背逆的心理感受。

思妇因怀念远方的丈夫而“首如飞蓬”。她感到丈夫在外，没有必要再进行修饰，体现的是“女为悦己者容”的观念，呈现的是心灰意懒的怠惰之态。《战国策·赵策》记载刺客豫让的话：“士为知己者死，女为悦己者容。”司马迁《报任安书》亦称：“士为知己者死，女为悦己者容。”其实，早在《伯兮》这首诗已经出现女为悦己者容的观念。

首如飞蓬，膏沐不御，这是《伯兮》中的思妇形象，她成为后世思妇效法的榜样。秦嘉是东汉陇西人，在郡为吏。他要赴洛阳上计，徐淑因病住在母亲家，不得面别。秦嘉临行派人给徐淑送宝钗、彩鞋、香料、素琴和明镜等物品作为留念，希望她好好享受。徐淑在回信《又报秦嘉书》中写道：

> 昔人有飞蓬之感，班婕妤有谁容之叹。素琴之作，当须君归；明镜之鉴，当待君还；未奉光仪，则宝钗不设；未待帷帐，则芳香不发也。

徐淑以放弃一切修饰娱乐的方式等待丈夫的归来，演绎出一幅凄美的思妇独居的画面，继承的就是《伯兮》的传统。秦嘉、徐淑往还的书信见于《全后汉文》卷九十六。徐淑信中提到的班婕妤话语，见于班婕妤所作的《自悼赋》：“君不御兮谁为容?”也是和《伯兮》一脉相承。班婕妤的《自悼赋》载《汉书》卷九十七下。

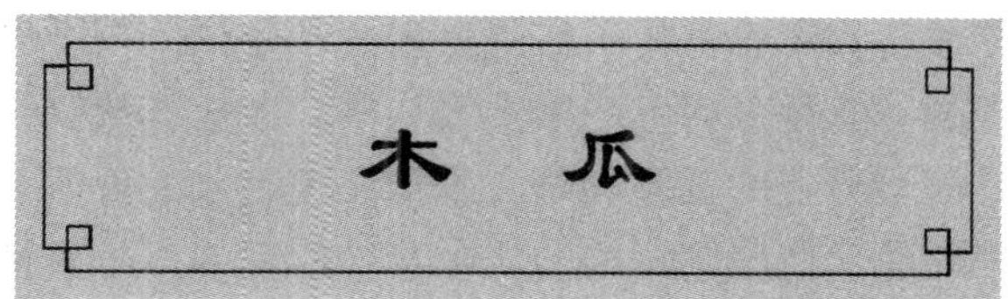

木 瓜

投我以木瓜[1]，报之以琼琚[2]。匪报也[3]，永以为好也！
投我以木桃[4]，报之以琼瑶[5]。匪报也，永以为好也！
投我以木李[6]，报之以琼玖[7]。匪报也，永以为好也！

【注释】

[1] 木瓜：木瓜的果实，有突出的部位可供持拿，似小瓜，甘甜可口。

[2] 琼琚（jū）：佩玉。

[3] 匪：通“非”，不是。

[4] 木桃：圆而小于木瓜，食之酸涩。

[5] 琼瑶：佩玉。

[6] 木李：似木瓜而无突出部位。

[7] 琼玖（jiǔ）：佩玉。

【译文】

赠给我木瓜，我以琼琚相报。不是为了回报，而是要长久相好。
赠给我木桃，我以琼瑶相报。不是为了回报，而是要长久相好。
赠给我木李，我以琼玖相报。不是为了回报，而是要长久相好。

【品鉴】

这首诗选自《国风·卫风》，是男女青年以物相赠答时所唱的恋歌。这首诗以物相赠的双方都带有随意性。一方摘下树上的果实相赠，对方则解下身上的佩玉回报。所赠送的礼物都不是事先刻意准备好，而是临时采取的措施，视眼前所有、身上所带而选取相应物品。正因为如此，这种赠答显得真率自然，生活气息很浓。

首先赠予的一方是以树上的果实为礼物，取于自然，举手可得。对方的回应则是解下身上的玉佩相赠。木瓜一类水果的价值无法和玉佩相比。这是不受商品交换原则制约的人际交往，双方都是真情投入，不以礼物的贵贱论薄厚，不求等价公平。

《木瓜》采用的是重章叠唱的方式，依次出现的木瓜、木桃、木李是同类而异品，具体辨析见于《埤雅》。琼琚、琼瑶、琼玖，都是指玉佩。至于三者的区别，可能是形制存在差异。

以玉佩相赠，还见于《诗经》其他篇目。《王风·丘中有麻》："彼留之子，贻我佩玖。"是男子把玉佩赠给女方。《郑风·女曰鸡鸣》："知子之来之，杂佩以赠之。"这是女子把佩赠给男方。至于《木瓜》一诗究竟是由哪方首先采取主动，赠果赠玉者为男为女，已经无法确定。

黍离

彼黍离离[1]，彼稷之苗[2]。行迈靡靡[3]，中心摇摇[4]。知我者，谓我心忧；不知我者，谓我何求[5]。悠悠苍天[6]，此何人哉[7]？

彼黍离离，彼稷之穗。行迈靡靡，中心如醉。知我者，谓我心忧；不知我者，谓我何求。悠悠苍天，此何人哉？

彼黍离离，彼稷之实。行迈靡靡，中心如噎[8]。知我者，谓我心忧；不知我者，谓我何求。悠悠苍天，此何人哉？

【注释】

［1］彼：那个地方。黍：黏性谷类作物，籽粒黄色。离离：茂盛的样子。

［2］稷：谷子。

［3］行迈：步行。靡靡：迟缓。

［4］摇摇：心神不定的样子。

［5］何求：有什么追求。

［6］悠悠：深远之象。

［7］此：指眼前景象。

［8］噎：有东西堵住喉咙。

【译文】

那是黍子好旺盛，那是谷子长出了苗。走在路上慢又慢，心神不安在颤摇。了解我的人，说我心里有忧愁；不了解我的人，说我有什么追求。辽远无边的老天，是谁造成了这种局面。

那是黍子好茂盛，那是谷子抽出了穗。走在路上慢又慢，我的心中如已醉。了解我的人，说我心中有忧愁；不了解我的人，说我有什么追求。辽远无边的老天，是谁造成了这种局面。

那是黍子好茂盛，那是谷子结籽粒。走在路上慢又慢，心中好像不透气。了解我的人，说我心中有忧愁；不了解我的人，说我有什么追求。辽远无边的老天，是谁造成了这种局面。

【品鉴】

这首诗选自《国风·王风》。关于它的缘起，《毛诗序》称：

> 《黍离》，闵宗周也。周大夫行役至于宗周，过宗庙公室，尽为黍离。闵宗周之颠覆，彷徨不忍去而作是诗也。

这种解说在后代得到普遍接受，黍离之悲成为重要典故，用以指亡国之痛。

这首诗在抒发对西周灭亡的沉痛时，首先出现的是生长茂盛的农作物，而庄稼生长的地方曾是宗周的宗庙公室。这种沧海桑田的巨大变化，自然使诗人陷入悲哀之中，行进的脚步变得迟缓。三章反复出现“行迈靡靡”的诗句，用脚步的迟缓引出心情的沉痛。

这首诗采用的是递进式的写景抒情笔法。出现的景物依次是“彼稷之苗”、“彼稷之穗”、“彼稷之实”，农作物的部位暗合农作物的生长过程：先有苗，再有穗，最后有了籽粒。作者抒发沉痛之情时，依次是“中心摇摇”、“中心如醉”、“中心如噎”，变得越来越强烈，也更加痛苦。

作者忧国忧民，伤时悯乱，最后向天发问：这种历史悲剧是谁造成的，由谁来承担西周灭亡的历史责任，诗的作者非常清楚。他不把问题的答案明确说出，而是采用质问的方式，所产生的艺术效果更加强烈，并给读者留下思考的空间。

君子于役

君子于役[1]，不知其期。曷至哉[2]？鸡栖于埘[3]。日之夕矣，羊牛下来[4]。君子于役，如之何勿思！

君子于役，不日不月[5]。曷其有佸[6]？鸡栖于桀[7]。日之夕矣，羊牛下括[8]。君子于役，苟无饥渴[9]？

【注释】

[1] 君子：指在外服役的人。役：兵役或劳役。

[2] 曷（hé）：同“何”。曷至：意谓何时返回。一说指他到了什么地方。

[3] 埘（shí）：指鸡的栖息场所，或称鸡窝。

[4] 来：返。下来：由高处返回。

[5] 不日不月：没有限定的日期，犹言没日没月。

[6] 佸（huó）：相聚。

[7] 桀：供鸡栖息的木架。

[8] 括：聚集。

[9] 苟：或许。

【译文】

君子前往服役，不知它的期限。何时能回家呢？鸡栖息在窝间。太阳落山了，牛羊从高处回返。君子前往服役，怎么能不思念！

君子前往服役，不知哪年和哪月。何时能到一起生活？鸡栖息在木格。太阳落山了，牛羊从高处走下集合。君子前往服役，但愿没有忍饥挨饿。

【品鉴】

这首诗选自《国风·王风》，是一首思夫诗。

作品选取的是特定时段的典型事象：夕阳西下之际，鸡入窝，牛羊归圈。家禽、家畜都有自己的归宿，由此联想到在外边服役的丈夫，不知道他何时回来。

这首诗采用的是递进盘升的抒情方式。鸡先是进窝栖息，然后再具体点明它们是聚集在窝内的木架上。牛羊先是从山坡返回，然后聚居在一起。这种叙述合乎家禽、家畜的活动顺序。在描写各种动物黄昏回归的同时，诗的女主角对远方丈夫的思念也更加深切。先是问何时归，接着问何时能聚，最后所问的是“苟无饥渴”，表达的是对丈夫归期遥遥的无奈、失落和对远方亲人的关爱。

瑶宫秋扇图 / 任熊作

手如柔荑肤如凝脂
领如蝤蛴齿如瓠犀
螓首蛾眉巧笑倩兮美目盼兮
——《硕人》

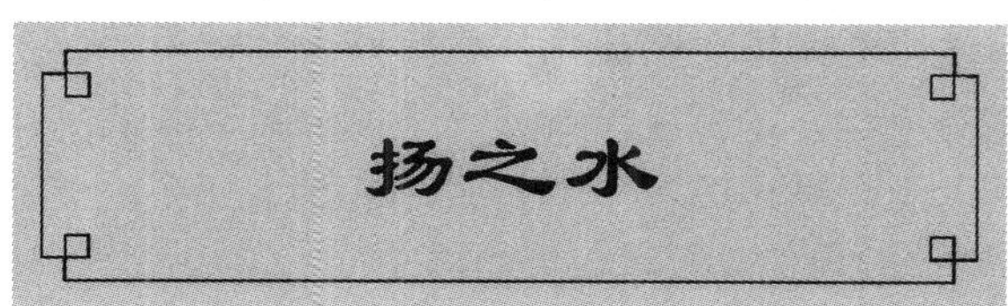

扬之水

扬之水[1]，不流束薪[2]。彼其之子[3]，不与我戍申[4]。怀哉怀哉，曷月予还归哉[5]。

扬之水，不流束楚[6]。彼其之子，不与我戍甫[7]。怀哉怀哉，曷月予还归哉！

扬之水，不流束蒲[8]。彼其之子，不与我戍许[9]。怀哉怀哉，曷月予还归哉！

【注释】

[1] 扬：泼，洒。之：其，她。扬之水：向她身上扬水，指青年男女在河中扬水相戏谑，交往择偶。

[2] 流：放。束薪：成捆的薪草。不流束薪：没有摆放捆束的薪草，指男方在结婚时送给女方的礼品，以供喂马之用。

[3] 彼其：那个。彼其之子：那个人。

[4] 申：国名，在今河南唐河境内。戍申：戍守申地。

[5] 还（huán）：返归。

[6] 束楚：成捆的荆条。楚：荆条。

[7] 甫：国名，其地在今河南南阳。

[8] 蒲：草名。束蒲：成捆的蒲草。

[9] 许：国名，在今河南许昌。

【译文】

把水扬到她身上，未能结婚把薪草摆放。我的那个人，没有和我一道在申地驻防。思念啊思念啊，哪月我才能返回故乡。

用水扬湿她的衣服，未能成婚摆放捆束的荆条。我的那个人，没有和我一道在甫地留驻。思念啊思念啊，哪月我才能返回故土。

扬水往她身上浇，未能成婚摆放捆束的蒲草。我的那个人，戍守许地她未能来到。思念啊思念啊，哪月我才能踏上还乡之道。

【品鉴】

这首诗选自《国风·王风》，是在外戍守的士兵怀归之作。

关于此诗的写作背景，郑玄笺有如下论述："平王母家申国，在陈、郑之南，迫近楚疆。王室微弱，而数见侵伐，王是以戍之。"按照郑玄的说法，这首诗作于周平王时期，是洛阳派往河南南部一带戍守的兵士所作。

全诗三章，各章均以"扬之水"开头。毛传："兴也，扬，激扬也。"后来注家都沿用毛传的解释，把扬字当作形容词看待。这里的"扬之水"，指的是古代青年男女扬水相戏择偶的习俗。《郑风·溱洧》提到"士与女，方秉蕳兮"，"维士与女，伊其相谑"，就是青年男女以香草蘸水相互浇洒，有的就在此过程中结为配偶。除《王风·扬之水》外，《郑风》、《唐风》各有一首《扬之水》名篇者，反映的均是青年男女扬水相戏的习俗。

《王风·扬之水》提到的束薪、束楚、束蒲，是结婚时男方为女方准备的喂马草。《周南·汉广》："翘翘错薪，言刈其楚。之子于归，言秣其马。"这里叙述的就是婚礼上以束薪相赠的习俗，它是新郎的必备之物。正因为如此，《郑风·扬之水》也提到"不流束楚"。"不流束薪"，指的是未能成婚。《唐风·绸缪》中的男主角则是"绸缪束薪"，"绸缪束刍"，"绸缪束楚"，为迎娶新娘作准备。

纵观《王风·扬之水》，诗的作者是在外戍守的兵士。他曾经和女友扬水相戏，留下甜蜜的回忆。可是，却因为在外服兵役未能成婚，而女方又无法随军驻防。这就使他充满忧伤，归心似箭，急切盼望返乡日期的到来。

葛藟

绵绵葛藟[1]，在河之浒[2]。终远兄弟[3]，谓他人父[4]。谓他人父，亦莫我顾[5]！

绵绵葛藟，在河之涘[6]。终远兄弟，谓他人母。谓他人母，亦莫我有[7]！

绵绵葛藟，在河之漘[8]。终远兄弟，谓他人昆[9]。谓他人昆，亦莫我闻[10]！

【注释】

[1] 绵绵：连绵不断的样子。葛藟（lěi）：葛藤。

[2] 浒（hǔ）：水边。

[3] 终：既。

[4] 谓：称呼。

[5] 顾：看。

[6] 涘（sì）：水边。

[7] 有：亲近。

[8] 漘（chún）：水边。

[9] 昆：兄，哥哥。

[10] 闻：听。

【译文】

连绵不断的葛藤，在那河边延伸。已经远离兄弟，称呼他人为父亲。称呼他人为父亲，连看我一眼都不肯。

连绵不断的葛藤，在那河边延伸。已经远离兄弟，称呼他人为母亲。称呼他人为母亲，却不肯与我亲近。

连绵不断的葛藤，在那河边长成。已经远离兄弟，称呼他人为兄。称呼他人为兄，却不肯把我的话语倾听。

【品鉴】

这首诗选自《国风·王风》，抒发流落他乡的冷清之感。

关于这首诗作者的身份，朱熹《诗经集注》称："世衰民散，有去其乡里家族，而流离失所者，作此诗以自叹。"照此说法，这是一首流浪者之歌，作者是一位流浪汉，确实存在这种可能。

这首诗的作者还有可能是另一种身份，那就是赘夫，即结婚后到女方家落户的男子。《小雅·我行其野》确定无疑是赘夫被驱逐之后所作，《王风·葛藟》反复强调"谓他人父"、"谓他人母"、"谓他人昆"，和赘夫的地位较为契合。

全诗三章，均以河边的葛藤起兴。这种起兴具有反衬作用。葛藤生长在河边，水分充足，枝藤连绵不断，可谓生逢其地，适得其所。然而，诗的作者却远离兄弟，身处他乡，孤独无依，与生长茂盛、充满生命活力的葛藤成为对比鲜明的两极，反差极大。

对于家族之外的人以父母兄长相称呼，这对诗的作者来说是一件不容易的事。但是，他给予对方的称谓与他们的所作所为并不相符，而是相悖。父亲对待儿子应该慈祥，可是，被称为父亲的人竟然不肯看他一眼。母亲对待儿子应该温柔惠爱，然而，被称为母亲的人根本不肯与他亲近。兄长对待弟弟应当友爱，而被称作兄长的人连他的话都不肯倾听。诗的作者生活在冰冷的世界中，为什么会造成这种状况，诗中没有明言，给人留下想象和猜测的空间。诗的作者怎样安排自己今后的生活，诗中也没有出示答案，同样给人留下疑问。

采　葛

彼采葛兮[1]，一日不见，如三月兮！
彼采萧兮[2]，一日不见，如三秋兮！
彼采艾兮[3]，一日不见，如三岁兮！

【注释】

［1］彼：她。葛：一种藤本植物，葛皮纤维可织布。
［2］萧：蒿类植物，白茎白叶，有香气。
［3］艾：艾蒿，具有药物功能。

【译文】

她在采长葛，一天没有见面，如同相隔三个月！
她在采香蒿，一天没有见面，如同相隔三个秋天！
她在采艾蒿，一天没有见面，如同相隔三年！

【品鉴】

这首诗选自《国风·王风》，是一位男子抒发他对从事采集活动的女子的眷恋之情。

诗中提到三种采集对象，在《诗经》其他篇目中也出现过，《周南·葛覃》叙述女性家奴割取加工葛，用来织布的情况。《王风·葛藟》以葛藤起兴，引出流浪汉的不幸。《小雅·蓼萧》以萧起兴，歌颂贵族君子。《大雅·生民》叙述进行祭祀的场面时写道："取萧祭脂，取羝以軷。"把萧和牛羊脂肠一起焚烧，发出浓烈的香气。诗中出现的植物都是常见的采集对象，给人亲切感。

作者抒发对所爱女子的眷恋，展示的是物理时间和心理时间的巨大差距。由于思念深切，所以一日如三月、三秋、三岁，采用的也是盘升排列的方式。《郑风·子衿》也有“一日不见，如三月兮”的诗句。

萧、艾在《诗经》中都是作为正面物象出现的，到了《离骚》中，萧、艾则成为负面的对象：“何昔日之芳草兮，今直为此萧艾也?”萧、艾是常见植物，因此，屈原对它们进行贬抑，用以突出香草的可贵，和《诗经》对萧、艾的肯定呈相反的审美取向。

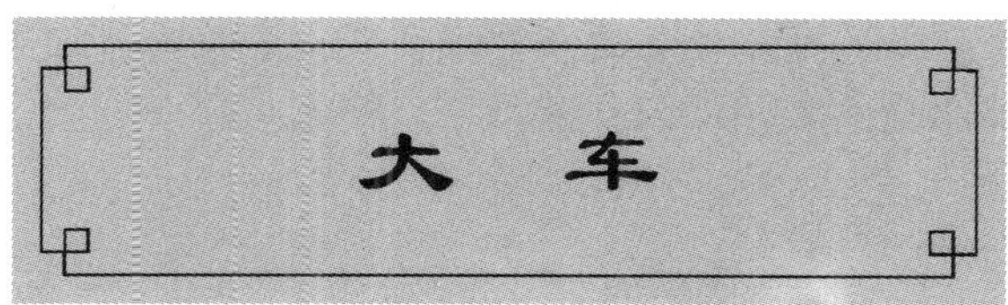

大车

大车槛槛[1]，毳衣如菼[2]。岂不尔思[3]？畏子不敢[4]。

大车哼哼[5]，毳衣如璊[6]。岂不尔思？畏子不奔[7]。

穀则异室[8]，死则同穴。谓予不信[9]，有如皦日[10]。

【注释】

[1] 大车：载物的重车。槛（jiàn）槛：指车上四周都是护板。槛：车上的护板。

[2] 毳（cuì）衣：毛衣。毳：鸟兽的细毛。菼（tǎn）：初生的芦荻，红色。

[3] 岂不尔思：即岂不思尔。

[4] 畏子不敢：怕你有所不敢，意谓恐男方胆小怕事。

[5] 哼（tūn）哼：重载车行进发出的沉重钝响。

[6] 璊（mén）：赤色的玉。

[7] 奔：出走，私奔。

[8] 穀：活着。穀则异室：活着住不到一起。

[9] 谓：认为。予：我。谓予不信：认为我不可信。

[10] 皦（jiǎo）：明亮。日：太阳。有如皦日：有明亮的太阳可作证。

【译文】

载物重车围满护板，驭手的毛衣红如初生荻秆。哪里是不想念你，只怕你有所不敢。

载物重车啍啍行进，驭手的毛衣红如赤玉。哪里是不想念你，只怕你不敢私奔远去。

活着和你居处异室，死后要和你埋在同一个墓中。如果认为我的话不可信，有那明亮的太阳可以作证。

【品鉴】

这首诗选自《国风·王风》，是一位女子向他所爱的男子表达内心的炽热之情。

作品以《大车》命名，大车指的是哪类车？毛传：“大车，大夫之车。”《公羊传·昭公二十五年》何休注亦称：“大夫，大车。”后代注家在解释这首诗时基本沿袭毛传的说法。《周礼·考工记》提到大车，郑玄注：“大车，平地载任之车。”大车是载物的货车，而不是专门供人乘坐的车。

大车方厢，即车厢四周有护板。“大车槛槛”，是说货车上的护板很高，为的是载物更多。槛槛不是象声词，而是用于描写车上护板的形态。大车是货车，周围的护板很高，装载货物较多，所以，行进过程中发生的声音沉闷迟钝，“大车啍啍”，描写的正是这种状态，“啍啍”是和大车行进时所发出音响极其相似的象声词。

再看驭手的身份。他身穿“毳衣”，即毛衣。马瑞辰《毛诗传笺通释》卷七断定毳衣“盖褐衣之类”。褐衣，见于《豳风·七月》：“无衣无褐，何以卒岁？”褐，是用毛或麻所织的上衣，用以御寒。《大车》的驭手身穿毛衣，应属于褐衣之类。《诗经》中出现的贵族角色，他们在寒冷季节所穿的是羔裘、狐裘，分别见于《召南·羔羊》、《郑风·羔裘》、《唐风·羔裘》。贵族成员寒冷季节穿的是皮袄，而不是毛衣。《大车》中的驭手穿的是毛衣，他的社会地位较低，不是贵族成员。驭手“毳衣如菼”，“毳衣如璊”，菼是初生的荻，红色。璊指赤玉，红色的谷物称为穈。无论是初生的荻，还是赤色的玉，其色彩都不是纯正的赤色，而是还有其他杂色。驭手所穿的毛衣并非纯赤色，与贵族成员的服装有别。

《大车》的主角为女性，她热恋着驾大车的男子，并且一再向他表白自己的心迹，对男子采取的是激将法。先是说怕他有所不敢，即不敢和自己结为伴侣。接着又说怕他不敢携带自己私奔，显得更加大胆。最后是对天发誓，活着不能成为夫妻，死后也要埋在一起，这种生死不渝的誓言，在《诗经》中仅此一见，没有其他作品出现这样的语句。

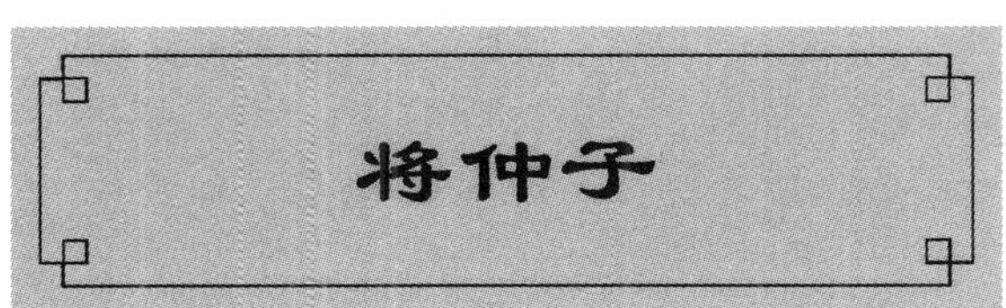

将仲子

将仲子兮[1]，无逾我里[2]，无折我树杞[3]。岂敢爱之[4]？畏我父母。仲可怀也，父母之言，亦可畏也。

将仲子兮，无逾我墙，无折我树桑。岂敢爱之？畏我诸兄。仲可怀也，诸兄之言，亦可畏也。

将仲子兮，无逾我园[5]，无折我树檀[6]。岂敢爱之？畏人之多言。仲可怀也，人之多言，亦可畏也。

【注释】

［1］将（qiāng）：请。《诗经·小雅·正月》：“将伯助予。”即用此义。仲：排行第二。仲子：女性对其所爱男性的称呼。

［2］逾：越过。里：古代居民区单位，相传周代以二十五家为里。这里泛指居住区。

［3］树：栽植。杞：一种落叶灌木，枝条可以编筐，属于柳树一类。树杞：栽植的杞树。

［4］爱：吝惜，舍不得。之：指树木。

［5］园：围有垣篱，内种蔬菜、花果的地方。

［6］檀：一种落叶乔木，木质坚硬，可以制造各种器具。

【译文】

请求我的二哥，不要越过我居住的区域，不要折断我栽的柳树。岂敢吝惜柳树，害怕我的父母。二哥令我怀念，父母的话语，也是令我畏惧。

请求我的二哥，不要越过我的院墙，不要折断我栽的桑树。岂敢吝惜桑树，害怕我的诸位兄长。二哥令我怀念，诸位兄长的话语，也是令我恐惶。

请求我的二哥，不要越过我家院内的菜园，不要折断我栽的檀。岂敢吝惜檀树，害怕别人多言。二哥令我怀念，别人多言，也是令我为难。

【品鉴】

这首诗选自《国风·郑风》。诗中的女主角热恋着那位排行老二的男子，这对恋人是自行择偶，虽然合乎情理，却没有征得父母兄长的同意，也没有得到世人的认可。在这种情况下，女子只有请求男子不要轻易来相会，以免引起麻烦。作品反映的是男女自行择偶与礼法及社会舆论之间的冲突，在当时有普遍性。

女方对男子进行劝告时，所涉及的人际关系按照从近到远，由亲到疏的顺序依次排列。先是父母，接着是兄长，最后是世人，暗示女子对外界的压力越来越敏感。而对男子劝告说涉及的空间，则是按照由远到近的顺序进行排列，依次是我里、我墙、我园，是由外至内。诗中相继提到三种树木，杞、桑、檀。从这三种树木在当时社会生活中的使用价值看，杞最低，桑次之，檀木价值最高，它们的排列遵循由低到高的顺序。

以上排列方式构成逆向对应的特殊格局，暗示出女子越是想和恋人保持距离，情感就越难割舍。《将仲子》是首抒情诗，带有鲜明的女性特征，展示出这位女性无奈的心理，同时物类事象又排列得井然有序，有清晰的逻辑。

叔于田[1]，乘乘马[2]。执辔如组[3]，两骖如舞[4]。叔在薮[5]，火烈具举[6]。袒裼暴虎[7]，献于公所[8]。将叔无狃[9]，戒其伤女[10]。

叔于田，乘乘黄[11]。两服上襄[12]，两骖雁行[13]。叔在薮，火烈具扬[14]。叔善射忌[15]，又良御忌[16]。抑磬控忌[17]，抑纵送忌[18]。

叔于田，乘乘鸨[19]。两服齐首[20]，两骖如手[21]。叔在薮，火烈具阜[22]。叔马慢忌[23]，叔发罕忌[24]。抑释掤忌[25]，抑鬯弓忌[26]。

【注释】

[1] 叔：郑庄公之弟太叔，又称共叔段。于：往。田：狩猎。

[2] 乘马：四匹马。乘乘（chéng shèng）马：驾驭四匹马拉的车。前一个乘字，指驾驭；后一个乘字，指四匹马。

[3] 辔：马缰绳。执辔（pèi）：手持马缰绳。组：用丝编成的带子，质地柔软。如组：如同丝带。

[4] 两骖（cān）：在两侧驾车的马。如舞：如同起舞。

[5] 薮（sǒu）：草木茂盛的沼泽地。

[6] 烈：猛烈。具：通“俱”，全部。举：行动，这里指狩猎人员把火点燃。火烈具举：火很猛烈全都开始焚烧。

[7] 袒裼（tǎn xī）：脱去上衣。暴虎：与虎搏斗。袒裼暴虎：赤膊搏虎。

[8] 公所：指君主所在之处。这里指郑庄公为君主的郑国朝廷。

[9] 将（qiāng）：请。狃：粗心大意。将叔无狃：请大叔不要掉以轻心。

[10] 戒：警戒。女（rǔ）：通“汝”，谓你。

[11] 黄：指黄马。乘黄：四匹黄马。

[12] 两服：在内侧驾车的两匹马。襄：上扬。上襄：昂起。

[13] 行（háng）：行列。雁行：像飞行的大雁那样排列整齐有序。

[14] 扬：上扬。

[15] 忌：语气词，表示赞美。

[16] 良御：擅长驾驭车辆。

[17] 抑：句首助词。磬：曲折收敛之义。磬控：谓控制。抑磬控忌：能够加以控制。

[18] 纵：放出。送：追逐。抑纵送忌：能够向外推进追逐。

[19] 鸨（bǎo）：黑白杂毛的马。

[20] 齐首：齐头并进。

[21] 如手：如同人的左右手。

[22] 阜：旺盛。

[23] 慢：缓慢。

[24] 发：射箭。罕：少。

[25] 释：揭开。掤（bīng）：箭筒的盖子。释掤：揭开箭筒的盖子。

[26] 鬯（chàng）：通“韔”，指弓套，装弓的袋子。鬯弓：将弓放进弓套里。

【译文】

太叔前往狩猎，把四匹马拉的车驾驭。手持缰绳如柔软的丝带，两侧的马如同合拍起舞。太叔在那沼泽地，烈火都已经燃烧奔突。赤膊徒手搏击老虎，把它奉献到国君所在之处。请太叔不要疏忽，提防老虎伤害你的身躯。

太叔前往狩猎，驾车的四匹马毛色皆黄。中间的两匹马昂首阔步，两侧的骖马如飞雁成行。太叔在那沼泽地，烈火全都飞腾上扬。太叔擅长射箭，又精通驾驭车辆。他会收敛控制，又能驰骋奔放。

太叔前往狩猎，驾车的四匹马黑白杂毛。中间两匹马齐头并进，两侧的边马如同左右手相互协调。太叔在那沼泽地，烈火都还在旺盛地燃烧。太叔马速放慢，太叔射的箭逐渐减少。他揭开箭筒的盖子，又把弓放进袋套。

【品鉴】

这首诗选自《国风·郑风》，描写郑庄公之弟太叔段的狩猎场面。

这首诗从多个方面展示出当时的狩猎习俗，具有重要的文化和文学价值。

太叔狩猎用于驾车的马或是“乘黄”，或是“乘鸨”，是黄色或是黑白毛色相杂的马。黄色通常用于休闲时的服装或马匹。《小雅·车攻》是以周王狩猎为题材，其中有“四黄既驾”的记载，所用驾车的是黄马。参加狩猎的人员是“金舄”，脚穿黄色的鞋。狩猎在当时是一种休闲活动，选择的是黄马。黑白毛色相杂的马与黄马相接近，也用于狩猎。至于赤马、黑马，则没有出现在狩猎活动中。

全诗三章，都提到以烈火焚烧草木的情节，这也是那个时期狩猎的重要方式。通过点燃烈火，把野兽从草木中驱赶出来，以便猎取。这是一种原始的狩猎习俗，对于自然生态所造成的破坏很严重。

太叔“袒裼暴虎”，赤膊与猛虎搏斗，是一项风险极大的狩猎方式，这种场面在先秦典籍中多有记载。

《大叔于田》所展示的赤手搏虎场面很有气势，作了预先的铺垫和充分的渲染。先是叙述太叔驾车技艺的娴熟高超，驾车的马匹富有活力，然后转入对他搏虎的描写。他和猛虎搏斗不但赤手空拳，而且把上衣脱掉，袒露形体。他在与虎的搏斗过程中，原始的生命力得到充分的发挥，最终把老虎擒获。

《大叔于田》中的共叔段不但是赤手搏虎的勇士，而且擅长驾驭车辆和射箭。诗中对于他的射艺没有具体的描写，而把重点放在御艺的渲染上，主要从两个方面加以描写。一是展示太叔本人驾驭车辆的轻松从容，以“执辔如组”进行形容。驾驭车辆时，如果是四匹马拉车，那么，驭手就要握六根缰绳。马匹在行进时靠拉动缰绳加以控制，如果驭艺生疏，就要总是拉紧缰绳；而对于技艺娴熟的驭手来说，却不会总是处于紧张状态，而是张弛有度，游刃有余。太叔是驾驭的高手，因此，缰绳在他手中如同柔软的丝带，显得轻松自如。类似句子还见于《诗经》其他作品。《邶风·简兮》描写舞师称：“有力如虎，执辔如组”。

《小雅·裳裳者华》写道："乘其四骆，六辔沃若。"沃若，指润泽，松软。《小雅·车辖》："四牡騑騑，六辔如琴。"手持缰绳如拨动琴弦，简直是在进行艺术表演。

《大叔于田》在表现共叔段高超的驾驭技艺时，还通过对驾车马匹的描写加以凸显。"两骖如舞"，跳舞要合乎节拍，这里用以形容马匹的协调一致。"两骖雁行"，"两服齐首，两骖如手"，同样是赞美马匹的整齐有序。"两服上襄"，则是突出马匹的生命活力，阔步昂首前行。

诗中的"抑磬控忌，抑纵送忌"，是对太叔御艺和射艺的综合概括。磬控指屈曲收敛，而纵送则指向外推进，两者分别指内敛和外放。

《大叔于田》叙述的是狩猎的全过程。首章节奏急促，徒手搏虎是营造热烈高涨的气氛。第二章有张有弛，缓急相济。第三章则是以慢镜头推出，节奏舒缓。

太叔是郑庄公之弟，由于母亲姜氏对他过分宠爱偏袒，使他成为郑庄公的政敌。最终兄弟兵戎相见，太叔兵败，流亡到共地，即今河南卫辉。《大叔于田》对于共叔段的勇武加以赞扬，太叔赤手搏虎"献于公所"，从中还看不到二人的矛盾。由此推断，此诗当写于兄弟二人尚能友好相处之时。

《郑风》还有《叔于田》，同样以太叔狩猎为题材，采用侧面烘托的方式赞扬太叔"洵美且仁"、"洵美且武"，没有直接展示狩猎场面。

女曰鸡鸣

女曰鸡鸣，士曰昧旦[1]。子兴视夜[2]，明星有烂[3]。将翱将翔[4]，弋凫与雁[5]。

弋言加之[6]，与子宜之[7]。宜言饮酒，与子偕老。琴瑟在御[8]，莫不静好[9]。

知子之来之[10]，杂佩以赠之[11]。知子之顺之[12]，杂佩以问之[13]。知子之好之[14]，杂佩以报之。

【注释】

[1] 士：指男子。昧旦：黎明，拂晓。

[2] 子：指男方。兴：起来，起床。视：观察。夜：夜色。

[3] 明星：指星辰。烂：闪光发亮。

[4] 翱：指出行。翔：亦指出行。

[5] 弋（yì）：所射的箭尾部有丝线。凫（fú）：野鸭。雁：大雁。

[6] 加：射中。

[7] 宜：烹调。

[8] 御：用，这里指弹奏。

[9] 静：安静，悠闲。静好：安静美好。

[10] 来：归，返回。

[11] 杂佩：曰几种玉组合而成的佩饰。

[12] 顺：顺从。

[13] 问：慰问。

[14] 好（hào）：喜爱，喜欢。

【译文】

妻子说鸡已鸣叫，丈夫说未到天亮的时段。妻子说你起床观察夜色，丈夫说明星的闪亮还可见。妻子说请你出发起程，用带丝线的箭去射野鸭大雁。

射箭击中目标，我给你把猎物烹调。烹调后和你饮酒，与你白头到老。又弹琴又鼓瑟，没有哪样不是悠闲美好。

知道你狩猎返回，把杂佩向你赠馈。知道你对我和顺，用杂佩把你慰问。知道你对我好，用杂佩把你回报。

【品鉴】

这首诗选自《国风·郑风》，反映日常家庭生活。

作品采用夫妇对话的方式，叙述妻子对丈夫的劝勉和鼓励。妻子先是劝丈夫起床，男子两次以天未亮加以推托。后来，妻子再次动员他去狩猎，说了一大番话语。“将翱将翔，弋凫与雁”，是妻子催促丈夫出行。将，指的是请求，《郑风·将仲子》中的将，用的也是这种含义。为了动员丈夫出行，妻子循循善诱。先是说她会把丈夫猎获的野鸭大雁精心烹调，做成美味佳肴犒劳他。后面又说丈夫狩猎归来会把自己的杂佩赠予他，夸奖他能顺从自己，喜爱自己。妻子的话娓娓动听，温情脉脉，可以设想，这位男子没有理由不出行。虽然作品没有交代事情的结局，但事情的发展趋势已在人们的意料之中。

《女曰鸡鸣》提到“琴瑟在御”，把它视为重要的娱乐方式。《礼记·曲礼下》写道：“君无故玉不去身，大夫无故不彻县，士无故不彻琴瑟。”依此判断，《女曰鸡鸣》所叙述的对象最低应是士人家庭。琴瑟是弹拨乐器，比较适用于家庭娱乐，《诗经》中的琴瑟事象往往和家庭联系在一起。《秦风·车邻》叙述贵族夫妇的享乐生活，其中有“并坐鼓瑟”之语。《小雅·常棣》也写道：“妻子好合，如鼓瑟琴。”这些诗句或是表现弹琴鼓瑟的欢乐，或是把家庭的和谐关系比作弹奏琴瑟。

山有扶苏

山有扶苏[1]，隰有荷华[2]。不见子都[3]，乃见狂且[4]。

山有桥松[5]，隰有游龙[6]。不见子充[7]，乃见狡童。

【注释】

[1] 扶苏：一种不成材的小树。一说指高大的树木。

[2] 隰（xí）：低湿之地，沼泽地。荷华：即荷花。

[3] 都：美好。子都：美男子之称。

[4] 狂且（jū）：谓狂人。

[5] 桥：弯曲。一说指高大。桥松：屈曲的松树。

[6] 游龙：水草名，又称马蓼、水荭。

[7] 子充：美男子之称。

【译文】

山上是矮小的扶苏，湿地里长着荷花。没有见到美好的子都，却见到你这个狂徒。

山上是屈曲的松，湿地里长着水荭。没见到美好的子充，却见到你这个狡童。

【品鉴】

这首诗选自《国风·郑风》，是一位女子调侃她所遇到的男子。

这首诗明快活泼，笑骂之中蕴涵着热烈的爱。全诗采用山隰对举的方式，分别以山上的树木和湿地的花草象征男女双方。山上的树木是扶苏、桥松。毛传："扶苏，扶胥，小本也。"这种解释是正确的，扶苏指的是矮小的树木。桥松，指屈曲的松树。桥：屈曲之象。山上的树木或是矮小或是屈曲，以此嘲笑男方的不美，不中看。女子以隰地的荷花、游龙自比。荷花美丽，人所共知。游龙，又名水荭。陈子展《诗经直解》卷七写道："荭草，北京俗称狗尾巴花。蓼科，一年生之大草本，花呈穗状花序，果如黑小栗子形，瘦果。茎直叶椭，红色，有粗毛。"游龙也是形态美好的花。山上的树木形态丑陋，而隰地的花朵美丽动人，形成的反差极大，对比鲜明，以此尽情地调侃对方，造成轻松的喜剧效果。

以山隰对举的方式表现男女两性之间的情爱，是《诗经》经常见到的手法。《邶风・简兮》、《唐风・山有枢》、《秦风・车邻》、《秦风・晨风》，都可以见到山隰对举的句式。

《诗经》以山隰对举分别指男女双方，采用这种句式所要表达的情感，并不是把男女双方隔离开来，而是展示双方的相亲相爱，这种对举方式是爱情婚姻的象征语。这类诗句使人感受到两性之间强烈的吸引力。阴阳学说同样强调山隰之间的勾连，《说卦》就把"山泽通气"作为宇宙的正常秩序和生成万物的动力之一。《诗经》的山隰对举体现的是情感和哲理的默契，是诗与思的会通。

《郑风・山有扶苏》把美男子称为子都、子充，这是当时的习惯用语。《左传・隐公十一年》记载，郑国大夫公孙阏字子都，可见子都是美称。都，本指都城，中心地带，本是地理名词。都城、中心地带通常比较发达，因此，都就由地理名词引申为审美术语，用于表示美好。美男子又称子充，充，甲骨文像小草结出果实之状，《说文》训为"长也，高也"，它表示的是旺盛的自然生命力，因此也成为美男子的代称。

《山有扶苏》的女方把男方称为狂且、狡童，狂和狡都是亲昵之语。狂且和狡童并列，狂且当指狂人、狂徒。高亨《诗经今注》称："且，借为狙，猕猴。"似有一定道理。

出其东门

出其东门，有女如云。虽则如云，匪我思存[1]。缟衣綦巾[2]，聊乐我员[3]。

出其闉阇[4]，有女如荼[5]。虽则如荼，匪我思且[6]。缟衣茹藘[7]，聊可与娱。

【注释】

[1] 思存：思念。存：想念，怀念。

[2] 缟（gǎo）：白色的绢。綦（qí）巾：青绿色的围裙。

[3] 聊：聊且。员：句末语气词。

[4] 闉阇（yīn dū）：城门外增筑的半圆形墙，起着保护城门的作用，又名瓮城。

[5] 荼：茅、芦之类开的白花。

[6] 且（cú）：同“徂”，前往。一解通取。

[7] 茹藘（lǘ）：茜草，其根可以作绛红染料，这里指绛红色。

【译文】

走出那东门，姑娘多得如云。虽然多得如云，不是我思念的人。白衣青巾的那一位，才能够使我开心。

走出那城门外的墙，姑娘多得如荼花。虽然多得如荼花，不是我思念的她。白衣红领的那一位，才能够和她欢乐融洽。

【品鉴】

这首诗选自《国风·郑风》，是一位男子表达对所爱女子的忠贞不贰。

诗中出现的女子众多，如云如荼，但是，作者无心旁骛，执著于自己所热恋的那位姑娘。提到他心仪的姑娘时，采用了指代的手法，用女子的服饰及色彩指代，如“缟衣綦巾”和“缟衣茹藘”。

这首诗脱口唱出，但其中涉及了重要的民俗事象。一是东门事象。作者在东门之外看到众多女子，他是从东门走出。《诗经》多次出现东门事象，如《郑风·东门之墠》、《陈风·东门之枌》、《陈风·东门之池》、《陈风·东门之杨》。《左传》所载送往迎来之事，也多在东门举行。东门是古代主要通道，因此，文学作品中出现的东门事象频率很高。

二是服饰色彩。诗中男士所眷恋的女子身穿“缟衣”，是以白色绢为面料。正因为如此，众多白衣女子聚集在一起，远望如云如荼。诗中还有“缟衣茹藘”之语。茹藘绛红色，这里指衣领。《唐风·扬之水》的女主角“素衣朱襮”，白衣而红领是当时女子游玩时的服饰，《出其东门》反映的就是这种习俗。

诗中女子身穿红领的白衣，腰束青白色围裙，由此构成多彩的画面。

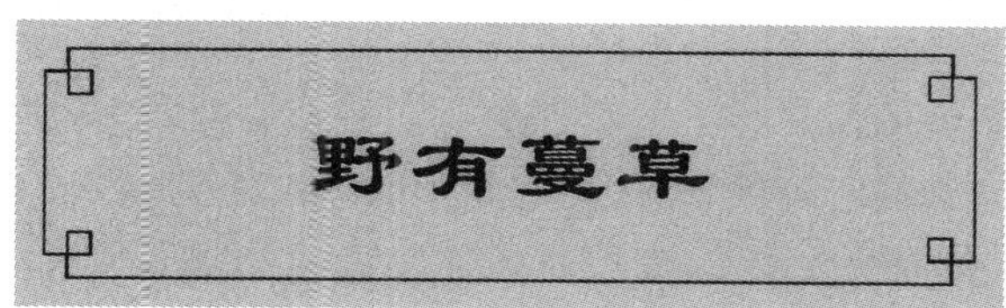

野有蔓草

野有蔓草[1]，零露漙兮[2]。有美一人[3]，清扬婉兮[4]。邂逅相遇[5]，适我愿兮[6]。

野有蔓草，零露瀼瀼[7]。有美一人，婉如清扬[8]。邂逅相遇，与子偕臧[9]。

【注释】

［1］蔓：滋蔓，蔓延。蔓草：蔓延的草。

［2］零露：降露。漙（tuán）：露珠圆圆的形态。

［3］有美一人：有一位美丽的女子。

［4］清扬：眼睛明澈，眉清目秀。婉：美好。

［5］邂逅（xiè hòu）：不期而遇。

［6］适：符合。愿：心愿。

［7］瀼（ráng）瀼：露水多的样子。

［8］如：而。

［9］子：你。臧：美好。

【译文】

野地荒草蔓延，上有露珠圆圆。有一位美丽的女子，明澈的双眼令人喜欢。不期而会的相遇，正符合我的心愿。

野地荒草蔓延，草上露水洒满。有一位美丽的女子，可爱呀那明澈的双眼。不期而会的相遇，我和你都很美满。

【品鉴】

这首诗选自《国风·郑风》，以男子的口气叙述他见到美丽姑娘的欣喜。

眼睛是心灵的窗户，人的喜怒哀乐、好恶爱欲都要通过眼神表现出来。即使最微妙的心理活动，也可以通过观察眼神加以捕捉。正因为如此，《诗经》在描写女性的美貌时，往往通过对眼睛的刻画加以显示。《郑风·野有蔓草》采用的就是这种手法。诗中反复赞扬作者遇到的美人"清扬婉兮"、"婉如清扬"。婉，指的是美好、可爱。清扬，则是用于形容眼睛的惯用语。《鄘风·君子偕老》描写一位贵妇人华美的服饰和动人的容颜，其中就有"子之清扬"之语。清，指眼神清明，澄澈。《礼记·郊特牲》写道："目者，气之清明者也"。在古人看来，人的眼睛的最佳状态应该是澄澈晶莹，它是人类自身清明之气的外现，也是纯净的生命力的自然流露。《齐风·猗嗟》赞美鲁庄公"美目清兮"，正是聚焦于目光的澄澈。

"清扬婉兮"的扬字，有它特殊的含义。扬雄《方言》卷二写道："南楚江淮之间……黸瞳子谓之䀮，宋卫郑韩之间曰铄，燕代朝鲜洌水之间曰盱，或谓扬。"黑色瞳子，或称为黸，或称为铄，或称为盱。称黑色瞳子为扬，是西汉时期燕代及朝鲜洌水一带的方言，保留了这个词的古义，是解读《诗经》有关眼睛描写的一把钥匙。

《郑风·野有蔓草》所赞美的姑娘"清扬婉兮"，她的眼睛清澈明亮，瞳子乌黑，是一位美女。通过描写明眸秀目，把她定为美人，即诗中所说的婉。而所谓的清扬，则是描写明眸秀目的专用语。

这首诗采用的是比兴手法，野外蔓延的草上聚集众多的露珠，那样的浑圆，那样的透明。美女的明眸秀目就像草叶上的露珠那样晶莹明澈，鲜活动人。美女的明眸秀目和草上的露珠交相辉映，令人感受到生命的活力和青春之美，构成清纯而又充满朝气的画面。

溱洧

溱与洧[1]，方涣涣兮[2]。士与女[3]，方秉蕑兮[4]。女曰观乎[5]？士曰既且[6]。且往观乎[7]，洧之外，洵吁且乐[8]。维士与女，伊其相谑[9]，赠之以勺药[10]。

溱与洧，浏其清矣[11]。士与女，殷其盈矣[12]。女曰观乎？士曰既且。且往观乎，洧之外，洵吁且乐。维士与女，伊其将谑[13]，赠之以勺药。

【注释】

[1] 溱（zhēn）、洧（wěi）：郑国境内的两条河。

[2] 方：正值。涣涣：水势浩大的样子。

[3] 士：男子。

[4] 秉：持，拿。蕑（jiān）：兰草。

[5] 观：观看。

[6] 既：已经。一说即，便之义。且（cú）：通“徂”，前往。

[7] 且：姑且。

[8] 洵（xún）：的确，确实。吁（xū）：热闹。

[9] 伊：发语词。谑（xuè）：嬉戏。

[10] 勺药：又名辛夷，香草名。

[11] 浏：水流清澈的样子。

[12] 殷：众多。盈：满。

[13] 将：盛，大。《诗经·小雅·北山》：“鲜我方将。”将，盛也。

【译文】

溱河与洧河，正值水势浩渺。男子和女子，正在手持兰草。女的说："前往观览吗？"男子说："已经去过了。""还是前去观览吧，洧水的岸边，实在是宽阔又热闹。"男子和女子，相互戏谑，赠送的是勺药。

溱河与洧河，水流清澈。男子和女子，人员众多挤满水侧。女的说："前往观览吗？"男的说："已经去过了。""还是前去观览吧，洧水的岸边，实在是宽阔又热闹。"男子和女子，相互戏谑，赠送的是勺药。

【品鉴】

这首诗选自《国风·郑风》，是一首反映古代郑地风俗的诗。《后汉书·礼仪志上》李贤注引韩诗说："郑国之俗，三月上巳，之溱、洧两水上，招魂续魄，秉兰草，祓除不祥。"古代郑地，三月上巳这天的民俗活动有多项内容，《溱洧》反映的是其中的一部分。

三月上巳是古代郑地的春游节，"士与女，方秉蕑兮"。人们手拿兰草，为的是祓除不祥，即去掉引发疾病的毒素。在古人看来，芳与洁相通，芳香之物最洁净，因此，手持香草可以驱除疾病，保持身体健康。

上巳日也是青年男女相会择偶的好机会。诗中的青年男女结伴到水边，一方面观看春游的热闹景象，同时也是在交往中加深感情。事实的确如此，"维士与女，伊其相谑，赠之以勺药"。青年男女在嬉戏中以香草相赠，多少有情人就是通过这种方式终成眷属。诗中穿插男女双方的对话，用的都是口语，很有生活气息。

全诗两章，只有少数字句改变。上章用语气词"兮"，下章改用"矣"。这种改变减少重复感，情调也有所变化。

郑地上巳的春游节，后来固定为每年的农历三月初三，许多著名的文学作品，都创作于这个盛大的节日。

东方未明

东方未明，颠倒衣裳[1]。颠之倒之，自公召之[2]。

东方未晞[3]，颠倒裳衣。倒之颠之，自公令之[4]。

折柳樊圃[5]，狂夫瞿瞿[6]。不能辰夜[7]，不夙则莫[8]。

【注释】

[1] 衣：上身所穿衣服。裳：下身所穿衣服，当时为裙。

[2] 自：来自。公：指作者的主人，是农奴主。召：传呼。

[3] 晞：破晓，朝阳初升。

[4] 令：传令，命令。

[5] 樊：编篱笆，名词作动词用。圃：菜园。

[6] 狂：指行为举止慌张。《吕氏春秋·大乐》：“为圣人，故知一则明，明两则狂。”即用此义。狂夫：指作者本人。瞿（qú）瞿：惊慌四顾的样子。《诗经·唐风·蟋蟀》：“好乐无荒，良士瞿瞿。”此瞿瞿为忧虑貌。

[7] 辰：伺察。辰夜：伺夜，掌管夜里的时间。

[8] 夙：早。莫：古暮字，晚也。不夙则莫：指非早即晚。

【译文】

东方还未放亮，颠倒穿衣穿裳。颠过来倒过去，公家来人催促。

东方还未破晓，穿衣穿裳颠倒。倒过去颠过来，要听从公家的安排。

折柳编篱笆围菜园，慌张的人心中不安。不能掌握夜里的时间，不是过早就是太晚。

【品鉴】

这首诗选自《国风·齐风》，反映农奴紧张的劳动生活。古代缺少精密的计时器具，对于普通百姓来说，只能凭感觉掌握时间。在这种情况下，清晨不能按时起来，以至于耽误工作的事儿时有发生。《东方未明》的作者是位农奴，在人家服役。他因睡过了时辰而慌张起床，以至于把衣服都穿颠倒了。作者抓住这个细节反复渲染，反映出劳动生活的紧张。他之所以颠倒衣裳原因有二：一是东方未明，他在黑暗中穿衣；二是主人催促，内心紧张。在这种情况下，难免颠倒衣裳，闹出笑话。

这是首短诗，但对农奴所作的刻画极其逼真。前两章叙述他慌张忙乱的动作，第三章先描写忐忑不安的心情，然后责备自己不能准确掌握时间，非早即晚。

诗中的农奴是辛苦的，天不亮就要起来劳动，这与《齐风·鸡鸣》中的贵族形象形成鲜明的对比。这两首诗从不同层面反映了当时的社会生活，折射出人与人在生存状态上的重大差异及社会的不平等。

农奴的劳动是“折柳樊圃”，折取柳树枝，编织成菜园的篱笆，这个情节从一个侧面展示出自然经济、农业生产的风貌。

陟岵

陟彼岵兮[1]，瞻望父兮。父曰：嗟！予子行役，夙夜无已[2]。上慎旃哉[3]，犹来无止[4]！

陟彼屺兮[5]，瞻望母兮。母曰：嗟！予季行役[6]，夙夜无寐[7]。上慎旃哉，犹来无弃[8]！

陟彼冈兮，瞻望兄兮。兄曰：嗟！予弟行役，夙夜必偕[9]。上慎旃哉，犹来无死！

【注释】

[1] 陟（zhì）：登。岵（hù）：有草木的山。

[2] 已：止，休息。

[3] 上：通“尚”，尚且，还要。旃（zhān）：相当于之。此句谓还要谨慎小心。

[4] 犹：还要，尚且。来：返回。止：留在外地。

[5] 屺（qǐ）：无草木的山。

[6] 季：兄弟中排行最末者。

[7] 寐：睡觉。

[8] 弃：本指抛开，违背，这里指弃家不归。

[9] 偕：本义指普遍，这里指无间歇。夙夜必偕：意谓从早到晚无间歇，夜以继日。

【译文】

登上的山头有草木，瞻望远方的慈父。父亲说：“唉，我的儿子在外服役，白天黑夜不间断。还是要谨慎小心，还要归来不能滞留在外边。”

登上的山头光秃秃，瞻望远方的慈母。母亲说：“唉，我的儿子在外服役，白天黑夜都不能成眠。还是要谨慎小心，还要归来不能把家弃捐。”

登上那山冈，瞻望远方的兄长。兄长说：“唉，我的小弟在外服役，白天黑夜无休息。还是要谨慎小心，还要归来不能死在异地。”

【品鉴】

这首诗选自《国风·魏风》，是一首役夫之歌。

役夫远离家乡，他登上高处瞭望家乡，想念父母兄长，并且设想他们也在思念自己，对他加以嘱咐。父母兄长的话是作者虚拟的，却有坚实的现实基础，合乎役夫的生活实际，也合乎说话者的口吻。对于当时的役夫来说，家人最担心的就是人身安全，安全成为第一需要。因此，家人先是对役夫没日没夜的辛劳表示怜惜，接着嘱咐他要小心谨慎，一定要返回家中。农业文明孕育出人们安土重迁的心理，这首诗通过想象中父母兄长的关心，嘱托话语，反映出包括役夫在内的全体家庭成员的这种心理。

役夫瞭望的是家中的父母兄长，他首先想到的是自己的父系和母系成员，这种情况在《诗经》中具有普遍性。在那个重视血缘关系的历史时期，人们是以血缘为纽带，秉持的是以家庭为本位的观念。

全诗三章，采用叠章重复的方式，各章只变换不同的几个词语。尽管如此，前后各章不是完全平列，而是形成递进的抒情脉络。从“夙夜无已”、“夙夜无寐”到“夙夜必偕”，对于役夫辛劳的展示步步深入。从“犹来无止”、“犹来无弃”到“犹来无死”，对于安全的需要逐步强化，家人的担心逐步加重，并且话语也变得越来越明朗。此类反映役夫的作品，还有《唐风·鸨羽》，其情调与《陟岵》相近。

伐檀

坎坎伐檀兮[1]，寘之河之干兮[2]。河水清且涟猗[3]。不稼不穑[4]，胡取禾三百廛兮[5]？不狩不猎[6]，胡瞻尔庭有县貆兮[7]？彼君子兮，不素餐兮[8]！

坎坎伐辐兮[9]，寘之河之侧兮。河水清且直猗。不稼不穑，胡取禾三百亿兮[10]？不狩不猎，胡瞻尔庭有县特兮[11]？彼君子兮，不素食兮！

坎坎伐轮兮，寘之河之漘兮[12]。河水清且沦猗[13]。不稼不穑，胡取禾三百囷兮[14]？不狩不猎，胡瞻尔庭有县鹑兮[15]？彼君子兮，不素飧兮[16]！

【注释】

[1] 坎坎：伐木声。檀：树木名，是制造车辆及其他器具的好材料。

[2] 寘：通“置”，放置。干：水边，河岸。

[3] 涟：水流不断的样子。猗：语气词。

[4] 稼：种庄稼。穑：收获。

[5] 禾：谷物的通称。廛（chán）：一百亩田。井田制时一户人家的土地面积。

[6] 狩、猎：获取飞禽走兽的活动。

[7] 县：古悬字。貆（huán）：一种野兽，多栖息在山上洞穴中。

[8] 素餐：白吃饭，指不劳而获。

[9] 辐：车轮的辐条。

[10] 亿：周代十万为亿。一说，亿与庾一音之转，谷物堆积在场上为庾。

[11] 特：指大兽。

[12] 漘（chún）：河边。

[13] 沦：水的波纹。

[14] 囷（qūn）：圆形的粮仓。

[15] 鹑（chún）：鹌鹑。

[16] 飧（sūn）：熟食。

【译文】

坎坎作声砍伐着檀树，把它放到河的岸边。河水清澈泛起微小的波澜。不播种，不收割，为什么取走的庄稼是三百廛农田所产？从来不出去狩猎，为什么看到貆悬挂在你的庭院？那些君子啊，可不是白吃饭！

坎坎伐木用作车辐，把它放到河的边际。河水清澈流向笔直。不播种，不收割，为什么取走的庄稼多达三百亿？从来不外出狩猎，为什么看到大的猎物悬挂在你的庭院里？那些君子啊，可不是白吃饭食！

坎坎伐木做车轮，把它放到河之滨。河水清澈起波纹。不播种，不收割，为什么取走的庄稼能装三百囷？从来不外出狩猎，为什么看到你的庭院悬挂着鹌鹑？那些君子啊，可不是白吃热荤！

【品鉴】

这首诗选自《国风·魏风》，是一首伐木者之歌。

古代伐木是一种繁重的体力劳动，并且很危险。伐木者在从事这项劳动时唱这首歌，用以宣泄心中的不平。

这首诗揭露当时社会的分配不公，有些人不稼不穑，不狩不猎，却拥有大量的粮食和猎物。伐木者靠自己的辛苦劳动谋生，看不惯那些社会的寄生虫，唱出了这首幽怨而又带讽刺的歌。当时的统治者确实过着这种生活，并且作为一种制度存在。《诗经·小雅》的《甫田》、《大田》，反映的都是农奴在公田劳动的情景。公田的所有收获都归农奴主，农奴的劳动是无偿的。《豳风·七月》叙述狩猎活动，农奴要把猎物中大的送给农奴主。总之，当时的社会分工导致分配的不公，《伐檀》一诗反映的正是这种现象。不过，不稼不穑、不狩不猎的贵族并非全都无所事事，不劳而获，他们有自己的社会角色和责任。对此《伐檀》没有涉及。

《伐檀》采用重章叠唱的方式，全诗三章，每章更换有限的几个词语，其余字句全都相同。三章叠唱，同时又体现出依次推进的叙事和抒情脉络。“河水清且涟”、“河水清且直”、“河水清且沦”，对河水的描写越来越细致，最后展示的是它的波纹。对于禾的叙述，“三百廛”是从土地面积而言；“三百亿”是从庄稼的数量而言；“三百囷”是从粮仓的数量而言。其中潜伏着庄稼从生长在田地到收割，再到脱粒入仓的线索。“不素餐”、“不素食”、“不素飧”，其指代越来越具体，从一般意义的进餐到食物，再到熟食，步步深入。再从列举的猎物来看，貆是一般的猎物，特是大兽，鹑是飞禽，采取的也是依次推移的叙事方式。

伐木者心中的社会是不公的，但他们眼前的河水是可爱的。河水的清澈美好与贵族君子的污浊客观上形成鲜明的对照。伐木者透视出社会的黑暗，同时，劳动中又欣赏到河水的自然美。

《诗经·小雅》有《伐木》，但只是用于起兴，是贵族成员家庭宴会时所唱，并不是真正的伐木歌。

“彼君子兮，不素餐兮”，是伐木者对那些不劳而获贵族成员的讽刺。在《诗经》经学化的过程中，这句诗成为对士节的激励。《韩诗外传》有两节故事的结尾引用了这两句诗，一是商容拒绝接受周武王封他的三公之位，认为自己不能无功受封；二是晋文侯的法官李离因误杀人而自杀，也是贯穿不能无功而食禄的观念。

硕鼠

硕鼠硕鼠[1]，无食我黍[2]！三岁贯女[3]，莫我肯顾[4]。逝将去女[5]，适彼乐土[6]。乐土乐土，爰得我所[7]。

硕鼠硕鼠，无食我麦！三岁贯女，莫我肯德[8]。逝将去女，适彼乐国。乐国乐国，爰得我直[9]。

硕鼠硕鼠，无食我苗！三岁贯女，莫我肯劳[10]。逝将去女，适彼乐郊。乐郊乐郊，谁之永号[11]？

【注释】

[1] 硕鼠：大老鼠。

[2] 无：勿，不要。黍：谷物的一种，籽实淡黄色，有黏性。

[3] 三岁：指多年。贯：事，服侍。女：通“汝”。

[4] 莫我肯顾：即莫肯顾我，为押韵而调整词序。

[5] 逝：往。一说通“誓”。去：离开。

[6] 适：前往。

[7] 爰：乃，于是。所：处所。

[8] 德：恩惠。一说是感德。

[9] 直：当。《史记·项羽本纪》：“直夜溃围南出。”即用此义。

[10] 劳：慰劳。

[11] 永：长。号：大叫。

【译文】

大老鼠大老鼠，不要吃我种的黍。三年侍奉你，却不肯把我照顾。

杏花茅屋图 / 唐寅作

山有桥松隰有游龙
不见子充乃见狡童
——《山有扶苏》

走了将要离开你，前往乐土。乐土乐土，于是得到我的居处。

大老鼠大老鼠，不要吃我种的麦子。三年侍奉你，却不肯感激我。走了将要离开你，前往那乐国。乐国乐国，那里对我最适合。

大老鼠大老鼠，不要吃我种的禾苗。三年侍奉你，却不肯把我慰劳。走了将要离开你，前往那乐郊。乐郊乐郊，谁还在那里痛苦长号？

【品鉴】

这首诗出自《国风·魏风》，是一首劳动者之歌。

老鼠偷吃庄稼，因此除掉老鼠是古代先民经常的活动。《礼记·郊特牲》记载，岁末腊祭，“迎猫，为其食田鼠也”。人们呼唤猫的到来，以便把田鼠都吃掉。

这首诗把不劳而获的贵族比作大老鼠，它吞食农奴的劳动果实，对农奴的生活却漠不关心，根本没有感恩之意。在这种情况下，农奴们幻想离开这些吸血鬼，到没有剥削的乐土生活。

老鼠作为负面形象出现，这篇作品首开其例。后来出现的文学作品，大多沿袭《硕鼠》的传统，把老鼠作为揭露鞭挞的对象。《韩非子·外储说右上》把依托君主做坏事的奸臣比作社鼠。当然，也有羡慕老鼠那种寄生方式的人，李斯就是其例。《史记·李斯列传》记载，李斯有感于厕鼠和仓鼠悬殊的生存状态，决心做一只仓鼠，这说明其人格之低下，最终落得身死家破的下场。

《硕鼠》的作者幻想逃离现实的社会，前往没有剥削的乐土。这种幻想在《山海经·大荒西经》已经初见端倪：“有沃之国，沃民是处。沃之野，凤鸟之卵是食，甘露是饮。凡其所欲，其味尽存。”这是人间理想在神话中的呈现。到了陶渊明的《桃花源记》，则描绘出一幅男耕女织，没有剥削的乐土。不过这片乐土却最终没有被找到。

绸缪

绸缪束薪[1]，三星在天[2]。今夕何夕[3]，见此良人[4]？子兮子兮[5]，如此良人何？

绸缪束刍[6]，三星在隅[7]。今夕何夕，见此邂逅[8]？子兮子兮，如此邂逅何？

绸缪束楚[9]，三星在户[10]。今夕何夕，见此粲者[11]？子兮子兮，如此粲者何？

【注释】

[1] 绸缪（móu）：缠绕。束：捆。束薪：捆束的薪草。
[2] 三星：指参宿三星。天：天空。
[3] 夕：晚上。
[4] 良人：好人。
[5] 子：诗作者自谓，你。
[6] 刍（chú）：喂牲畜的草。
[7] 隅（yú）：本指角，这里谓墙角。
[8] 邂逅（xiè hòu）：不期而遇的人。
[9] 楚：荆条。
[10] 户：谓门。
[11] 粲：美丽。

【译文】

把一捆捆薪草绑缠，参宿三星挂在天。今晚是怎样的夜晚，见到这样的好人？你呀你呀，你把这良善的人怎么办？

把一捆捆饲草缠绕，参宿三星对着墙角。今晚是怎样的夜晚，见到的人这样出乎意料？你呀你呀，你怎样对待不期而遇的人才好？

把一捆捆荆条缠紧，参宿三星对着房门。今晚是怎样的夜晚，见到这个美丽的人？你呀你呀，你怎样面对美人的风韵？

【品鉴】

这首诗选自《国风·唐风》，以一位男子的口气叙述将要迎娶时的准备工作和激动心情。

这首诗共三章，虽然是重章叠唱，各章之间只更换少数词语，但依然存在按次序推移的脉络。一是类别顺序，所准备的新婚礼物分别是束薪、束刍、束楚，前两者是概括而言，束楚则落实到具体植物。类别顺序还体现在对所娶新娘的称呼，良人、邂逅、粲，是从三个不同角度进行定性。二是时间顺序，分别用“三星在天”、“三星在隅”、“三星在户”加以标示，展示的是三星由东向西运行的轨迹。

诗的作者以新郎的角色出现，他的喜悦和激动通过两种方式加以表现。一是捆束薪草，精心准备新婚礼品。二是反复向自己询问，该怎样对待将要迎娶的新娘。

《唐风·绸缪》从多方面反映出古代婚俗及其部族、地域文化特征。

一是以饲草作为新婚礼物，体现的是古朴的民风。这种婚俗还见于《周南·汉广》、《王风·扬之水》、《郑风·扬之水》等诗篇中。

二是晚间举行婚礼。诗中以星象作为时间的标识，明显是在晚间娶亲。这种习俗见于《仪礼·士昏礼》，迎娶的队伍“执烛前马”，晚间行路，要有人在前面手持火炬照明。《礼记·檀弓上》写道：“夏后氏尚黑，大事，敛用昏。”夏族的重要典礼通常都在晚间举行，祭天大典就是如此。《礼记·祭义》称：“郊之祭，大报天而主日，配以月。夏后氏祭其暗，殷人祭其阳，周人祭日，以朝及暗。”夏族祭天是在傍晚，面对黄昏的太阳，和商、周的祭祀时段明显有别。男婚女嫁是重要礼仪，夏族也在夜间举行。《仪礼·士昏礼》和《唐风·绸缪》反映的是夏族习俗。而《诗经》许多以婚嫁典礼为题材的作品，往往是反映白天举行的婚礼。

三是春季举行婚礼。《唐风·绸缪》用以标示时段的三星，指的是参星。《召南·小星》先是说：“嘒彼小星，三五在东。”既而又称：“嘒彼小星，维参与昴。”参星三颗，昴星五颗，故称参星为三星。毛传：“三星，参也。”这种解释是正确的。参星是古代纪时的标准星之一，是确定季节的重要参照物。《大戴礼记·夏小正》记载，正月，“初昏参中”，“三月参则伏”。正月黄昏时刻，参星正当中天。到了三月的黄昏，参星虽然犹在西天，但受日光影响，已经隐伏不见。《唐风·绸缪》所展示的星象表明，迎娶的季节是在夏历的正月或二月，黄昏时参星正在中天或向西倾斜，抬头看得很清楚。《大戴礼记·夏小正》的二月记事有“绥多女士”之语，传云：“绥，安也。冠子取妇之时也。”《夏小正》是夏族的历书，其中有婚姻的条目。《唐风·绸缪》所出示的星象，与《夏小正》的记载相吻合，体现的是春季婚嫁的习俗，反映的是夏文化的属性。

《唐风·绸缪》所展示的事象表明，春天晚上迎娶是唐地习俗，继承的是夏文化的传统。《左传·定公七年》叙述周初分封时称，分唐叔怀姓九宗，“命以唐诰而封于夏虚，启以夏政，疆以戎索。”唐地是夏族故址，唐叔分封在那里所建立的晋国，沿用夏族的政令，因此，那里的婚礼在时段上也沿用夏族习俗。

鸨羽

肃肃鸨羽[1]，集于苞栩[2]。王事靡盬[3]，不能艺稷黍[4]，父母何怙[5]？悠悠苍天[6]，曷其有所[7]？

肃肃鸨翼[8]，集于苞棘[9]。王事靡盬，不能艺黍稷，父母何食？悠悠苍天，曷其有极[10]？

肃肃鸨行[11]，集于苞桑。王事靡盬，不能艺稻粱[12]，父母何尝[13]？悠悠苍天，曷其有常[14]？

【注释】

[1] 肃肃：鸟飞动的样子，急迫之象。鸨（bǎo）：鸟名，似雁而大。

[2] 苞：丛生。栩（xǔ）：柞树。苞栩：丛生的柞树。

[3] 王事：官府的差事。靡：无，没有。盬（gǔ）：停止，完结。靡盬：没有休止。

[4] 艺：种植。稷黍：谷类农作物，稷无黏性，黍黏。

[5] 怙（hù）：依靠。

[6] 悠悠：高远的样子。

[7] 曷：通“何”。所：处所，指安居。

[8] 翼：鸟的翅膀。

[9] 棘：枣树。

[10] 极：尽头，终点。

[11] 行（háng）：行列。

[12] 稻：水稻。粱：高粱。

［13］尝：谓吃。
［14］常：正常。

【译文】

鸨鸟急急振羽，降落在丛生的柞树。官府的差事没有休止，不能种植五谷，用什么养活父母？高远的老天，我何时才能安居？

鸨鸟急急振翅，降落在酸枣树枝。官府的差事没完没了，给我父母吃什么？高远的老天，什么时候才能中止？

鸨鸟急急列队飞翔，降落在桑树枝上。官府的差事无尽无休，拿什么让我父母品尝？高远的老天，什么时候才能正常？

【品鉴】

这首诗选自《国风·唐风》，是担当劳役的农夫所唱。

诗中反复强调因为官府的差事繁多，没有时间种植庄稼，依次推断，当是在外服徭役的农夫所唱。

全诗三章，分别以鸨集于树枝起兴作比。《诗经》中反复出现这类物象，分别见于《秦风·黄鸟》、《小雅·黄鸟》，它们所展示的都是处非其所的景象，所栖止的各种树枝并不是鸟类应有的归宿。《鸨羽》三章都以肃肃描写鸨鸟飞翔之状，突出行动的紧迫，急切。《召南·小星》："肃肃宵征。"指的是紧急夜行，肃肃，表示急迫之义。

全诗采用重章叠唱的方式，每章只更换少数几个词语，所作的调遣颇具匠心。对于鸨鸟依次写其羽毛、翅膀、行列，视角各异。对于鸨鸟栖止的树木，依次出现的是柞树、枣树、桑树，各类不同。其他各类事象，也都以更换种类或提法的方式，尽量减少和避免重复。

诗中对于作者本人在徭役生活中的艰辛，没有直接地加以叙述，反复提到的是因为服徭役而无法奉养父母。役夫关注的焦点是家中的父母，这是《诗经》此类题材作品的基本趋向，从而和后代游子怀内作品在指向上明显有别。

《鸨羽》反映出农业文明所形成的安土重迁观念。在诗的作者看来，从事农业生产，不离开家园是正常的生活秩序，而在外服徭役则是反常的。因此，诗中反复追问"曷其有所"、"曷其有极"、"曷其有常"。诗的作者自认为处在反常状态，却又无力改变，只好向苍天发问，对命运抱着无可奈何的态度。

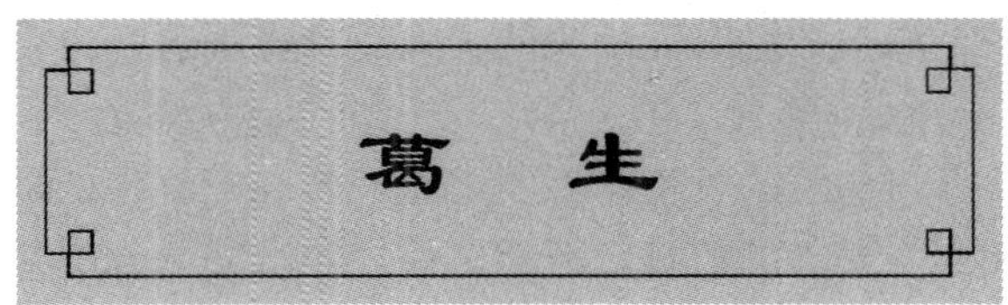

葛生

葛生蒙楚[1]，蔹蔓于野[2]。予美亡此[3]，谁与？独处[4]。
葛生蒙棘，蔹蔓于域[5]。予美亡此，谁与？独息。
角枕粲兮[6]，锦衾烂兮[7]。予美亡此，谁与？独旦[8]。
夏之日[9]，冬之夜[10]。百岁之后，归于其居[11]。
冬之夜，夏之日。百岁之后，归于其室。

【注释】

[1] 葛：一种藤生植物。蒙：覆盖。楚：指荆条。
[2] 蔹（liàn）：一种多年生蔓草。蔓：蔓延。
[3] 予美：作者的妻子。亡此：死于此，指埋葬在这里。
[4] 与：共处。
[5] 域：指茔地，即坟墓所在地。
[6] 角枕：方枕，当指死者安葬时所用。粲：色彩鲜明。
[7] 锦衾（qīn）：锦面被子，用于敛尸。烂：色彩鲜明。
[8] 独旦：独自到天明。
[9] 夏之日：夏天的白昼。
[10] 冬之夜：冬天的夜晚。
[11] 其居：指妻子的坟墓。

【译文】

荆条被葛藤爬满，蔹草在田野蔓延。我的美人埋葬在这里，由谁陪伴？她独自长眠。

枣树被葛藤覆盖，蔹草蔓延在墓地。我的美人埋葬在这里，由谁陪伴？她独自安息。

角枕漂亮，锦被灿烂有光。我的美人在这里埋葬，由谁来陪伴？她独自到天亮。

夏天的长日，冬天的长夜，百年之后，我会归到你的墓穴。

冬天的长夜，夏天的长日，百年之后，我会归到你的墓室。

【品鉴】

这首诗选自《国风·唐风》，是一位男子悼念亡妻之作，即悼亡诗。

诗作者面对亡妻的坟墓抒发哀思，通篇采用直赋其事的笔法。开头两章写墓地的荒凉，用野生植物的茂盛加以显示，选择的葛、蔹都是蔓生植物，把墓地全都覆盖，营造出一种苍凉的气氛。接着，作者由外向内透视，怀念长眠于地下的亡妻，慨叹她的寂寞孤独。

第三章由墓内的葬品写起，先写枕被的珍贵华美。由此联想到亡妻的美丽，以及作者安葬妻子时的苦心经营。

诗的最后两章抒发的是愁苦觉时长的感受。夏之日、冬之夜都很漫长，这既是作者的感受，也是他对亡妻独处独息的设想。诗的最后以“归于其居”、“归于其室”作结。他无法超越生死的悬隔，只能等待死后与妻子相聚。对妻子的眷恋，使他超越人的乐生恶死的本能，把死亡变成一种期盼、期待。

《诗经》中的悼亡诗还有《陈风·防有鹊巢》，同样是男子面对亡妻坟墓的哀悼之辞。《邶风·绿衣》也是悼亡之作，作品采用睹物思人的表现方式，由亡妻的遗物引发哀悼之情。另外，《秦风·黄鸟》是哀悼殉葬者之诗，和以上三首诗不属于同一个类型。

蒹葭

蒹葭苍苍[1]，白露为霜。所谓伊人[2]，在水一方[3]。溯洄从之[4]，道阻且长[5]。溯游从之[6]，宛在水中央[7]。

蒹葭萋萋[8]，白露未晞[9]。所谓伊人，在水之湄[10]。溯洄从之，道阻且跻[11]。溯游从之，宛在水中坻[12]。

蒹葭采采[13]，白露未已[14]。所谓伊人，在水之涘[15]。溯洄从之，道阻且右[16]。溯游从之，宛在水中沚[17]。

【注释】

[1] 蒹葭（jiān jiā）：蒹，草名，又称荻。葭：芦苇。二者相近。苍苍：茂盛的样子。

[2] 所谓：心中所念。伊人：那个人。

[3] 一方：另一边，水的对面。

[4] 溯：逆流而上。洄：水流旋转。溯洄：曲折前进，这里指步行。

[5] 阻：险阻，难行。

[6] 溯游：逆水游泳。

[7] 宛：宛如，好像。

[8] 萋萋：浓密的样子。

[9] 晞（xī）：晒干，蒸发尽。

[10] 湄（méi）：水边。

[11] 跻（jī）：升高。

［12］坻（chí）：水中小高地。
［13］采采：众多的样子。
［14］未已：未尽。
［15］涘（sì）：水边。
［16］右：迂回弯曲。
［17］沚（zhǐ）：水中的陆地。

【译文】

茂盛的芦荻上，白露成了霜。心中想念的那个人，在水的另一方。逆流而上，曲折行进追寻她，道路艰险又漫长。逆水游泳追寻她，她好像在水的中央。

密集的芦荻上，白露还没有风干。心中想念的那个人，在水的那一边。逆流而上，曲折行进追寻她，道路艰险又难攀。逆水游泳追寻她，她好像在水中的岛屿间。

众多的芦荻上，白露还没有消失。心中想念的那个人，在那对面的水际。逆流而上，曲折行进追寻她，道路艰险又弯曲。逆水游泳追寻她，她好像在水中的陆地。

【品鉴】

这首诗选自《国风·秦风》，叙述一位男子对于水另一边女子的苦苦追求。

诗的各章均以蒹葭、白露开头，出现的是一幅水边秋天景象，给人以清凉之感。

白露还作为表示时间流程的物象出现，表明是清晨及以后的一段时间。从“白露为霜”、“白露未晞”，到“白露未已”，所经历的时段不是漫长而是较短。

男主角在短暂的时段对于他心中的女子多方追求，或是在陆地上逆水行走，或者入水游泳，但都未能如愿。

这首诗采用的是重章叠唱的方式，各章所变换的词语都经过仔细的推敲，颇具匠心。形容陆地的道路，或言其漫长，或言其越来越高，或言其迂回曲折，各有侧重。至于说到女子所处的地点，所用的词语则分成两个系列。水一方、水之湄、水之涘，含义基本相同。水中央、水中坻、水中沚，含义也是大体一致。后一系列所出现的，当是男子游泳时所见女子在水中的映象，用一个“宛”字显示其动感。

这首诗的意境和《周南·汉广》相似，水域作为男女交往的阻隔出现，男主角所追求的女子都是可望而不可即的。

黄　鸟

交交黄鸟[1]，止于棘[2]。谁从穆公[3]？子车奄息。维此奄息，百夫之特[4]。临其穴[5]，惴惴其栗[6]。彼苍者天，歼我良人[7]。如可赎兮，人百其身[8]。

交交黄鸟，止于桑。谁从穆公？子车仲行。维此仲行，百夫之防[9]。临其穴，惴惴其栗。彼苍者天，歼我良人。如可赎兮，人百其身！

交交黄鸟，止于楚[10]。谁从穆公？子车鍼虎。维此鍼虎，百夫之御[11]。临其穴，惴惴其栗。彼苍者天，歼我良人。如可赎兮，人百其身！

【注释】

[1] 交交：鸟鸣声。黄鸟：黄雀。
[2] 棘：枣树，有刺。
[3] 穆公：春秋时期秦国的君主，姓嬴，名任好。
[4] 特：匹敌。
[5] 穴：坟墓。
[6] 惴（zhuì）惴：恐惧貌。栗（lì）：身体发抖。
[7] 良人：善人，能人。
[8] 人百其身：用百人换回他一个人。省略赎字。
[9] 防：抵挡。
[10] 楚：木名，指荆条。
[11] 御：抵御。

【译文】

交交鸣叫的黄雀，停留在有刺的枣枝。谁跟随穆公一起去，子车氏的奄息。就是这个奄息，百个男子能匹敌。面临墓穴，恐惧发抖。那青天呀，这里杀害的是我们的良人。如果能够相赎，用百个人换回其一身。

交交鸣叫的黄雀，停留在桑树上。谁跟随穆公一起去，子车氏的仲行。就是这个仲行，百个男子能抵挡。面临墓穴，恐惧发抖。那青天呀，这里杀害的是我们的良人。如果能够相赎，用百个人换回其一身。

交交鸣叫的黄雀，停留在带刺的荆树。谁跟随穆公一起去，子车氏的鍼虎。就是这个鍼虎，百个男子能抵御。面临墓穴，恐惧发抖。那青天呀，这里杀害的是我们的良人。如果能够相赎，用百个人换回其一身。

【品鉴】

这首诗选自《国风·秦风》，是秦人为哀悼殉葬的子车氏三兄弟而作。

《左传·文公六年》记载："秦伯任好卒，以子车氏之三子奄息、仲行、鍼虎为殉，皆秦之良也。国人哀之，为之赋《黄鸟》。"秦伯任好指秦穆公，他死后以人为殉。据《史记·秦本纪》记载，当时殉葬的有一百七十七人，其中包括子车氏三兄弟。由于子车氏三兄弟是秦国的英杰，所以，人们作《黄鸟》一诗表示哀悼。

《黄鸟》全诗三章，各章分别以"交交黄鸟，止于棘"、"交交黄鸟，止于桑"和"交交黄鸟，止于楚"起兴，引出子车氏三兄弟殉葬的事件。在《诗经》中，鸟集于树，往往是作为处非其所的象征出现的。《唐风·鸨羽》是役夫思乡之诗，全诗三章，开头分别是"肃肃鸨羽，集于苞栩"、"肃肃鸨翼，集于苞棘"和"肃肃鸨行，集于苞桑"，这里由鸨鸟集于树，而引出后面的役夫之怨，鸨鸟似雁蹼足，能涉水，属于水鸟。水鸟而栖于树，是处非其所；役夫长期在外，也是处非其所。《小雅·黄鸟》是流浪他乡之人的歌，三章开头分别是"黄鸟黄鸟，无集于穀"、"黄鸟黄鸟，无集于桑"和"黄鸟黄鸟，无集于栩"，然后引出自己在他乡所遭受的冷遇。黄鸟集于树，仍然是处非其所的象征，因此诗的作者劝告黄鸟不要在树上栖止。

《秦风·黄鸟》各章开头两句的起兴，都把黄鸟止于树作为处非其所的象征，其所以如此，是由黄鸟所留止的树木所决定的。黄鸟所处之树有棘，有楚。棘是枣树，楚是荆树，低矮有刺当然不适于黄鸟栖息。至于桑树，则是另有原因。《卫风·氓》写道："于嗟鸠兮！无食桑葚。"鸟食桑葚会被麻醉，因此，古人认为桑树也不适合鸟栖息。

清人马瑞辰《毛诗传笺通释》解说《秦风·黄鸟》，一方面指出鸟栖于棘、桑、楚是不得其所，"兴三良之从死为不得其死也"。另一方面，他又从读音切入进行论述："棘之言急也，桑之言丧也，楚之言痛楚也，古人用物多取名于音。"他的这种说法可供参考。

《黄鸟》是为哀悼子车氏兄弟所作，先以鸟所止之树非其所起兴，然后描写子车氏兄弟殉葬时的惨状："临其穴，惴惴其栗。"以人殉葬的残酷性得到了充分的揭露。

子车氏三兄弟是秦国的杰出人才，诗中相继用"百夫之特"、"百夫之防"、"百夫之御"加以形容。他们一个人匹敌一百个人，因此，每章诗的结尾用的都是"如其赎兮，人百其身"，愿以百人换回一人，在数字上与前面相呼应。

秦穆公以人殉葬，这种惨无人道的行为在当时引起极大的愤慨，对此，《左传·文公六年》写道：

> 君子曰："秦穆公之不为盟主也宜哉！死而弃民。先王违世，犹诒之法，而况夺之善人乎？……今纵无法以遗后嗣，而又收其良以死，难以在上矣。"

这段话是从秦穆公霸业未成切入，其中体现了人文关怀，对生命的珍视。

无衣

岂曰无衣，与子同袍[1]。王于兴师[2]，修我戈矛[3]，与子同仇。

岂曰无衣，与子同泽[4]。王于兴师，修我矛戟，与子偕作[5]。

岂曰无衣，与子同裳[6]。王于兴师，修我甲兵[7]，与子偕行。

【注释】

[1] 袍：穿在外边的上衣。

[2] 王（wǎng）：前往。《诗经·小雅·六月》："王于出征，以匡王国。"《诗经·大雅·板》："昊天曰明，及尔出王。"两处的王字，均指前往。于：语助词。

[3] 修：修理，整治。

[4] 泽：借作襗（zé），内衣。

[5] 偕作：共同去作。

[6] 裳：下衣，古代穿的是裙。

[7] 甲兵：铠甲和兵器。

【译文】

怎么能说没有衣服，我和你同穿一件战袍。前往兴师出征，修好我的戈矛，我和你把共同的仇敌横扫。

怎么能说没有衣服，我和你同穿一件汗衫。前往兴师出征，修好我的矛戟，与你并肩作战。

怎么能说没有衣服，我和你同穿一件战裙。前往兴师出征，修好我的甲兵，与你共同行进。

【品鉴】

这首诗选自《国风·秦风》，是秦地动员参战的作品，可以说是参军歌。

秦国地处西陲，与周边民族的战争比较频繁，由此形成尚武风气。

《秦风·无衣》反映的正是秦地尚武的风气。在兴师出兵之际，人们踊跃参加军队，表现出高昂的士气，而见不到对战争的恐惧。《秦风》的《驷驖》、《小戎》反映的也是尚武的风气。《老子》第三十一章称："兵者，不祥之器。"把军礼和丧礼并列，都属于凶礼。这是农业文明形成的厌战心理。秦地风尚则是对这种心理的超越和疏离。

《秦风·无衣》还反映出古代个人之间的赠衣习俗。所谓的"与子同袍"、"与子同泽"、"与子同裳"，并不是两人同穿一件衣服，而是把自己的衣服赠给别人。这种赠衣行为多在关系密切的个人之间进行，表示情同一体，生命相通。《郑风·缁衣》、《唐风·无衣》都是表现私人之间赠衣习俗的。这种习俗在后代延续久远。

《秦风·无衣》在叙述以衣相赠时，遵循由外到里、由上到下的顺序。袍是外衣，泽是内衣，二者均为上衣，裳则是下裙。这种排列顺序显示出彼此的情谊越来越深，以至到亲密无间的程度。

宛丘

子之汤兮[1]，宛丘之上兮[2]。洵有情兮[3]，而无望兮[4]。

坎其击鼓[5]，宛丘之下。无冬无夏，值其鹭羽[6]。

坎其击缶[7]，宛丘之道。无冬无夏，值其鹭翱[8]。

【注释】

[1] 子：巫师。汤：通“荡”，指摇荡，形容舞姿。

[2] 宛丘：陈国地名，在陈国都城（今河南淮阳）南。

[3] 洵（xún）：确实，实在。

[4] 望：希望，期盼。

[5] 坎：击鼓声。

[6] 值（zhì）：持，拿着。一说指戴着。

[7] 缶（fǒu）：一种瓦制的打击乐器。

[8] 翱（dào）：用鸟羽做的一种舞具。

【译文】

你起舞摇荡，在宛丘之上。实在是真情投入，却没有什么希望。

咚咚地敲鼓，在宛丘的山麓。无论冬天还是夏天，手中都持着鹭羽。

哐哐敲着瓦缶，在宛丘的大路。无论冬天还是夏天，手中都持着鸟羽。

【品鉴】

《诗经·陈风》所收录的《宛丘》、《东门之枌》，都是反映陈地巫风的作品。《宛丘》的主角是巫师，通常认定是女巫。《东门之枌》的主角也是巫师，称其为“子仲之子”、“不绩其麻”。绩，指的是把麻的外皮剥下，取其纤维搓成线，用于织布。这类劳动多由女性承担。《国语·鲁语下》：“公父文伯退朝，朝其母，其母方绩。”由此可证，《宛丘》的巫师应是女性。

宛丘，实有其地，有时又称韫丘，宛、韫音近而通。《韩诗外传》卷三记载：“子路与巫马期薪于韫丘之下，陈之富人有处师氏者，脂车百乘，觞于韫丘之上。”宛丘是陈国的名胜之地，平民到山上打柴，富人则到那里郊游宴饮。宛丘是来往之人众多的地方，巫术活动也在那里举行。《陈风·东门之枌》在叙述巫师表演时也提到“宛丘之栩”，那里有柞树生长。

《宛丘》中的女巫是以鹭羽为舞具，鹭，指白鹭，是一种水鸟。《诗经·周颂·振鹭》：“振鹭于飞，于彼西雝。”雝，指周代贵族子弟学校，又称辟雝，位于皇城西边，周围有水环绕，因此有白鹭飞翔。《诗经·鲁颂·有駜》：“振振鹭，鹭于下。”“振振鹭，鹭于飞。”白鹭群飞，被视为壮丽的美景。女巫手持白鹭羽毛制作的道具婆娑起舞，格外引人注目。把鸟羽作为道具，《诗经》中经常见到，《邶风·简兮》中的舞师“左手执籥，右手秉翟”，《王风·君子阳阳》中的主角“左执翿”，都是以鸟的羽毛为舞具，巫术活动和平常的歌舞娱乐在这方面是相通的。

《宛丘》展示的巫术活动是“坎其击鼓”、“坎其击缶”，以打击乐器为主，营造的是热烈的气氛，反映出巫师起舞的迷狂状态。

巫师的表演是全身心投入，但是，诗的作者对她们所作的祈祷却不抱任何希望，认为她们是徒劳无功。《宛丘》对巫术活动持否定态度，以清醒的理性观照陈地的风俗。

《宛丘》一诗采用的是按空间方位依次展开的叙事方式，各章第二句依次是“宛丘之上”、“宛丘之下”、“宛丘之道”，遵循的是由高到低的顺序。

衡门

衡门之下[1]，可以栖迟[2]。泌之洋洋[3]，可以乐饥[4]。

岂其食鱼，必河之鲂[5]？岂其取妻[6]，必齐之姜[7]？

岂其食鱼，必河之鲤[8]？岂其取妻，必宋之子[9]？

【注释】

[1] 衡：通“横”。衡门：横木为门。《诗经·齐风·南山》：“艺麻如之何，衡从其亩。”衡从，即横纵。这里指简陋的房屋。

[2] 栖迟：游息。《诗经·小雅·北山》：“或栖迟偃仰”，即指休闲。

[3] 泌（bì）：涌流的泉水。洋洋：水大的样子。

[4] 乐：通“疗”。乐饥：止饥，治疗饥饿。

[5] 河：黄河。鲂（fáng）：一种淡水鱼，似鳊。《诗经·周南·汝坟》：“鲂鱼赪尾。”

[6] 取：通“娶”，聘娶。

[7] 齐之姜：齐国姜姓之女。春秋时期齐国君主姜姓。

[8] 鲤：鲤鱼。

[9] 宋之子：宋国子姓的女子。宋国君主子姓。

【译文】

横木为门的屋下，可以休闲游乐。奔涌浩大的泉水，可以使人忘掉饥饿。

难道吃鱼，一定要黄河的鲂？难道娶妻，一定要齐地的姜姓姑娘？

难道吃鱼，一定要黄河的鲤？难道娶妻，一定要宋地的子姓闺女？

【品鉴】

这首诗选自《国风·陈风》，是一首抒发隐士安贫乐道的诗。

作品的主人公是位隐士，住在简陋的房子里。可是他充满了乐趣，不因贫寒而戚戚于怀。他的精神世界是丰富的，因此，能超越物质生活匮乏所造成的困扰，生活得自由自在。

诗的后两章由食鱼引出娶妻。鲂、鲤都是黄河所产的鱼，在当时很名贵。食鱼不必鲂、鲤，表明他在饮食上无所奢求。齐国的姜姓与宋国的子姓，都是当时的高门望族。娶妻不必齐姜、宋子，表明他在婚姻上没有攀高附势之心，不讲虚荣。

这是一位疏离政治中心而自得其乐的隐士。在他身上体现出的安贫乐道精神，反映出古代士人的可贵品格。《论语·雍也》篇记载：

> 子曰："贤哉，回也！一箪食，一瓢饮，在陋巷。人不堪其忧，回也不改其乐。贤哉，回也！"

《衡门》中的隐士和颜渊相似，都是在简陋的生活条件下自得其乐。《论语·述而》篇还写道：

> 子曰："饭疏食，饮水，曲肱而枕之，乐亦在其中矣。不义富且贵，于我如浮云。"

在艰苦的环境中自得其乐而不贪恋富贵，《衡门》中的隐士同样如此。

《陈风·衡门》是早期的隐士诗，《诗经》中类似的诗还有《卫风·考槃》、《小雅·鹤鸣》。《衡门》是隐士自道，《考槃》和《鹤鸣》则是以他人的视角观照隐士，采取第三人称写法表现隐士。

蔡邕《郭有道碑》赞扬隐士郭泰"栖迟泌丘"，用的就是《陈风·衡门》的典故。

素冠

庶见素冠兮[1]，棘人栾栾兮[2]。劳心慱慱兮[3]。
庶见素衣兮，我心伤悲兮。聊与子同归兮[4]。
庶见素韠兮[5]，我心蕴结兮[6]。聊与子如一兮。

【注释】

[1] 庶：幸运。素：白色。素冠：白色的帽子。

[2] 棘：通“瘠”，指消瘦。《吕氏春秋·任地》：“棘者欲肥，肥者欲棘。”栾（luán）：瘦瘠的样子。

[3] 慱（tuán）慱：忧虑的样子。

[4] 聊：愿意。同归：指一道恪守丧礼。

[5] 韠（bì）：蔽膝，古代一种遮蔽在身前的皮制服装。

[6] 蕴结：郁结，抑郁如结。

【译文】

有幸见人戴着白色孝帽，消瘦得骨立形销，内心忧伤愁肠盘绕。

有幸见人穿着白色的孝衣，我的心里好伤悲，愿意与你一起尽孝同归。

有幸见人穿着白色蔽膝，我的心里忧伤抑郁，愿意和你同心一意。

【品鉴】

这首诗选自《国风·桧风》。桧地有人身穿丧服，以礼守丧，作者见此深有感触，创作了这首诗。

诗的主角是一位孝子，他身穿丧服，形体消瘦，内心悲伤。作品从服装到形体，再到内心，采取从外到内的描写顺序，深刻而全面地展示了这位守丧者的以礼行事。对他的服装描写，依次是素冠、素衣、素韠，遵循的是从上到下的次序。诗反复渲染衣冠的素色，反映出丧礼的悲哀气氛。《荀子・礼论》在谈到丧礼时说："齐衰、苴杖、居庐、食粥、席薪、枕块，是君子之所以为愅诡其所哀痛之文也。"《素冠》的主角正是这样一位严格按丧礼行事的孝子，从他的服装、形貌、表情，可以推想出他居丧期间的状况。

全诗三章，第一章集中刻画以礼居丧的孝子，后两章在展示孝子的服装之后，则是表达诗的作者对孝子的崇敬、同情，重点在抒发自己的感情。

古代把丧礼看得很重，有一系列烦琐的礼仪，本诗只不过展示了丧礼的一角。诗的作者对以礼居丧孝子的认可和同情，是对周代礼乐文化的肯定和弘扬。

《诗经》反映丧礼的作品仅此一篇，这与周代的礼乐观、丧葬观密切相连。按照礼的规定，丧葬期间禁绝一切歌舞娱乐。《礼记・乐记》又称："乐者，乐也。"既然把诗歌舞一体的乐在本质上确定为欢乐，这样一来，丧葬题材就很难进入诗歌。《素冠》出自桧地，桧国君主妘姓，是楚族的后裔。这首诗以居丧为题材，反映出楚文化有别于周代礼乐文化的一个特点，即丧葬并不与诗歌绝缘。《九歌・国殇》就是为祭祀阵亡将士而作。

候人

彼候人兮[1]，何戈与祋[2]。彼其之子[3]，三百赤芾[4]。
维鹈在梁[5]，不濡其翼[6]。彼其之子，不称其服[7]。
维鹈在梁，不濡其咮[8]。彼其之子，不遂其媾[9]。
荟兮蔚兮[10]，南山朝隮[11]。婉兮娈兮[12]，季女斯饥[13]。

【注释】

[1] 候人：看守边境和道路、迎送宾客的官吏。

[2] 何：通“荷”，扛。戈：兵器，横刃长柄。祋（duì）：兵器，竹制，顶端不用金属为刃，八棱而尖，长一丈二尺。

[3] 彼其之子：那个人，指候人。

[4] 三百：不是确指，极言数量繁多。芾（fú）：革制，长方形，上窄下宽，固定在腹下膝上。赤芾：红色蔽膝。

[5] 鹈（tí）：水鸟名，羽毛洁白，嘴长尺余，下颌有皮囊，捕鱼为食，又称鹈鹕。梁：筑在水中用于捕鱼的石坝。

[6] 濡：粘湿。翼：翅膀。

[7] 称：相称，相配。服：服装。

[8] 咮（zhòu）：鸟嘴。

[9] 遂：实现，终结。媾（gòu）：婚姻。

[10] 荟（huì）：聚集之象。蔚：兴起之象。

[11] 朝隮（jī）：清晨雨雾升腾。朝：早晨。

[12] 婉：柔美，可爱。娈：美好。

[13] 季女：少女。饥：饥饿。

【译文】

那个守路迎宾的小官，肩扛戈矛和带尖儿的竹竿。就是那个人，穿红色的蔽膝的下属三百员。

鹈鹕在水中石梁，没有粘湿它的翅膀。就是那个人，配不上他穿的衣裳。

鹈鹕在水中石堰，没有粘湿它的嘴尖。就是那个人，没有把婚姻兑现。

聚集啊兴起啊，南山早晨雾气升腾。可爱啊美好啊，少女正在饥饿中。

【品鉴】

这首诗选自《国风·曹风》，以一位少女的口气倾诉对相恋男子的埋怨。

诗中首先出现的是候人形象，先秦时期确实存在这个官职。《周礼·夏官》的属官有候人：

> 候人，各掌其方之道治与其禁令，以设候人。若有方治，则帅而致于朝。及归，送之于境。

候人的职位低于卿和大夫，属于下层官吏，但他所辖制的兵徒数量较多。《国语·周语中》在叙述接待使者的礼仪时有“候人为导”之语。可见，候人担当送往迎来的职责，在边境接待来使，把他引导到朝廷，使者返回时送到边境。

候人隶属于司马，是军队的编制，所以配备了武器，《候人》首章所说的“何戈与祋”，反映的就是当时的情况。至于说到“三百赤芾”，极力渲染候人下属兵徒的众多，虽然带有夸张的成分，但也有一定的现实基础。三百，在《诗经》中是表示数量众多的习惯用语，并不是确切的数字。《魏风·伐檀》：“不稼不穑，胡取禾三百廛兮?”后两章还有“三百亿”、“三百囷”，都是极言其多。《小雅·无羊》：“谁谓尔无羊?三百维群。”这也是以三百为多。至于《候人》提到的赤芾，在《诗经》其他作品也可以看到。《小雅·斯干》：“乃生男子，载寝之床。载衣之裳，载弄之璋。其泣喤喤，朱芾斯皇，室家君王。”这是对男婴的预先设想和祝福，将要给他扎上红色蔽膝用来显示其高贵的身份。《小雅·采芑》描写周宣王时期的将领方叔也有同样的诗句“朱芾斯皇”。《小雅·采菽》描写天子赏赐来朝诸侯的物品，也提到“赤芾在股”，赤芾是天子所赐。周族尚赤，赤芾是地位高贵的象征。《礼记·玉藻》写道：“韠，君朱，大夫素，士爵韦。”韠，指的就是蔽膝。按照周礼的规定，只有高层贵族才允许用赤芾，至于像候人这样的低级官吏只能用皮革制成的黑色蔽膝。《曹风·候人》表明，到了诗歌创作的时代，周礼的上述规定已经失效，使用赤芾的范围扩大，属于士阶层的候人及其部下都扎着赤色蔽膝。

《候人》第二、三章均以鹈鹕起兴作比，用以表达对于所恋男子的幽怨。鹈鹕以捕鱼为食物，可是诗中出现的鹈鹕，虽然在石梁，却“不濡其翼”，翅膀都没有粘湿。它根本没有入水捕鱼，是有名无实。候人身扎赤色的蔽膝，看起来威风体面，而他的所作所为却“不称其服”，和他的服装不配，类似有名无实的鹈鹕。那么，候人的“不称其服”体现在哪里呢？第三章给出了明确的答案，他的名实不符在于“不遂其媾”，他不肯和这位女子结成配偶。不接近这位女子，就如鹈鹕站在石梁上“不濡其咮”，连嘴巴都没有粘湿，就更别提捕水中的鱼了。《周南·关雎》是用鱼鹰的鸣叫引出诗人对窈窕淑女的追求，是顺势起兴，但是《关雎》捕鱼事象是潜在话语，没有明言。《候人》由鹈鹕不捕鱼引出候人不与女方亲近的现实，也是顺势起兴，但用以起兴的事象公开展示出来。

《候人》结尾一章采用象征手法。“荟兮蔚兮，南山朝隮”。这是用云雾升腾暗示女子焦躁不安的心情。“婉兮娈兮，季女斯饥”。女子先是展示自己的美丽可爱，然后道出她所面临的困扰，那就是性爱得不到满足，情感处于饥饿状态。“季女其饥”是隐语，也是代用语。类似的隐语还见于《周南·汝坟》：“未见君子，惄如调饥。”

七月

七月流火[1]，九月授衣[2]。一之日觱发[3]，二之日栗烈[4]。无衣无褐[5]，何以卒岁[6]？三之日于耜[7]，四之日举趾[8]。同我妇子，馌彼南亩[9]，田畯至喜[10]。

七月流火，九月授衣。春日载阳[11]，有鸣仓庚[12]。女执懿筐[13]，遵彼微行[14]，爰求柔桑[15]。春日迟迟[16]，采蘩祁祁[17]。女心伤悲，殆及公子同归[18]。

七月流火，八月萑苇[19]。蚕月条桑[20]，取彼斧斨[21]。以伐远扬[22]，猗彼女桑[23]。七月鸣鵙[24]，八月载绩[25]。载玄载黄[26]，我朱孔阳[27]，为公子裳。

四月秀葽[28]，五月鸣蜩[29]。八月其获[30]，十月陨萚[31]。一之日于貉[32]，取彼狐狸，为公子裘。二之日其同[33]，载缵武功[34]。言私其豵[35]，献豜于公[36]。

五月斯螽动股[37]，六月莎鸡振羽[38]。七月在野，八月在宇[39]，九月在户[40]，十月蟋蟀入我床下。穹窒熏鼠[41]，塞向墐户[42]。嗟我妇子，曰为改岁[43]，入此室处[44]。

六月食郁及薁[45]，七月亨葵及菽[46]。八月剥枣[47]，十月获稻。为此春酒[48]，以介眉寿[49]，七月食瓜，八月断壶[50]，九月叔苴[51]，采荼薪樗[52]，食我农夫。

九月筑场圃[53]，十月纳禾稼[54]。黍稷重穋[55]，禾麻菽麦[56]。嗟我农夫，我稼既同[57]，上入执宫功[58]。昼尔于茅[59]，宵尔索绹[60]。亟其乘屋[61]，其始播百谷[62]。

二之日凿冰冲冲[63]，三之日纳于凌阴[64]。四之日其蚤[65]，献羔祭韭[66]。九月肃霜[67]，十月涤场[68]。朋酒斯飨[69]，曰杀羔羊，跻彼公堂[70]。称彼兕觥[71]，万寿无疆！

【注释】

[1] 七月：豳历七月即夏历七月。后面的四月、五月、六月、九月，皆指夏历。流：向下沉。火：星名，又名大火星，即心宿。该星每年六月的黄昏便向西倾斜，七月的黄昏即将沉降到地平线以下。

[2] 授衣：贵族成员发放给家人衣服，或是把裁制衣服的活计交给妇女去做。一说给农奴发放衣服。

[3] 一之日：豳历纪时名称，即夏历十一月，周历的一月。觱发（bì bō）：风声，指寒风。

[4] 二之日：即夏历十二月。栗烈：即凛冽，寒气袭人。

[5] 褐（hè）：粗毛或粗麻布制成的短衣。

[6] 卒岁：终年，指度过寒冬。

[7] 三之日：夏历一月。于：取出。耜（sì）：农具，类似于犁，用于翻地。

[8] 四之日：夏历二月。举趾：举足，即前往。

[9] 馌（yè）：送饭。南亩：指在居住场所南面的田地。

[10] 田畯（jùn）：农官，监管农奴的田间劳动。

[11] 春日：春。载：则。阳：温暖。

[12] 有：词头，语助词。仓庚：黄莺。

[13] 懿（yì）筐：深筐。

[14] 遵：沿着。微行：小道。

[15] 爰：语助词，乃，于是。求：寻找。柔桑：柔嫩的桑叶。

[16] 迟迟：缓缓，白昼时间长。

[17] 蘩：植物名，即白蒿。用它垫蚕筐，以便蚕在上面结茧，也可用于祭祀。

[18] 殆：危险，害怕。及：与。同归：一起回去。

[19] 萑（huán）苇：即蒹、葭两种植物，芦荻类，这里用作动词，指割取它们。

[20] 蚕月：养蚕的月份，指夏历三月。条桑：修剪桑枝。

［21］斨（qiāng）：与斧子同类工具，斧的柄孔椭圆，斨的柄孔方。

［22］远扬：指又远又高的桑枝。

［23］猗（yī）：借作掎（jǐ），牵引。女桑：柔嫩的桑。

［24］鵙（jué）：鸟名，又名伯劳，子规，杜鹃。

［25］载：则。绩：织。

［26］玄：黑色。

［27］朱：大红色。孔阳：特别鲜亮。

［28］秀：生穗。葽（yāo）：草名，又叫师姑草，赤雹子。一说，药草名，即远志。

［29］蜩（tiáo）：蝉，俗名知了。

［30］获：收获庄稼。

［31］陨萚（tuò）：皆指坠落之义，指草木凋零。

［32］于：取。貉（hé）：兽名，形似狐狸，但体胖尾短。

［33］同：集合，指结队打猎。

［34］缵（zuǎn）：继续。武功：指狩猎。

［35］言：乃。私：留给自己。豵（zōng）：半岁到一岁的猪，泛指小猪。

［36］豜（jiān）：三岁的大猪，泛指大兽。公：指农奴主。

［37］斯螽（zhōng）：蝗虫，蚱蜢类动物。股：腿。动股：指跳动。

［38］莎（shā）鸡：即纺织娘。振羽：振动翅膀。

［39］宇：屋檐。自“七月在野”以下四句，主语都是蟋蟀。

［40］户：门。

［41］穹（qióng）：洞。窒（zhì）：堵塞。穹窒：把窟窿堵好。

［42］塞：堵塞。向：朝北的窗子。墐（jǐn）：涂抹。

［43］改岁：过年。

［44］处：居。

［45］郁：果木名，即郁李，野生。薁（yù）：一种藤本植物，即野葡萄。

［46］亨：同“烹”。葵：冬葵，古代重要的蔬菜之一。菽（shū）：豆类。

［47］剥：敲打。

［48］春酒：冬天酿造，春天饮用的酒。

［49］介：祈，求。眉寿：长寿。

[50] 壶：葫芦。断壶：摘下葫芦。

[51] 叔：拾取。苴（jū）：麻，这里指麻子。

[52] 荼（tú）：荼菜，味苦，可食。薪：作动词，指砍柴。樗（chū）：木名，叶臭，又名臭椿。

[53] 场：打谷场，这里作动词。圃：菜园。场圃：把菜园平整作为打谷场。

[54] 纳：收进。禾稼：谷物的统称。

[55] 黍：黏谷，即糜子，黄色。稷：谷子。重：通“穜”（tóng），早种晚熟的谷物。稑（lù）：早熟的谷物。

[56] 禾：泛指谷类。

[57] 同：聚拢，收齐。

[58] 上：通“尚”，还要。入：到农奴主那里。执：做，从事。宫功：修建房屋之事。

[59] 昼：白天。于：取。茅：茅草。

[60] 宵：夜间。索：用作动词。绹（táo）：绳子。索绹：搓绳。

[61] 亟：急忙。乘屋：登屋，上房修缮。

[62] 始播：开始播种。

[63] 冲冲：凿冰的声音。

[64] 凌阴：冰窖。

[65] 蚤：早，早晨。

[66] 献羔祭韭：用羊羔、韭菜进行祭祀。

[67] 肃：迅速。《国语·晋语七》：“知羊舌职之聪敏肃给也，使佐之。”肃霜：迅速下霜。

[68] 涤场：收拾打谷场。

[69] 朋酒：两壶酒。飨（xiǎng）：聚餐。

[70] 跻（jī）：登上。公堂：家族或村社聚会的公共场所。

[71] 称：举起。兕觥（sì gōng）：形似犀牛角的酒杯。

【译文】

七月黄昏大火星偏西下移，九月指派妇女裁制冬衣。十一月寒风呼啸，十二月寒气刺骨，没有衣服，连粗糙的短衣都没有，怎么度过这一年的末季？一月取出翻地的耜，二月举步前往，同我的妻子儿女，把饭送到南边的田地，农官来到很是欢喜。

七月黄昏大火星偏西下移，九月指派妇女裁制冬衣。春天暖洋洋，黄莺欢快地歌唱。女子们手提深筐，走在小路上，去采摘叶片柔嫩的新桑。春天的白日漫长，采集的白蒿装满筐。女子心中悲伤，险些被公子带走同往。

七月的黄昏大火星偏西下移，八月割苇割荻。三月修剪桑树，拿着圆孔方孔的斧头，砍伐又高又远的桑枝，把柔嫩的桑枝牵引保护。七月伯劳鸣鸣叫，八月开始把丝麻织纺。把它们染黑染黄，我染的大红最耀眼，为公子制作下裳。

四月吐穗的是师姑草，五月鸣叫的是知了。八月开始收获，十月草木落叶。十一月猎取貉，还有狐狸，为公子制作皮衣。十二月集合民众，继续狩猎练武功，小的猎物自己留下，大的猎物奉献归公。

五月蚂蚱伸腿出声，六月纺织娘振翅齐鸣。蟋蟀七月在田野，八月迁到屋檐下处，九月钻到门后，十月钻到我床下隐伏。堵洞穴熏老鼠，封严南北的窗户。唉！我的妻子儿女，快要过年了，就在这屋里居住。

六月吃野生的李子葡萄，七月煮葵菜和豆。八月打枣，十月收割稻。用它酿造春酒，用来祈求长寿，七月吃瓜，八月摘葫芦。九月拾取麻籽，采苦菜砍樗树，用来养活我们农夫。

九月把菜园改成打谷场，十月把庄稼运进来，有糜子和各种谷类，还有麻豆和麦。唉！我们农夫，庄稼既已进场，还要到主人那里做工。白天取来茅草，晚上用它搓绳。急忙上房去修缮屋顶，马上就要春耕播种。

十二月凿冰咚咚，正月把它放在窖中。二月的清早举行祭祀，献上羔羊韭菜开窖取冰。九月迅速下霜，十月收拾打谷场。摆上两壶酒聚餐，于是宰杀羔羊。登上聚餐的公堂，高举犀牛角形的酒杯，祝福主人万寿无疆。

【品鉴】

《七月》选自《国风·豳风》，是周族先民的集体创作，反映当时农奴一年四季的劳动及生活情况。

《七月》兼用夏历和豳历，豳历是周历的前身，由此推测，此篇创作年代较早，必定是西周时期的作品。

作品大量采用物候标示季节的方式，其中有天象、气候、动物、植物等，所选取的物象都很有代表性，反映出周初先民与自然的密切关系。

全诗八章，每章主要叙述一至两件生产和其他活动。第一章是播种，第二章是采桑，第三章是养蚕织布，第四章是狩猎，第五章是修缮房屋，第六章是采集食物，第七章是服劳役，第八章是祭祀宴饮。每章各有重点，基本是分门别类加以编排，同时，各章的排列大体遵循时间顺序，体现出按类别划分和按时间顺序的结合。

《七月》出自农奴之手，全面地叙述他们一年的各项活动，以生产活动为主。同时，对于农奴的生活状况，也从衣、食、住三个方面作了展示。“无衣无褐，何以卒岁?”这是叙述他们在凛冽的冬季无衣御寒的艰难。“穹窒熏鼠，塞向墐户”，展示了住所的简陋。至于他们的食物，由于粮食不足，经常要用野果、蔬菜替代，同样是简陋而艰苦。

《七月》一诗还从多个侧面反映出农奴对农奴主的人身依附关系，农奴在政治上没有地位，经济上遭受剥削。他们在公田播种，有田官监督。女奴采桑时心怀恐惧，贵族公子会把她们带走，人身安全没有保障。女奴采桑织布，用最鲜艳的面料为贵族公子缝制下裳。农奴打猎，要把大的猎物送给主人，自己只能留下小的。在从事农业生产的空隙，农奴还要服劳役，无偿地为主人从事搓绳、修屋等劳动。

结尾一章叙述祭祀和宴饮，属于农奴参加的文化活动，反映出当时的礼仪和风俗。

《七月》通篇采用直赋其事的笔法，对西周农奴的生产生活进行全面的展示，所反映的情感也是多种多样的。

《七月》具有极高的文化价值，清人姚际恒在《诗经通论》评价这篇作品说：

> 鸟语、虫鸣、草实、木实，似《月令》。妇子入室，茅绹升屋，似风俗书。流火寒风，似《五行志》。养老慈幼，跻堂称觥，似庠序礼。田官、染织、狩猎、藏冰、祭献执功，似国家典制书。其中又有采桑图，田家乐图，食谱、谷谱、酒经，一诗之中无不俱备，洵天下之至文也。

姚际恒的论述带有理想色彩，但他所指出的方方面面，《七月》一诗确实都有所涉及，类似浓缩微型的农家百科全书。

《七月》的有些场景，成为古代文学作品的原型。第二章叙述女奴采桑，“女心伤悲，殆及公子同归”。采桑女与贵族公子相遇情景，在后代文学作品中反复出现。枚乘的《梁王菟园赋》结尾就是采桑女与贵族公子相遇的场景。至于汉乐府诗《陌上桑》的秦罗敷遇太守，以及汉代的秋胡戏妻传说，出现的都是采桑女与贵族男性的邂逅相遇，而且都是女性对男性采取拒斥的态度。

《七月》一诗逐月叙述农事，后代民间流行的四季歌一类作品，实是滥觞于此。文人创作的某些作品，也可以见到按月叙述的模式。宋代欧阳修的《近体乐府》卷二，有一组续添的《渔家傲》，实际是《十二月鼓子词》，从一月依次写到十二月，叙述每个月的风光事象，带有明显的民歌特色。这篇作品收录于《欧阳修全集》。

豳风图／马和之作

七月流火九月授衣
春日载阳有鸣仓庚
女执懿筐遵彼微行爱求柔桑
春日迟迟采蘩祁祁
女心伤悲殆及公子同归

——《七月》

东　山

我徂东山[1]，慆慆不归[2]。我来自东，零雨其濛[3]。我东曰归，我心西悲[4]。制彼裳衣[5]，勿士行枚[6]。蜎蜎者蠋[7]，烝在桑野[8]。敦彼独宿[9]，亦在车下。

我徂东山，慆慆不归。我来自东，零雨其濛。果臝之实[10]，亦施于宇[11]。伊威在室[12]，蠨蛸在户[13]。町畽鹿场[14]，熠耀宵行[15]。不可畏也，伊可怀也[16]。

我徂东山，慆慆不归。我来自东，零雨其濛。鹳鸣于垤[17]，妇叹于室[18]。洒扫穹窒[19]，我征聿至[20]。有敦瓜苦[21]，烝在栗薪[22]。自我不见，于今三年。

我徂东山，慆慆不归。我来自东，零雨其濛。仓庚于飞[23]，熠耀其羽[24]。之子于归[25]，皇驳其马[26]。亲结其缡[27]，九十其仪[28]。其新孔嘉[29]，其旧如之何[30]？

【注释】

[1] 徂（cú）：往。东山：东部的山，指役夫出征之地。

[2] 慆（tāo）慆：指时间长。

[3] 零雨：零星小雨。濛：雨细微貌。

[4] 西悲：指因想念在西方的家人而悲伤。

[5] 制：缝制。裳衣：指普通的衣服。

[6] 士：通“事”。《论语·述而》：“虽执鞭之士，吾亦为之。”枚：木片，形如筷子，两端有带，可系于颈上。古代行军为了禁止出声，令

军士把木片含在嘴里。勿士行枚：不必再衔枚行军。

[7] 蜎（yuān）蜎：虫子盘曲蠕动貌。蠋（zhú）：虫名，蛾蝶之类的幼虫，似蚕。《韩非子·说林下》："蚕似蠋"。

[8] 烝：升。一说指众多。桑野：指野桑，为押韵而颠倒词序。

[9] 敦（tuán）：蜷曲身体，缩成一团。

[10] 果羸（luǒ）：一种攀缘类植物，葫芦科，又名栝楼，瓜蒌。实：果实。

[11] 施（yì）：蔓延，伸展。宇：屋檐。

[12] 伊威：虫名，即地鳖，生活在墙根儿等潮湿处的扁圆多足的小虫。

[13] 蟏蛸（xiāo shāo）：长脚蜘蛛。户：门。

[14] 町畽（tīng tuǎn）：田界，田间小路，引申为农田。鹿场：鹿的活动场所。

[15] 熠耀（yì yào）：光亮貌。宵行：在夜间流动。

[16] 伊：那，指征夫在家乡的妻子。

[17] 鹳（guàn）：鸟名，似鹤似鹭，水鸟。垤（dié）：小土堆。

[18] 妇：征夫的妻子。

[19] 洒扫：洒水清扫。穹窒：堵塞窟窿。

[20] 聿（yù）：乃。

[21] 敦（tuán）：圆圆的。苦：坚固，坚硬。

[22] 栗薪：堆积密集的薪柴。一说指栗树薪。

[23] 仓庚：鸟名，指黄莺。

[24] 熠耀其羽：指羽毛光亮。

[25] 之子：指征夫之妻。于归：出嫁。

[26] 皇：黄色。驳：杂色。皇驳：黄色和杂色。

[27] 亲：指出嫁女子的母亲。缡（lí）：佩巾。古代女子出嫁，由母亲把佩巾系在她的衣带上。

[28] 九十其仪：婚仪项目众多。

[29] 其新：指女子刚出嫁时的样子。孔嘉：非常美丽。

[30] 其旧：过了几年以后的样子，亦即现在的样子。

【译文】

我出征到东山，好久没有回家。我从东方归来，绵绵细雨轻洒。我从东方返回，我的心向西方悲伤牵挂。缝制好普通的衣裳，不必再行军征伐。盘曲蠕动的蚕虫，往那桑树上爬。身体缩成一团独宿，也在那乘坐的车下。

我出征到东山，好久没有回家。我从东方归来，绵绵细雨轻洒。瓜蒌的果实，爬上了屋檐。潮虫潜伏在室内，长脚蜘蛛在门上结下网圈。农田荒芜变成鹿的天地，光亮的萤火虫飞动在夜间。这一切没有什么可怕，那个人可是令我怀念。

我出征到东山，好久没有回家。我从东方归来，绵绵细雨轻洒。鹳鸟在土堆上鸣叫，妻子在室内感叹。洒水扫地堵塞鼠洞，我的征人就要回还。圆圆的瓜已经硬皮，在密集的柴堆上蔓延。我们不得相见，至今已经三年。

我出征到东山，好久没有回家。我从东方归来，绵绵细雨轻洒。黄莺前往飞翔，羽毛闪着光亮。那个女子出嫁的时候，驾车的马有的杂色有的黄。母亲给她系上佩巾，礼仪繁多周详。她是新娘的时候十分美丽，到了现在又该是什么模样。

【品鉴】

这首诗选自《国风·豳风》，叙述一位退役还乡的军人沿途所见所思。

关于这首诗的写作缘起，毛诗写道："《东山》，周公东征也。周公东征，三年而归。劳归士大夫，美之，故作是诗也。"这首诗可能与周公东征有关，但其中见不到对东征将士的慰劳赞美的诗句，而是出征军人在返乡时的自述。

全诗四章，各章均以相同的四句诗开头："我徂东山，慆慆不归。我来自东，零雨其濛。"这里的慆慆，既指出征地域的遥远，又指离家时间的长久。从前章所描写的自然景物判断，这位退役军人是在秋季返乡。秋雨蒙蒙，契阔久别，远道跋涉，整首诗都笼罩在迷蒙清冷的气氛中，营造的是典型环境。

返乡军人的心态是复杂微妙的。一方面，他为"勿士行枚"而感到轻松；另一方面，他又对家中的妻子深切怀念，有各种猜测。在他内心主要萦绕的是对旅途艰辛的感慨，对长久离别的忧伤，以及对现实和未来的捉摸不定，见不到欣喜乐观的情调。

诗的首章叙述旅途的艰辛。野蚕屈曲身体栖息在野外桑树上，自己因天冷而缩成一团在车下露宿。虽然同是经受秋天的清冷，但是人不如蚕。

第二章叙述沿途所见到的景象，描绘出战争造成的破坏：本来是人的居住场所，却变成野生动植物的天地；本来是区界整齐的农田，如今变成野鹿出没的荒野。再加上萤火虫在夜间飞动，荒芜的环境显得阴森恐怖。《老子》第三十章写道："师之所处，荆棘生焉；军之后，必有凶年。"《东山》通过生动形象的描写，揭示出战争的负面效应。

《东山》前两章采用纪实的笔法，后两章则叙述作者的想象、回忆和猜测，在空间和时间上形成跳跃。前两章描写返乡途中所见，第三、四章则是把叙述的对象转移到家里，其物象都是作者的想象：妻子在叹息之余打扫修缮房屋，等待他的归来。鹳鸟仿佛也有预感，在土堆上鸣叫。瓜藤伸展到柴堆上，果皮已经变得坚硬。从旅途到家中，这都是作者在空间上的思维跳跃。

《东山》一诗还有时间上的跳跃，由现实返回到过去，又由过去回到现在。追忆妻子出嫁时的场面："仓庚于飞，熠耀其羽。"《豳风·七月》也提到仓庚："春日载阳，有鸣仓庚。"黄莺飞翔，是春天的景象。作者秋季返乡，路上回忆当年春天妻子出嫁的场面，即是时间上的跳跃。诗的结尾写道："其新孔嘉，其旧如之何？"这里的新和旧，分别指当年出嫁时节和当下，也是时间上的跳跃。

《东山》追忆当年妻子出嫁是"亲结其缡，九十其仪"。《礼记·士昏礼》有明确记载，其中写道："母施衿结帨，曰：'勉之，敬之，夙夜无违宫事。'"对于其他烦琐的礼仪，《士昏礼》也有详细记载。

《东山》作为退役军人的返乡诗，它的基调沉郁跌宕，开同类题材作品的先河。汉乐府诗《十五从军征》是老兵还乡之作，对于战争所造成的破坏同样作了充分的揭示。

小雅

鹿鸣

呦呦鹿鸣[1]，食野之苹[2]。我有嘉宾，鼓瑟吹笙[3]。吹笙鼓簧[4]，承筐是将[5]。人之好我[6]，示我周行[7]。

呦呦鹿鸣，食野之蒿[8]。我有嘉宾，德音孔昭[9]。视民不恌[10]，君子是则是效[11]。我有旨酒[12]，嘉宾式燕以敖[13]。

呦呦鹿鸣，食野之芩[14]。我有嘉宾，鼓瑟鼓琴。鼓瑟鼓琴，和乐且湛[15]。我有旨酒，以燕乐嘉宾之心。

【注释】

[1] 呦（yōu）呦：鹿鸣叫之声。

[2] 苹：草名。今名扫帚草。

[3] 鼓：弹奏。瑟：一种弦乐器。笙：一种管乐器。

[4] 簧：乐器里用于发声的薄片，用竹、苇等制成，这里指笙管发音部件。鼓：振动。

[5] 承：捧着。将：奉献。

[6] 人：客人。好我：喜欢我，对我友好。

[7] 示：指示。周行（háng）：本指通往周朝的宽广大道，这里指人世大道。

[8] 蒿（hāo）：草名，指青蒿。

[9] 德音：美好的声望。孔：大，很。

[10] 视：显示。视民：向百姓显示。不恌（tiāo）：不轻佻，沉稳。

[11] 则：准则，这里作动词，即作为准则。效：效法。

[12] 旨酒：美酒。

［13］式：语助词，以。燕：同“宴”，指宴饮。敖：同“遨”，指游乐。

［14］芩（qín）：草名。

［15］湛（dān）：沉浸。一说指长久。

【译文】

鹿鸣发出呦呦声，吃着野地的苹。我有美好的客人，为他鼓瑟吹笙。吹笙振动簧片，捧着筐把礼品奉送。客人对我友好，把大道给我指明。

鹿在呦呦鸣叫，吃着野地的青蒿。我有美好的客人，好声誉知名度很高。在百姓面前庄重沉稳，君子以他为准则加以仿效。我有美味的好酒，贵客在这里宴饮逍遥。

鹿鸣发出呦呦的声音，吃着野地的芩。我有美好的客人，为他鼓瑟弹琴。鼓瑟又弹琴，在欢乐和谐中沉浸。我有美味的好酒，它使贵客欢乐开心。

【品鉴】

《鹿鸣》是《小雅》的首篇，叙述周代贵族的宴饮之乐。关于这首诗的创作背景，毛诗写道：“《鹿鸣》，燕群臣，嘉宾也。”它被说成是周天子招待群臣、嘉宾之诗，事实与否，也无法考证，不过，《鹿鸣》确定无疑是周代的宴饮之诗，反映了周代的贵族生活。

全诗三章，均以“呦呦鹿鸣”起兴。把鹿鸣当作起兴之物，首先，鹿喜欢群居，往往成群出现。《诗经·小雅·吉日》：“兽之所同，麀鹿麌麌。”《诗经·大雅·桑柔》：“瞻彼中林，甡甡其鹿。”麌麌、甡甡，都是表示数量众多，是许多只鹿聚集成群。其次，在古人常见的走兽中，鹿的鸣叫最动听，引人注意。《诗经·大雅·韩奕》有“麀鹿噳噳”之语。噳噳，应指鹿的鸣叫声很大。《左传·文公十七年》有“鹿死不择音”之语，由此可见，鹿在平时鸣叫的声音是很动听的。鹿是群居动物，它的鸣叫又很动听，因此，这首招待嘉宾的诗以鹿鸣起兴，有其必然性。

鹿喜群居，又善于鸣叫，它的鸣叫往往是呼唤同类的信号，这在后代的相关记载中，可以得到证明。叶隆礼《契丹国志》卷二十三，叙述契丹族狩猎场景时写道：“七月上旬，复入山射鹿。夜半，令猎人吹角效鹿鸣，既集而射之。”宇文懋昭《大金国志》卷三十六，记载女真族狩猎的方式："又以桦皮为角，吹呦呦之声，呼麋鹿而射之。"鹿鸣叫是召唤同类，《鹿鸣》同样是把"呦呦鹿鸣"作为求友的信号加以运用，引出后面的群体宴饮场面。

《鹿鸣》作为贵族宴饮的写照，从多个方面展示出这种活动的礼仪。主人欢迎客人到来有音乐演奏，还要向客人赠送礼物，用筐装载。客人接受礼物之后，要向主人致答词，表达自己的心意。

宴饮在本质上是休闲和娱乐活动，可是，周代的宴饮很大程度上成为道德洗礼和人格提升的机会。诗中称赞嘉宾君临百姓时的沉稳厚重，他的美好声望，表示自己要加以遵守和效仿，体现出周代礼乐文明对道德理性的崇尚。

宴饮对周代贵族来说，是闲暇时段，也是加深彼此感情的机会。《鹿鸣》一诗按照时间顺序进行叙事，展示宴会气氛由庄严到轻松，宾主之间从相敬到愉悦的演进过程。首章叙述宾主彬彬有礼。第二章在赞扬嘉宾美德懿行之后，开始转向轻松娱乐。第三章出现的是"和乐且湛"的融洽气氛，主人和客人的关系更加亲密，休闲娱乐的味道更浓。

《鹿鸣》中的贵族宴饮，自始至终都有音乐的伴随，使用的是管乐和弦乐。到了后来，《鹿鸣》一诗成为贵族宴饮经常演奏的乐曲，用于大夫、士的乡饮酒礼，诸侯的燕礼，诸侯的大射礼，许多场合都能派上用场。具体考证可参见王国维《观堂集林·天子、诸侯、大夫、士用乐表》。

《诗经·小雅》中的宴饮诗还有《南有嘉鱼》、《湛露》、《頍弁》、《宾之初筵》和《瓠叶》等。《诗经》的宴饮诗主要见于《小雅》、《大雅》，《周颂》也有少数这类作品。

常　棣

常棣之华[1]，鄂不韡韡[2]。凡今之人，莫如兄弟。

死丧之威[3]，兄弟孔怀[4]。原隰裒矣[5]，兄弟求矣[6]。

脊令在原[7]，兄弟急难[8]。每有良朋[9]，况也永叹[10]。

兄弟阋于墙[11]，外御其务[12]。每有良朋，烝也无戎[13]。

丧乱既平，既安且宁。虽有兄弟，不如友生[14]？

傧尔笾豆[15]，饮酒之饫[16]。兄弟既具[17]，和乐且孺[18]。

妻子好合，如鼓瑟琴[19]。兄弟既翕[20]，和乐且湛[21]。

宜尔室家[22]，乐尔妻帑[23]。是究是图[24]，亶其然乎[25]？

【注释】

[1] 常棣（dì）：即棠棣，树名，即山樱桃。一说是棠梨，果实似梨而小，味酸甜。华：指花。

[2] 鄂（è）：通“萼”，指花萼。不（fú）：通“柎”，指花蒂。韡（wěi）韡：紧密相依的样子。

[3] 之：是。威：指死于战场。

[4] 孔怀：非常想念。

[5] 原隰（xí）：平坦低湿之地。裒（póu）：聚土成堆。

[6] 求：选择。一说是寻找。

[7] 脊令（jí líng）：即鹡鸰，鸟名，常见者体小尾长，头黑额白，背部黑色，腹部白色，翅和尾黑色有白斑，常在水边捕食昆虫。

[8] 急难：以灾难为急，急于相救。

[9] 每：虽然。

［10］况：益，更加。《诗经·小雅·出车》："忧心悄悄，仆夫况瘁。"

［11］阋（xì）：斗争。墙：指家庭内部。

［12］外：指对外。御：抵御。务：通"侮"，指侮辱。

［13］烝（zhēng）：众多。无戎：无助，没有给予帮助。

［14］友生：指朋友。《诗经·小雅·伐木》："相彼鸟矣，犹求友声。矧伊人矣，不求友生？"

［15］傧（bīn）：陈列。尔：你。笾（biān）：盛干肉、水果的食器，竹制。豆：盛菜肴的食器，陶、铜或木制。

［16］之：则，是。饫（yù）：指满足。

［17］具：全。

［18］孺：亲近，和睦。

［19］鼓：这里指弹拨。

［20］翕（xì）：聚集。

［21］湛（dān）：沉浸。

［22］宜：合适地对待。室家：指家庭。

［23］帑（nǔ）：通"孥"，指儿女。

［24］究：研究。图：考虑。

［25］亶（dǎn）：确实，诚然。

【译文】

正在开花的棠棣，花萼花蒂紧密相依。大凡现在的世上人，谁也不如自己的兄弟。

他死在战乱，兄弟非常怀念。平坦的湿地上聚土成坟，兄弟们前来吊唁。

鹡鸰在平原，兄弟急于救难。虽然有好朋友，更加令人长叹。

兄弟在家中争斗，但能共同抵御外辱。虽然有好朋友，数量众多也没有提供帮助。

丧乱已经平定，既安定又康宁。这时虽然有兄弟，却比不上友朋。

摆上你的食品，大家开怀畅饮。兄弟已经齐全，欢乐和谐又亲近。

妻和子相爱相合，如同弹琴鼓瑟，兄弟既然相聚，沉浸在和谐欢乐。

善待你的家庭，让你的妻子儿女快乐。对此追究考虑，确实应该这样做。

【品鉴】

《常棣》选自《小雅》。作者在丧乱中失去兄弟，丧乱平定后，他痛定思痛，用这首诗表达对兄弟之情的珍视。

诗的首章以棠棣之花起兴，用花萼和花蒂的一体相连，引出兄弟之情的亲密无间，是用生命一体化的观念贯通人和植物，把兄弟之间血肉相连、休戚相关的特殊联系表现得极其充分。

常棣之花作为一种重要的物象，在《诗经》中反复出现。《召南·何彼秾矣》："何彼秾矣，唐棣之华。曷不肃雝？王姬之车。何彼秾矣，华如桃李。平王之孙，齐侯之子。"唐棣，即棠棣。这是用棠棣之花的密集引出王姬之车的整肃和谐。用棠棣之花的有红有白，暗示出嫁王姬的年轻美丽。《小雅·采薇》写道："彼尔维何？维常之华。彼路斯何？君子之车。"这里还是以棠棣之花的繁盛，引出君子之车的威仪。以上两首诗用棠棣之花起兴，都是着眼于它的外部形态，它的繁茂、美丽与贵族车辆、出嫁少女的相通之处。《常棣》一诗在以这种花比喻兄弟关系时，虽然也着眼于它的外部形态，同时也深入到它的内部结构，用花萼和花蒂的生命一体来象征兄弟之间的血脉相连，生命意识贯注其中。

诗的作者的兄弟死于丧乱，不能埋葬在家族已有的坟地，而要另寻地点。诗中的"原隰裒矣，兄弟求矣"，就是为死去的兄弟寻找墓地及安葬事宜。求，指的是选择。《周礼·地官·牛人》："凡祭祀共其享牛，求牛以授职人而刍之。"其中的求字，指的就是选择，选取。

这首诗的叙事，抒情不完全按照时间的顺序进行，而是顺应情感的脉络展开，时而是现实的场景，时而是对过去的回忆，最后是对未来的期待。开头两章是抒发埋藏兄弟之后的现实感受，第三章是由"脊令在原"引出对往事的回忆及其感受，用三章文字加以表达。第六、第七章描写当下的兄弟聚会，家庭和睦，由追忆过去转到现实。最后一章则是对未来的期待。

《常棣》的中间三章采用对比的手法，用以说明兄弟之情的可贵。所采用的对比手法有两种：一是把兄弟和朋友对比，二是把丧乱期与和平期加以对比，两条线索并行伸展。在对比中体现对血缘纽带的重视，也渗透着作者深切的人生感受。

诗的结尾劝聚会的人要善待家庭成员，爱护家庭，历经丧乱之后，更加感受到家庭的重要。

诗中描写家庭聚会时有"妻子好合，如鼓瑟琴"之语，以弹奏琴瑟来比喻家庭的和睦。在门类众多的乐器中，琴瑟更多地用于私人娱乐，营造的是轻松的气氛，使得人与人之间更加亲密，而不像钟鼓那样用于庄严隆重的场合。《周南·关雎》称："窈窕淑女，琴瑟友之。"诗中的男主人公是以弹奏琴瑟的方式接近他所追求的淑女。《秦风·车邻》叙述贵族夫妇的享乐生活，他们"并坐鼓瑟"，瑟是家庭娱乐的重要乐器。因此，琴瑟之好，成为夫妻恩爱的专用语，唐人李商隐的无题诗《锦瑟》也是采用了这一典型物象。

伐木

伐木丁丁[1]，鸟鸣嘤嘤[2]。出自幽谷，迁于乔木。嘤其鸣矣，求其友声。相彼鸟矣[3]，犹求友声。矧伊人矣[4]，不求友生[5]？神之听之[6]，终和且平。

伐木许许[7]，酾酒有芎[8]！既有肥羜[9]，以速诸父[10]。宁适不来[11]，微我弗顾[12]。于粲洒埽[13]，陈馈八簋[14]。既有肥牡[15]，以速诸舅[16]。宁适不来，微我有咎[17]。

伐木于阪[18]，酾酒有衍[19]。笾豆有践[20]，兄弟无远[21]。民之失德，干糇以愆[22]。有酒湑我[23]，无酒酤我[24]。坎坎鼓我[25]，蹲蹲舞我[26]。迨我暇矣[27]，饮此湑矣[28]。

【注释】

[1] 丁（zhēng）丁：象声词，砍树的声音。

[2] 嘤（yīng）嘤：鸟鸣声。

[3] 相：视，看。

[4] 矧（shěn）：况且。伊：句中助词，是，乃是。

[5] 友生：朋友。

[6] 神之：尊敬之，指对求友之事敬慎。《荀子·非相》："宝之珍之，贵之神之。"神之，敬慎而不怠慢。

[7] 许（hǔ）许：锯木声。

[8] 酾（shī）酒：过滤的酒。芎（yǔ）：美好貌。

[9] 羜（zhù）：出生五个月的小羊。

[10] 速：延请。诸父：父系成员中长辈。

[11] 宁：愿意。适：前往。

[12] 微：不是，非。弗顾：不看，意谓不去请他。

[13] 于：发语词。粲：光洁明净貌。埽：同“扫”，打扫。

[14] 馈：指食物。簋（guǐ）：古代一种盛食物的器具。

[15] 牡：这里指雄性牲畜。

[16] 诸舅：母系和妻系的亲戚。

[17] 咎：过失。

[18] 阪（bǎn）：山坡。

[19] 衍：向周边溢出。

[20] 笾（biān）：古代盛果脯类食品的竹制器具。豆：古代盛食物的器具，形如高脚盘，通常有盖子。践：陈列整齐。

[21] 无远：不要疏远。

[22] 干糇：干粮，这里指普通食品。愆（qiān）：过失。

[23] 湑（xù）：把酒过滤。“有酒湑我”是倒装句，正常应为“有酒我湑”。以下三句均为倒装句。

[24] 酤（gū）：买。

[25] 坎坎：击鼓声。

[26] 蹲（cún）蹲：连续起舞的样子。

[27] 迨（dài）：趁着。

[28] 湑：指已经过滤的清酒。

【译文】

斧头砍树响丁丁，鸟儿鸣叫声嘤嘤。从深深的山谷飞出，迁到高树之顶。鸟儿嘤嘤鸣叫，求它同伴的回声。看看那鸟儿，尚且寻求同伴的回声；况且是人哪，怎能不寻求友朋。对此要尊崇要听从，就会既和谐又安定。

伐木锯声许许，过滤的酒真醇美。已经有肥嫩的小羊，就去延请伯伯叔叔。我愿前往他不来，不是我没有前去。打扫得多么干净光洁，盛上八簋食物。既然有肥美的公羊，就去延请舅父。我愿前往他不来，不是我有什么错误。

伐木在那山坡处，过滤的酒向周边溢出。美味佳肴陈列有序，兄弟之间要亲莫疏。一般人失德相怨，起因在普通的干粮食物。有酒我就过滤，没有酒我就买足。我坎坎地击鼓，我连续地起舞，趁着我的闲暇，把这清酒喝下。

【品鉴】

《伐木》选自《小雅》。

《伐木》首章以鸟鸣起兴，由鸟的鸣叫引发出人对朋友的寻求。把人和鸟从生命的层面沟通，体现的是生命一体化理念。

全诗三章，按时间顺序进行编排，构成唤友、请友、宴友的三部曲。首章是唤友，由鸟鸣引发，是内心的呼唤，生命的呼唤。次章是求友，所请的对象分别是属于父系、母系和妻系成员，反映出对血缘纽带的重视。在标示所请对象之前，首先叙述自己为宴请亲友所做的准备：有酒有肉，清洁明净。诗的作者对亲友的邀请是诚心诚意，同时又担心对方不肯前来，反映出微妙的心理活动。末章的宴友场面，热闹而井然有序。主人为了使前来赴宴的人开心，竭诚尽力，周到热情，同时又显得活泼可爱。

这首诗和《小雅·常棣》有相通的地方，都表现出对血缘关系的珍视，千方百计加固亲情，追求家族和亲戚之间的和睦，是以群体为本位看待亲情、人情。

全诗各章均以伐木开头，似乎是伐木者之歌，这也是韩诗把它说成“劳者歌其事”的依据。从全诗的内容看，亲友宴饮和伐木没有直接联系，伐木不过是每章开头的一个引子，所展示的宴饮事象有肥羊，有清酒，而且“陈馈八簋”，是贵族之家的气象，其主人不可能参加伐木劳动。所以，这首诗与《魏风·伐檀》不同，它不是伐木者之歌，而只不过以伐木场面起兴，借鉴民歌艺术特色罢了。

这首诗虽然不是伐木者之歌，但对伐木所作的描写具有史料价值。其中形容伐木的声音是“丁丁”和“许许”。从声音判断，丁丁是砍木声，许许是锯木声。这说明，当时的伐木工具除了斧头，还有锯。《伐木》提供了当时生产力水平的信息。

采薇

采薇采薇[1]，薇亦作止[2]。曰归曰归，岁亦莫止[3]。靡室靡家[4]，猃狁之故[5]。不遑启居[6]，猃狁之故。

采薇采薇，薇亦柔止。曰归曰归，心亦忧止。忧心烈烈[7]，载饥载渴[8]。我戍未定[9]，靡使归聘[10]。

采薇采薇，薇亦刚止[11]。曰归曰归，岁亦阳止[12]。王事靡盬[13]，不遑启处。忧心孔疚[14]，我行不来[15]！

彼尔维何[16]？维常之华[17]。彼路斯何[18]？君子之车[19]。戎车既驾[20]，四牡业业[21]。岂敢定居？一月三捷。

驾彼四牡，四牡骙骙[22]。君子所依[23]，小人所腓[24]。四牡翼翼[25]，象弭鱼服[26]。岂不日戒[27]？猃狁孔棘[28]！

昔我往矣[29]，杨柳依依[30]。今我来思[31]，雨雪霏霏[32]。行道迟迟[33]，载渴载饥。我心伤悲，莫知我哀！

【注释】

[1] 薇：野菜名，又名野豌豆，冬天发芽，春天长大，可食。

[2] 作：生出。止：语气词。

[3] 莫：古暮字。

[4] 靡（mǐ）：没有，无。室：亦指家。

[5] 猃狁（xiǎn yǔn）：北方民族名。

[6] 遑（huáng）：闲暇。启居：安居，古人跪坐称为启。

[7] 烈烈：强烈。

[8] 载：语气助词。

[9] 戍：防守，守边。未定：地点变动不定。

[10] 使：使者。聘：探问。

[11] 刚：坚硬，薇菜长大变老。

[12] 阳：天暖。

[13] 盬（gǔ）：休止。

[14] 孔：很，非常。疚：痛苦。

[15] 我行：指出征。不来：不返。来，谓返回。

[16] 尔：同“苶”，花草繁盛之貌。

[17] 常：同“棠”，指棠棣，谓山樱桃。一说指棠梨树。华：花。

[18] 路：指战车。

[19] 君子：指领兵的将帅。

[20] 戎车：兵车，战车。驾：俗谓套车，使驾车的马各就其位。

[21] 牡：雄马。业业：高大之象。

[22] 骙（kuí）骙：战车前进之象。

[23] 依：凭借。

[24] 腓（féi）：庇。周代作战，将官乘作战，步兵借战车作掩护。

[25] 翼翼：整齐的样子。

[26] 象弭（mí）：象牙装饰弓弭。弓的两端缚弦处为弭，镶上象牙称为象弭。服：同“箙”，装箭的袋子。鱼服：鱼皮做成的箭袋。一说箭袋为鱼形，或说上面画有鱼鳞图案。

[27] 日戒：每天都处在戒备状态。

[28] 棘：通“急”。一说指难以对付。

[29] 往：指当初出征。

[30] 依依：茂盛的样子。

[31] 来：返回。思：语气词。

[32] 雨（yù）：作动词，降落。霏（fēi）霏：纷纷落下的样子。

[33] 迟迟：缓慢。

【译文】

采薇菜采薇菜，薇已经发芽长出。说回家说回家，一年已到岁暮。我没有室，我没有家，都是猃狁的缘故。不能闲暇安居，都是猃狁的缘故。

采薇菜采薇菜，薇已经变得柔嫩。说回家说回家，心已经忧闷。忧闷的心如火燃烧，腹饥无食口渴无饮。我戍守的地点变动不定，没有使者回去探问。

采薇菜采薇菜，薇已经变得枯硬。说回家说回家，天气已经暖烘烘。王事无休无止，不能闲暇安居。忧闷的心极其痛苦，我出征不得归去。

那盛开的是什么？是棠棣的花朵。那车是什么？是将领的战车。战车已经驾好，四匹雄马高大巍峨。哪里敢安定居住？一个月就三战三捷。

驾着那四匹雄马，马匹前行有力。那是将领的凭依，又为士兵提供隐蔽。四匹雄马整齐有序，弓端镶象牙，箭袋是鱼皮所制。怎么能不每日警戒，猃狁来犯很紧急。

以前我离家出征，杨柳长得正茂盛。今天我返回家乡，已经是大雪纷飞的寒冬。走在路上慢又慢，口干舌燥，肚饿腹空。我的心里悲伤，没有人知道我的哀痛。

【品鉴】

这首诗选自《小雅》，是戍边军人所作。

猃狁是生活在北方的一个民族，经常给周朝带来军事压力。从先周文王时期，到西周后期的夷王、宣王阶段，猃狁都是周王朝北部的主要边患。这首诗就是以和猃狁的战争为背景，反映戍边军人的生活和感受。

全诗六章，前面三章和末章都采用以物候表示时段的手法，通过物候的变化展现时间的推移。薇之作、薇之柔、薇之刚，表明季节已经从冬天延续到春夏之交，与薇之作、薇之刚依次对应的“岁亦莫止”、“岁亦阳止”。指的正是岁末和天暖的春夏之交。前三章是用同一种野菜在不同季节的各种形态标明时段，末章则用两种不同的物候表示时段，“杨柳依依”和“雨雪霏霏”，前者是春夏，后者是冬天。无论是选择同一种野菜作为标示时段的参照，还是用两种物候显示时间的推移，前后出现的物象都因形态不同而构成对比，体现出时间的流逝。《采薇》以物候标示时段，从中可以大致推断出作者在外戍边的时间长度。他是春夏之际出征，当年岁末仍在战场，第二年天暖仍然未能还乡，他踏上归途已经是大雪纷飞的冬天。照此推断，他的戍边接近两年时间，甚至更长。

以物候标示时段，是《诗经》经常采用的方法。《小雅·出车》写道："昔我往矣，黍稷方华。今我来思，雨雪载途。"这首以边塞为题材的诗，同样以物候来表明时段，所选取的物象、所用的词语、句式与《采薇》极其相似。看来，这些说法已经成为当时流行的套语。

《采薇》的作者是一位戍边的军人，作品反映的是军旅生活，所出现的物象大多与战争相关，有兵车、战马、弓箭。在对这些物象进行描写时，渗透着戍边军人的独特感受，并且有很高的艺术技巧。对于统兵将领的战车、弓箭，作者以审美的眼光观照，把战车和棠棣之花联系，把象牙镶嵌的弓和精美的箭袋着意点出，从中可以看出作者对这些器物的欣赏和赞美。在描写驾车的战马时，分别用业业、骙骙、翼翼三组重叠词。业业是静态的描写，突出马的高大。骙骙和翼翼是动态的描写，分别突出战马的行进雄健和整齐一致。

《采薇》所抒发的感情是复杂的。一方面，这位军人因久戍不归而忧伤；另一方面，又以国家利益为重，时刻保持警惕，频繁投身战斗。他盼望回归日子的到来，但是，却又值大雪纷飞，道路难行。返乡的速度缓慢，他又饥又渴，感到归途的漫长，心中充满了悲哀。这首诗自始至终笼罩在忧伤的气氛中，但是并不低沉，也无忧怨，当是出自下层军人之手。

《小雅》还有《出车》、《六月》、《采芑》，都是战争题材的作品，可视为中国古代早期的边塞诗。

南山有台

南山有台[1]，北山有莱[2]。乐只君子[3]，邦家之基[4]。乐只君子，万寿无期[5]。

南山有桑，北山有杨。乐只君子，邦家之光[6]。乐只君子，万寿无疆。

南山有杞[7]，北山有李。乐只君子，民之父母。乐只君子，德音不已[8]。

南山有栲[9]，北山有杻[10]。乐只君子，遐不眉寿[11]。乐只君子，德音是茂[12]。

南山有枸[13]，北山有楰[14]。乐只君子，遐不黄耇[15]。乐只君子，保艾尔后[16]。

【注释】

[1] 台：通“薹”，草名，指莎。可制蓑衣，又名蓑衣草。

[2] 莱：草名，又名藜，嫩叶可食。

[3] 乐只：快乐。只：语气词。

[4] 邦：周代诸侯的封地。家：周代卿大夫的采邑。邦家：国家。基：基础，基石。

[5] 期：穷期。

[6] 光：光荣。

[7] 杞（qǐ）：枸杞。一种落叶小灌木，果实和根皮可入药，果实亦可食，嫩的茎叶可做蔬菜。

[8] 德音：美好的声誉。已：止。

[9] 栲（kǎo）：一种常绿乔木，又叫山樗。可用以制作车轮的辐条，木质优良。

[10] 杻（niǔ）：木名，一种乔木，其材可制车轮的外围，又名菩提。

[11] 遐：何，岂。眉寿：长寿。遐不眉寿：怎么不长寿。

[12] 茂：美好。

[13] 枸（jǔ）：一种落叶乔木，似白杨，俗称拐枣。

[14] 楰（yú）：楸树的一种，其材可制作家具。

[15] 耇（gǒu）：高寿，年老。黄耇：长寿。人高寿头发变黄。

[16] 艾：养。保艾：保护养育。尔后：你的后代。

【译文】

南山的草是莎，北山的草是藜。欢乐啊君子，您是国家的基石。欢乐啊君子，您将万寿没有穷期。

南山的树是桑，北山的树是杨。欢乐啊君子，您是国家的荣光。欢乐啊君子，您将万寿无疆。

南山的树是枸杞，北山的树是李子。欢乐啊君子，您是百姓的父母。欢乐啊君子，您的美好声誉播传无已。

南山的树是栲，北山的树是杻。欢乐啊君子，怎能不长眉大寿。欢乐啊君子，您的美好声誉如此优秀。

南山的树是枸，北山的树是楸。欢乐啊君子，怎能不黄发高寿。欢乐啊君子，把您的后代养育保佑。

【品鉴】

这首诗选自《小雅》，是贵族的歌功颂德祝寿诗。

诗中歌功、颂德和祝寿的诗句并不是集中排列，而是错落分布，穿插在各章之中。第一章的“乐只君子，邦家之基”，第三章的“乐只君子，民之父母”，主要是歌功。第三章的“乐只君子，德音不已”，第四章的“乐只君子，德音是茂”，则是兼有歌功和颂德的内涵。诗中祝寿话语最多，除第三章外，其余四章都有祝寿的诗句。“万寿无期”、“万寿无疆”，是从寿命的年限上的措辞。“遐不眉寿”、“遐不黄耇”，则是通过具体的形貌特征传达出高寿的意义。高龄老人头发变黄，故称寿星为黄耇。高龄老人眉毛变长，故称耆老为眉寿。结尾一章对于君子的子孙后代予以祝愿，可视为祝寿的遗音。

这首诗歌功颂德和祝寿的诗句，都比较空洞抽象，缺少具体的细节，这也是此类作品惯见的路数。值得注意的是，诗中多次出现的祝寿诗句，表明先民对自己生命的关注，这与《鲁颂·閟宫》有相通之处。作品的歌功、颂德、祝寿，都是在较高层次进行，带有鲜明的礼乐文化特征。

这首诗各章列举的植物按照同类相从的原则编排，各类植物的形态、属性、功能，也与所歌颂的功德、所要祝愿的长寿保持大体一致的对应。首章出现的莎和莱属于草类，和树木相比明显低矮，于是，对于君子的歌功称他是"邦家之基"，二者在高度上相一致。第二章对举的树木是桑和杨，树身高大，对君子则歌颂他是"邦家之光"，是光华四射之象，二者在属性的高大方面相通。第四章对举的是枸杞和李树，它们的果实可供人食用，对于君子则称其为"民之父母"，"德音不已"。所谓的"民之父母"，亦即衣食父母。所谓的德，是能够施惠造福于民众。就此而论，把枸杞、李树与这两种德性放在一起，也是同类相从。第四、五章两章列举的树木都是材质精良，制成的器具经久耐用，接着祝愿君子"遐不眉寿"、"遐不黄耇"，也是顺理成章，都是着眼于时间持续的长久，还是属于同类相从。当然，也有的歌功颂德祝寿诗句不能够和该章列举的草木形成明显的同类相从关系，如首章的"万寿无期"、第三章的"德音不已"，但是，这从总体上并未严重影响所对举的植物与该章赞颂祝福内容之间基本一致的格局。

这首诗是以南山、北山及其所生长的植物起兴、对比，对于贵族君子进行歌功颂德和祝寿。山及其所生长的植物，共同成为君子美德懿行及长寿的象征，采用的是复合象征的表现方式。

六月

六月栖栖[1]，戎车既饬[2]。四牡骙骙[3]，载是常服[4]。猃狁孔炽[5]，我是用急[6]。王于出征[7]，以匡王国[8]。

比物四骊[9]，闲之维则[10]。维此六月[11]，既成我服。我服既成，于三十里[12]。王于出征，以佐天子。

四牡修广[13]，其大有颙[14]。薄伐猃狁[15]，以奏肤公[16]。有严有翼[17]，共武之服[18]。共武之服，以定王国。

猃狁匪茹[19]，整居焦获[20]。侵镐及方[21]，至于泾阳[22]。织文鸟章[23]，白旆央央[24]。元戎十乘[25]，以先启行[26]。

戎车既安，如轾如轩[27]。四牡既佶，既佶且闲[28]。薄伐猃狁，至于大原[29]。文武吉甫[30]，万邦为宪[31]。

吉甫燕喜[32]，既多受祉[33]。来归自镐，我行永久。饮御诸友[34]，炰鳖脍鲤[35]。侯谁在矣[36]？张仲孝友[37]。

【注释】

［1］栖栖：急急忙忙，奔忙。

［2］戎车：战车。饬（chì）：修整。

［3］牡：雄性的马。骙（kuí）骙：马行走貌。

［4］载：装载，承载，这里指装在车上。常服：军服。《左传·闵公二年》："帅师者有常服矣。"

［5］孔：很，甚。炽：气势很盛。

［6］是：此。用：以。

［7］王：出发。于：前往。

［8］匡：救助，辅佐。

［9］比：搭配。物：指马的毛色。骊：黑色的马。

［10］闲：训练，调教。则：规则。

［11］维：发语词。

［12］三十里：当时行军每日三十里。

［13］修：长。广：大，指横向。

［14］颙（yóng）：高大威武之象。《诗经·大雅·卷阿》："颙颙卬卬。"

［15］薄：急忙。一说指迫近。

［16］奏：取。肤：大。公：通"功"。

［17］严：威严。翼：整齐。

［18］共：共同。武之服：指军装。

［19］匪：非，不。茹：柔弱。

［20］整居：列队而居。焦获：今陕西泾县西北。

［21］镐（hào）：地名，此处非指西周的镐京。

［22］泾：水名，发源于甘肃，下游在今陕西境内，入渭水。阳：水的北岸称阳。

［23］织：通"帜"，即旗帜。鸟章：鸟的图案。

［24］旆（pèi）：大旗。央央：高高飘扬。

［25］元戎：大的战车。十乘（shèng）：十辆。古时一车四马为一乘。

［26］启行：开道，指元戎为先锋。

［27］如：乃。轾（zhì）：车向下俯。轩：车向上仰。此句言战车俯仰前进。

［28］佶（jí）：壮健有力。闲：娴熟。

［29］大原：地名，当在今甘肃东部。

［30］文武：指文武兼备。吉甫：尹吉甫，周代宣王时期的大臣。

［31］宪：法则，榜样。

［32］燕：通"宴"，欢乐。

［33］祉：福。

［34］御：进献。

［35］炰（páo）：煮，蒸。脍（kuài）：切成碎块儿。

［36］侯：发语词。

［37］张仲：人名。孝友：孝顺友爱，指张仲的美德。

【译文】

六月里紧张忙碌，战车已经修整完毕。四匹雄马强健前进，车上装载着军服。猃狁来势凶猛，我们因此行动紧急。出发前往征讨，用以把王国匡扶。

搭配的四匹马都是黑色，训练有素守规则。就在这六月里，我们的军服完成制作。我们的军服完成制作，出行每日三十里。出发前往征讨，用以辅佐天子。

四匹雄马身长体广，它们威武地巨首高扬。急忙讨伐猃狁，用以取得大功辉煌。又威严又整齐，都穿着同样的军装。都穿着同样军装，用以安定王国周邦。

猃狁不是弱旅，列队在焦获屯驻。又侵犯镐地和方地，推进到泾水北部。我们的军旗绘有鸟的图案，白色旗帜高高飘舞。派出大的兵车十辆，作为先锋在前面开路。

兵车非常平稳，时而上仰时而下俯。四匹雄马都很矫健，既矫健又驾车娴熟。急忙征伐猃狁，一直推进到大原。文武兼备的尹吉甫，是万邦效仿的模范。

尹吉甫在宴会上很欢喜，已经得到许多福佑。从镐地胜利归来，我们出征已经很久。饮酒进食宴请僚友，有清煮甲鱼和细块鲤鱼肉。在座的宾客有谁呢？张仲既孝顺又善待兄弟朋友。

【品鉴】

这首诗选自《小雅》，叙述周宣王时期的一次战争。和《采薇》相比，这首诗展示的战争背景和经过都更加具体。战争发生在周宣王时期，起因是猃狁进犯，交战地点是今陕西泾阳一带，周王朝的统兵将领是尹吉甫，开战时间在六月。

诗的作者是随尹吉甫出征的人员，而且地位较高，活动在尹吉甫的身边，因此，他对战争的始末有完整的叙述。在这首诗的叙事中，看不到《采薇》中的忧伤情调，这可能和作者的身份有关。

《六月》一诗对战争爆发时的紧急形势作了反复渲染，而对战争细节，则一笔带过，采用了略写的笔法。因此，这首诗虽然以战争为题材，却不见刀光剑影，也闻不到血腥味，是净化提纯的战争描写方式。

诗中的周朝军队是一支正义之师，威武之师，文明之师。出现的是统一的军装，毛色一致的战马，高低自如的行进状态。诗对于驾车的马描写，先是说“闲之维则”，后而又称其“既佶且闲”，在突出战马高大健壮的同时，一再强调它驾车的娴熟和有规则。

诗对战争统帅尹吉甫的着墨不多，但从整体军容的展现中可以感觉到他的儒将风范，其文采可见他创作的《大雅》中的《崧高》和《烝民》。“文武吉甫”的赞誉，尹吉甫可谓当之无愧。

《六月》一诗对战争的描写带有周代礼乐文化特征，具有明显的尚德倾向，体现出耀德不观兵的战争理念。

诗对战马和战旗的色彩都作了交代，从中可以看到周代战争中的色彩配置。战马是“比物四骊”，用的是四匹黑色的马。《小雅·采芑》写周宣王时期的大臣方叔南征，其中有“乘其四骐”之语。骐，指青黑色的马。由此可见，战马尚黑是当时的惯例。诗中还写道：“织文鸟章，白旆央央。元戎十乘，以先启行。”作为开路先锋的十辆战车，旗帜是白色的。战时用白旗，是周人的传统之一。《尚书·泰誓》叙述盟津之会，“师尚父左杖黄钺，右把白旄以誓。”姜太公作为伐殷联军的军师，手持白旗誓师，《尚书·牧誓》记载牧野之战，“王左杖黄钺，右秉白旄以麾。”周武王同样是手持白旗作战前动员。

《六月》一诗多次出现“于”字，“王于出征”，“我服既成，于三十里”，“王于出征，以佐天子”。在这些句子中，“于”和“王”都是用了它们的特殊含义，皆指出发、前往。如果按常用意义解释，很难圆通。“于”指前往，《诗经》中的例子很多。《王风·君子于役》：“君子于役，不知其期。”《小雅·出车》：“我出我车，于彼牧矣。”“我出我车，于彼郊矣。”其中的“于”字，皆指前往。

鹤鸣

鹤鸣于九皋[1]，声闻于野。鱼潜在渊，或在于渚[2]。乐彼之园[3]，爰有树檀[4]，其下维萚[5]。他山之石，可以为错[6]。

鹤鸣于九皋，声闻于天。鱼在于渚，或潜在渊。乐彼之园，爰有树檀，其下维榖[7]。他山之石，可以攻玉[8]。

【注释】

[1] 皋：沼泽。九皋：连片的沼泽。九，言其多。

[2] 渚（zhǔ）：水中的小陆地。

[3] 彼：指诗中的贤人隐士。

[4] 檀：落叶乔木，木质坚硬，可以制造耐用的器具。树檀：栽植的檀树。

[5] 萚（tuò）：脱落。

[6] 错：打磨物品的工具，有的用石头做成，也有用金属做的。

[7] 榖：通“穀”，谓生。《诗经·王风·大车》：“穀则异室，死则同穴。”穀与死对言，则穀指生。

[8] 攻玉：治玉。

【译文】

仙鹤鸣叫在连片的沼泽，它的声音传遍原野。鱼潜在深水底处，有时又在沙洲旁戏乐。真喜欢那里的园林，那里有栽植的檀树，下面是残枝落叶。别处山上的石头，可以做打磨器具的错。

仙鹤鸣叫在连片的湿地，它的声音响彻天宇。鱼或嬉戏在沙洲旁，或潜伏在深水底处。真喜欢那里的园林，那里有栽植的檀树，下面有草木生出。别处山上的石头，可以用来打磨玉。

【品鉴】

这首诗选自《小雅》，描写一位隐士的生存状态，表达作者的求贤之心，劝告朝廷任用在野的贤人。

这首诗绝大部分篇幅用于描写贤人隐士所处的生态环境，采取的是从外到内的叙述方式。鹤在广袤的沼泽地长鸣，声音传于荒野和长空。鱼或潜入深水，或在水中陆地旁依傍。鸟和鱼都处在自由自在的状态，所展示的自然环境是原生态的。这是对周边外围景物的描写。

再看隐士居住的场所：种植的檀树自由生长，树下或是脱落的残枝败叶，或是生出草木，植物枝叶的坠落生长全都任其自然，没有人为的干预。

隐士生活在鸟鸣鱼游、树木自由生灭的环境中，受到大自然的呵护，他的清高峻洁不言自明。作者把隐士比作可以打磨器具的错，可以治玉的石，希望朝廷能够任用，他会把不同的声音带到朝廷，有利于匡扶社稷，净化社会风气。

对于诗中的萚和榖，古今的注家都解释成两种树木，认为萚指柽（shì），榖指楮（chǔ）。萚指陨落，《诗经》中多有其例。《郑风·萚兮》："萚兮萚兮，风其吹女。"《豳风·七月》："十月陨萚。"皆是其证。萚通为柽，无证可寻。把这里的萚说成楮树，也与诗义不合。楮高大，不可能在檀树之下。榖在诗中通瑴，因音同字形近而借用。

鹤的鸣叫声清越，引人注意，所以被写入诗中。因此之故，鸣鹤成为美称，西晋的荀隐字鸣鹤，把鹤与隐联系起来，见于《晋书·陆机传》。至于后来出现的风声鹤唳、华亭鹤唳典故，则使鹤鸣带有悲凉色彩，与这首诗中鹤鸣意象的寓意相去甚远。

白　驹

皎皎白驹[1]，食我场苗[2]。絷之维之[3]，以永今朝[4]。所谓伊人[5]，于焉逍遥[6]。

皎皎白驹，食我场藿[7]。絷之维之，以永今夕。所谓伊人，于焉嘉客[8]。

皎皎白驹，贲然来思[9]。尔公尔侯[10]，逸豫无期[11]。慎尔优游[12]，勉尔遁思[13]。

皎皎白驹，在彼空谷。生刍一束[14]，其人如玉[15]。毋金玉尔音[16]，而有遐心[17]。

【注释】

[1] 皎皎：洁白的样子。驹：马六尺为驹。

[2] 场：园圃。

[3] 絷（zhí）：用绳索绊住马蹄。维：把马缰绳拴好。

[4] 永：延长。今朝：今天早晨。

[5] 伊人：此人，指客人。

[6] 焉：此。于焉：在此。

[7] 藿（huò）：豆叶。

[8] 嘉客：美好地做客。

[9] 贲（bēn）：通“奔”。思：语气词。

[10] 尔公尔侯：你们公侯。

[11] 逸：安闲。豫：快乐。无期：没有期限。

[12] 慎：谨慎，指客人本身。优游：休闲娱乐。

［13］勉：赶快，急忙。遁：逃离。

［14］刍：指草。生刍：喂牲畜的青草。

［15］其人如玉：指客人美好似玉，洁白珍贵。

［16］毋：不要。金玉尔音：把你的声音看得金玉般珍贵，不肯多言之义。

［17］遐：远。遐心：疏远之心。

【译文】

洁白无比的马驹，吃我园圃的禾苗。绊住它拴住它，让它的主人整个早晨在这里落脚。我所说的那位客人，请在这里逍遥。

洁白无比的马驹，吃我园圃的豆叶。绊住它拴住它，让它的主人在这里度过长夜。我所说的那位，就是这里的贵客。

洁白无比的马驹，奔跑来到这里。您是公您是侯，休闲游乐没有限期。您对休闲娱乐很谨慎，急忙从这里逃离。

洁白无比的白驹，在那遥远的空山谷。送上一束喂马的青草，那个人美好如玉。不要把你话语（弄得）像金玉那样珍惜，从心里和我疏离。

【品鉴】

这首诗选自《小雅》，是一首挽留贵族客人的作品。

全诗四章，前面两章表达作者对客人的挽留之情，希望他能在自己的庄园多停留一段时间。第三章写客人不肯逗留，匆匆离去。末章写作者追赶客人，以喂马的草相赠，并且尽量争取时间与其交谈。

主人挽留客人的心意是真诚的，采用把驾车的马拴起来的方式，使客人无法脱身，理由是马吃了他家的园圃的庄稼。这种留客方式显得天真可爱，在《诗经》其他篇章也能看到。《小雅·采菽》："泛泛杨舟，绋缅维之。乐只君子，天子葵之。乐只君子，福禄膍之。优哉游哉，亦是戾矣。"这是周天子为了挽留来朝诸侯所采取的举措，把船用绳索固定，以使来朝诸侯不得不推迟返程的日期。葵，借为阕，止息之义。系船与絷马，方式相近，目的相同，都是为了留客。

《白驹》中的客人有很强的自律意识，尽管作者向他讲明完全可以自由休闲，不受时间限制，他还是谨慎行事，迅速离开，不肯逗留过久。

客人的迅速离去，使盛情的主人对他更加崇敬。他追赶客人，送去礼物，同时用顶针方式说出自己的期待：尽量和客人交流，得到他的教诲。先是称扬对方“其人如玉”，接着又希望他“毋金玉尔音”，如玉人而不金玉其音，构思新颖，妙语惊人。

作者挽留的是地位很高的客人，这从“尔公尔侯”的称谓可以证明。客人乘坐白马驾的车，这为识别他的身份提供了重要信息。《诗经·周颂·有客》是周天子在诸侯来朝时所唱的歌诗，开头两句是：“有客有客，亦白其马。”来朝的也有白马客人，与《白驹》所挽留的客人有相同的标志。周天子挽留客人的方式是：“言授之絷，以絷其马。”也是把马腿绊住。《有客》还写道：“薄言追之，左右绥之。”白马客人离开之后，周天子又派人去追赶，赠送礼物。《白驹》和《有客》如此相似，依此推断，两首诗可能存在相同的背景，或是按同一模式创作。总之，二者的关联极为密切。

《白驹》和《有客》出现的都是白马客人。周代礼制对参加朝会的诸侯，在马的毛色上有严格的规定。《礼记·明堂位》有明确记载：“夏后氏牲尚黑，殷白牡，周骍刚。”黑、白、赤，分别是夏、商、周三族所崇尚的颜色。由此看来，《诗经》出现的白马客人，很可能是殷商后裔，具体而言，是宋国的某位君主。对于周王朝来说，宋国是周朝的客而不是臣，所以对他们特别客气。

东篱赏菊图／唐寅作

我徂东山慆慆不归

我来自东零雨其濛

我东曰归我心西悲

——《东山》

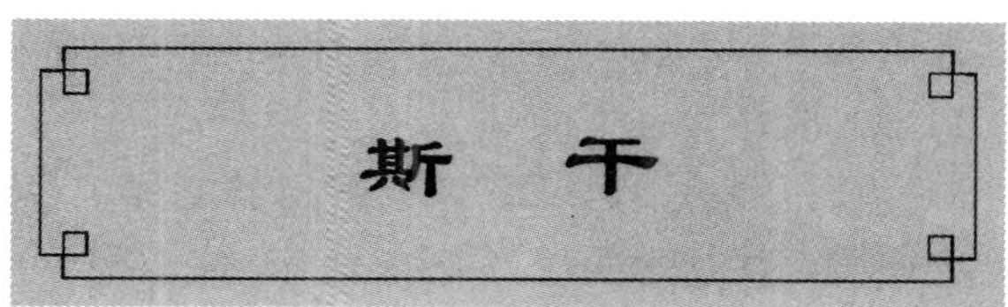

秩秩斯干[1]，幽幽南山[2]。如竹苞矣[3]，如松茂矣。兄及弟矣，式相好矣[4]，无相犹矣[5]。

似续妣祖[6]，筑室百堵[7]，西南其户[8]。爰居爰处[9]，爰笑爰语。

约之阁阁[10]，椓之橐橐[11]。风雨攸除[12]，鸟鼠攸去[13]，君子攸芋[14]。

如跂斯翼[15]，如矢斯棘[16]，如鸟斯革[17]，如翚斯飞[18]，君子攸跻[19]。

殖殖其庭[20]，有觉其楹[21]。哙哙其正[22]，哕哕其冥[23]，君子攸宁。

下莞上簟[24]，乃安斯寝[25]。乃寝乃兴[26]，乃占我梦。吉梦维何？维熊维罴[27]，维虺维蛇[28]。

大人占之[29]：维熊维罴，男子之祥[30]；维虺维蛇，女子之祥。

乃生男子[31]，载寝之床[32]。载衣之裳，载弄之璋[33]。其泣喤喤[34]，朱芾斯皇[35]，室家君王[36]。

乃生女子，载寝之地[37]。载衣之裼[38]，载弄之瓦[39]。无非无仪[40]，唯酒食是议[41]，无父母诒罹[42]。

【注释】

[1] 秩秩：水的流逝之象。干：通“涧”。

[2] 幽幽：深远的样子。

[3] 苞：丛生。

[4] 式：发语词。

[5] 犹：猜忌，欺诈。

[6] 似：用。续：继承。妣（bǐ）：已故母亲之称。

[7] 堵：一面墙，代指一间房。

[8] 西南其户：向西向南均有房门。

[9] 爰：于是。

[10] 约：捆束。阁阁：象声词。约之阁阁：把筑墙的木板捆得很牢固。

[11] 椓（zhuó）：击打。橐（tuó）橐：象声词，夯土的声音。

[12] 攸：乃，于是。

[13] 鸟鼠攸去：指墙筑得坚固，鸟不能筑巢，鼠不能穿洞。

[14] 芋（yù）：通“于”，大，首倡之义，这里指监工。《庄子·齐物论》：“前者唱于，而随者唱喁。”竽声音大，故首倡亦称于。

[15] 跂（qí）：本指踮起脚跟，这里比喻宫室高耸。翼：整齐。

[16] 矢：指箭头，有棱角。棘：谓锐利，这里指宫室棱角分明。

[17] 革：鸟张开双翅。

[18] 翚（huī）：山鸡。

[19] 跻（jī）：登。

[20] 殖殖：平正。

[21] 觉：高大。楹：柱子。

[22] 哙（kuài）哙：宽敞。正：正房。

[23] 哕（huì）哕：连绵，延伸。《诗经·鲁颂·泮水》：“鸾声哕哕。”冥：指宫室的幽暗处。

[24] 莞（guān）：蒲草，这里指蒲草编织的席子、床垫。簟（diàn）：竹席。

[25] 斯：其。寝：躺卧。

[26] 兴：起，指不再躺卧。

[27] 罴（pí）：熊的一种，又称马熊或人熊。

[28] 虺（huǐ）：蛇的一种。

[29] 大人：指占梦官。

[30] 祥：吉利的征兆。

［31］乃：若，如果。

［32］载：则。

［33］璋：玉制的器具，半圭形。圭为长条形，上圆下方。

［34］喤喤：指哭声洪亮。

［35］朱芾（fú）：红色的蔽膝。皇：色彩鲜明。

［36］室家：作动词，指娶妻成家。室家君王：指君王那里娶妻成家，与君王结成姻缘。

［37］地：周代室内地上铺席，故女婴可置于室内地上。

［38］裼（tì）：包婴儿的被子。

［39］瓦：古代陶制的纺锤。

［40］非：违背。仪：揣度。

［41］议：商议。

［42］诒（yí）：遗留，留下。罹（lí）：忧患。

【译文】

清清流淌的溪涧，幽深遥远的南山。如同翠竹同根丛生，如同松树叶茂枝繁。兄长和弟弟呀，应该友好相处，而不要互相欺骗。

用以继承先祖，建起数以百计的房屋，西面南面都是门户。于是在这里居住生活，于是在这里欢笑对语。

束紧筑板响声阁阁，夯土筑墙响声橐橐。避免了风吹雨打，鸟不能筑巢鼠无法穿穴，这是君子监工的杰作。

像人跕脚肃立般高耸严整，像箭头棘刺那样棱角分明，像鸟张开翅膀，像山鸡飞上天空，君子沿着台阶向上攀登。

平平正正的院庭，立柱高大坚挺。宽敞明亮的正房，连绵幽深的内宫，君子在那里舒适安宁。

下面是蒲草席上面是竹席，于是在这里就寝安歇。于是入睡于是起床，就把自己的梦象预测。吉祥的梦象是什么？梦见了熊和罴，梦见了虺和蛇。

占梦大人把预测结果相告：梦见熊和罴，是生男孩的吉兆；梦见虺和蛇，是生女孩的吉兆。

如果生男孩，就让他睡在床。给他穿上衣裳，给他的玉板玩具上圆下方。他的哭声洪亮，将来大红的蔽膝鲜明辉煌，所娶的妻家是君是王。

如果生女孩，就让她睡在地，把她用褓衣裹体，陶制纺锤是她的玩具。不随意违背不揣度，只把摆酒供食的家务来议，不给父母留下忧虑。

【品鉴】

这首诗选自《小雅》，叙述贵族之家建筑宫室的始末。

作品采用按时间顺序叙述的方式。首先交代建筑宫室的缘起，即继承祖业，中间叙述宫室的建筑情况，后一部分通过占梦预测未来。这首诗通过建筑宫室把过去、现在和未来联系起来，形成连续的时间链条。

宫室建筑的经过、宫室的形态和功能是诗歌着力描写的对象，并且工笔刻画，生动形象。叙述宫室的建筑情况，运用了两个象声词，突出墙壁的坚固。描写宫室的形态，连续运用生动的比喻，有静态描写，有动态展示，有平面延伸，有立体拓展，还有明暗度的对比，视角灵活多变，是全方位的立体观照。

《斯干》一诗采取虚实兼用的笔法。前一部分基本采用写实的笔法，后一部分占梦及作者的设想是虚笔，所写的都是推测和想象，但有现实基础。

这首诗的描写对象是贵族之家，反映出周代的某些传统观念。

第一，对血缘关系的高度重视。首章以南山的松竹起兴，希望兄弟之间能和睦相处，不要彼此猜忌，并用继承祖业来加固现存的血缘纽带，用子孙昌盛来延续家族的荣耀。

第二，鲜明的等级观念。作者本身是贵族，他又期待所生的儿子能从君主家娶亲，把婚姻和政治上的结缘紧密相连。高门望族迎娶君王的女儿，追求的是门当户对。

第三，男尊女卑的观念。生男生女，二者出生后的待遇截然不同，对他们的心理期待也迥然有别。诗中通过具体的物品、事象，把男尊女卑的观念表现得淋漓尽致。

第四，阴阳观念。诗中把梦见熊罴、虺蛇分别与生男、生女对应，是阴阳观念渗透的结果。在古人观念中，水为阴，生活在其中的虺蛇当然也属阴类。与其相对应的熊罴，则为阳的象征物象。当然，其中的阴阳观念还比较模糊，处于原始状态。

周代以农业立国，创造的是农业文明。农业生产需要安居，因此，房屋建筑成为社会生活中的一件大事，受到高度重视。对于贵族之家来说，宫室的落成要举行隆亶的庆典，对此，清人马瑞辰《毛诗传笺通释》卷十九在解释《斯干》一诗时，论述甚为详细。

《诗经》以宫室建筑为题材的作品另有《鄘风·定之方中》、《小雅·湛露》。除此之外，《大雅·公刘》、《鲁颂·閟宫》、《商颂·殷武》也有叙述宫室建筑的段落。

《斯干》一诗章法特殊。全诗九章，第一、六、八、九章，每章七句。第二、三、四、五、七章，每章五句。两种不同句数的章节不是有规律的排列，而是错综分布，这在《诗经》中极为罕见。每章内或两句一节，或三句一节，排列方式亦多有变化，找不到固定的规则。由此可见，这首诗是用两种曲调交替演唱，每章句数相同者采用同一曲调。

十月之交

十月之交[1]，朔月辛卯[2]。日有食之[3]，亦孔之丑[4]。彼月而微[5]，此日而微[6]。今此下民，亦孔之哀。

日月告凶[7]，不用其行[8]。四国无政[9]，不用其良。彼月而食，则维其常[10]。此日而食，于何不臧[11]。

烨烨震电[12]，不宁不令[13]。百川沸腾，山冢崒崩[14]。高岸为谷[15]，深谷为陵[16]。哀今之人，胡憯莫惩[17]？

皇父卿士[18]，番维司徒[19]。家伯维宰[20]，仲允膳夫[21]。棸子内史[22]，蹶维趣马[23]。楀维师氏[24]，艳妻煽方处[25]。

抑此皇父[26]，岂曰不时[27]？胡为我作[28]，不即我谋[29]？彻我墙屋[30]，田卒污莱[31]。曰“予不戕[32]，礼则然矣[33]”。

皇父孔圣[34]，作都于向[35]。择三有事[36]，亶侯多藏[37]。不慭遗一老[38]，俾守我王[39]。择有车马[40]，以居徂向[41]。

黾勉从事[42]，不敢告劳。无罪无辜，谗口嚣嚣[43]。下民之孽[44]，匪降自天。噂沓背憎[45]，职竞由人[46]。

悠悠我里[47]，亦孔之痗[48]。四方有羡[49]，我独居忧[50]。民莫不逸，我独不敢休。天命不彻[51]，我不敢效我友自逸。

【注释】

[1] 十月之交：指十月之际，十月之间。

[2] 朔月：当作朔日，指农历初一。

[3] 有：通“又”。

[4] 孔：很。丑：指凶，严重。

[5] 彼：指往日。微：昏暗。

[6] 此：指今天。

[7] 告：示。告凶：示以凶险。

[8] 行（háng）：道，轨道。

[9] 四国：四方诸侯国，指天下。政：指法则，标准。

[10] 常：正常。

[11] 于：取。臧：善。

[12] 烨（yè）烨：闪光发亮的样子。震：指雷。震电：雷电。

[13] 宁：安定。令：好，善。

[14] 冢（zhǒng）：山顶。崒（cù）：通“猝”，突然。

[15] 岸：山崖。

[16] 陵：山陵。

[17] 憯（cǎn）：通“惨”，痛。一说指乃，竟。惩：停止。

[18] 皇父：人名。卿士：官名，主持朝廷政事。

[19] 番：人名。维：是。司徒：官名，主管地政和教育。

[20] 家伯：人名。宰：官名，当指《周礼·天官》所说的冢宰，主管王宫事务。

[21] 仲允：人名。膳夫：官名，主管王宫的饮食。

[22] 棸（zōu）子：人名。内史：《周礼·春官·大宗伯》的属官之一，主管朝廷法令档及封赏等事宜。

[23] 蹶（jué）父：人名。《大雅·韩奕》提到此人。趣马：官名，《周礼·夏官·大司马》的属官之一，主管朝廷马匹的养护。

[24] 楀（jǔ）：人名。师氏：官名。《周礼·地官·大司徒》的属官之一，负责贵族子弟的教育。

[25] 艳：美色。艳妻：当指皇父之妻。一说是周幽王宠妾褒姒。煽：煽动，鼓吹。方：将要。处：占有。

[26] 抑：发语词。

[27] 时：等待。不时：不等待。

[28] 作：剥夺，侵夺。我作：即作我，剥夺我。

[29] 即：就，这里指前来。不即我谋：不前来和我商量。

[30] 彻：拆除。

[31] 卒：最终。污：积水。莱：长出杂草。

[32] 曰：指皇父所言。戕：伤害。

[33] 然：如此，这样。

[34] 圣：聪明，这里是讽刺之语。孔圣：很聪明。

[35] 作：开始。都：汇集。作都：开始汇聚。向：地名，在今河南济源南。

[36] 择：选择。三有事：即三有司，三个部门的官。

[37] 亶：但，仅仅。侯：通“候”，等待。藏：收藏，敛取。多藏：指积蓄。亶侯多藏：仅仅是等候多有积蓄。

[38] 慭（yìn）：愿意。遗：留下。一老：当指作者本人。

[39] 俾：使。守：保，辅佐。

[40] 有：众多。

[41] 居：指储存，储备。徂：前往。

[42] 黾（mǐn）勉：努力，尽力。从事：做事。

[43] 谗口：爱说坏话的嘴。嚣嚣：喧哗，吵嚷。

[44] 孽：灾祸，灾殃。

[45] 噂：聚语。沓：会合。噂沓（zǔn tà）：聚语相合。背憎：背离憎恨。

[46] 职：主管，掌管。职竞由人：竞争由人造成。

[47] 悠悠：深思之象。里：治理，指诗作者担当的职责。

[48] 痗（mèi）：痛苦众多之象。

[49] 四方：指各处。羡：贪求。

[50] 居：处在，处于。

[51] 彻：通达。不彻：不通。

【译文】

十月之际，初一的辛卯。天空出现日食，也是严重得不得了。前不久月亮昏暗不明，今天又太阳无光。现在天下之人，也有很大的悲伤。

日月出示凶象，运行得不正常。天下四方没有准则，选人不能任用忠良。前不久发生月食，还算是正常现象。今天出现日食，该是多么不吉祥。

光亮刺眼的电闪雷鸣，使得天地动摇，令人胆战心惊。百川翻滚如沸，山顶突然塌崩。高崖变成深谷，深谷变成山陵。可怜当今之人，为什么苦难不停？

皇父是卿士，番氏为司徒。家伯是太宰，仲允任膳夫。棸子担当内史，蹶氏是司马的下属。楀是师氏，美妻煽动将要干预政务。

唉，这个皇父，怎么能说不等待？为什么侵削我，不找我商量安排？拆除我的房屋，农田最终积水生草莱。还说“我没有把你伤害，按礼法也是这样安排”。

皇父好聪明，开始往向地汇拢。选择三个部门的官员，仅仅是为了把敛取的钱财集中。不肯留下一个老年人，用以辅佐我们的周王。选择众多的车马，把储存的财物迁移到向。

我努力尽职做事，不敢说一句辛劳。没有错误没有罪过，爱说坏话的嘴却吵闹喧嚣。天下的灾殃，并不是从天而降。聚语相合、背离憎恨，争斗都是由人来执掌。

深思我的职责，也是非常的痛苦。四方的人都有贪求，我独自心怀忧郁。人们个个安闲自在，只有我不敢休息。天命不通达顺畅，我不敢仿效我的朋友只顾自己安逸。

【品鉴】

这首诗选自《小雅》，作于周幽王时期。作品揭露、批判朝廷政治的混乱，主要矛头针对当时的执政大臣皇父。

周幽王六年（前776）周历十月，周王朝所在地出现日食，引起朝野的恐慌。诗的作者亲眼目睹了这次灾异，写下这首政治批判诗。

诗的作者秉持的是天人感应的观念，认为朝廷政治混乱引发了自然界的反常现象。开篇提出十月之初发生的日食，接着又联系到不久前出现的月食，第三章又描绘出地震所造成的大破坏。《国语·周语上》记载：“幽王二年，西周三川皆震。”这次地震造成岐山崩，泾、渭、洛三川皆被壅塞。如此多的自然灾异在短时期内相继出现，在历史上是不多见的。诗的作者感到形势格外严峻，饱含忧患意识对朝政进行揭露和批判。

皇父是当时的执政大臣，他的周围聚集了许多佞臣。他们不是励精图治，而是听从了皇父之妻的煽动，把处理政事的地点迁到了向地。为此，他们大肆聚敛钱财，在向地囤积。没有得力的大臣辅佐周王，这实际上是架空了周王。

从诗中提供的信息判断，诗的作者也被迫迁往向地。在此之前，皇父强行撤除了他的房屋，田园也被荒弃不顾。诗的作者不肯营求私欲，随波逐流，但也无力扭转日益恶化的局势。他恪尽职守，得到的却是众多的谗言。残酷的现实使他清醒地意识到，人间的主要灾难不是天灾而是人祸。他在承认天命不顺的同时，更强调人为因素对社会治乱所起的决定性作用。作者深重的忧患意识和对国家社稷的责任感，与皇父等人的苟且偷安形成了鲜明的对照。作品没有采用比和兴，通篇是直赋其事的笔法，笔锋直指朝廷的执政大臣，使批判有很大的强度和力度。

诗中的“高岸为谷，深谷为陵”，本是对三川地震的真实描写，到了后来，它成为表达世道沧桑的经典术语。《左传·昭公三十二年》记载晋国史墨如下话语：“社稷无常奉，君臣无常位，自古以然。故《诗》曰：‘高岸为谷，深谷为陵。’”这两句诗由描写具体自然现象扩展到揭示社会发展规律，被赋予了普遍性的意义，与后来出现的沧海桑田典故属于同类话语。

悠悠昊天[1]，曰父母且[2]。无罪无辜，乱如此幠[3]。昊天已威[4]，予慎无罪[5]。昊天泰幠[6]，予慎无辜。

乱之初生，僭始既涵[7]。乱之又生，君子信谗[8]。君子如怒，乱庶遄沮[9]。君子如祉[10]，乱庶遄已。

君子屡盟[11]，乱是用长。君子信盗，乱是用暴。盗言孔甘[12]，乱是用餤[13]。匪其止共[14]，维王之邛[15]。

奕奕寝庙[16]，君子作之[17]。秩秩大猷[18]，圣人莫之[19]。他人有心[20]，予忖度之[21]。跃跃毚兔[22]，遇犬获之[23]。

荏染柔木[24]，君子树之。往来行言[25]，心焉数之[26]。蛇蛇硕言[27]，出自口矣。巧言如簧[28]，颜之厚矣。

彼何人斯[29]？居河之麋[30]。无拳无勇[31]，职为乱阶[32]。既微且尰[33]，尔勇伊何？为犹将多[34]，尔居徒几何[35]？

【注释】

[1] 悠悠：高远貌。昊天：上天，皇天。

[2] 曰：叫做。且：发语词。

[3] 幠（hū）：大。

[4] 已：停止。

[5] 慎：实在，真是。

[6] 泰：通“大”。

[7] 僭（jiàn）：虚假。既：已经。涵：包含。

[8] 谗：谗言，陷害他人的坏话。

[9] 庶：庶几，差不多。遄（chuǎn）：迅速。沮（jǔ）：止，停止。

[10] 祉（zhǐ）：通“祗”，指肃敬，严肃。

[11] 屡盟：屡次盟誓。

[12] 孔甘：很甜。

[13] 餤（tán）：增大，加剧。

[14] 止：容止，仪容。共：通“恭”，恭敬。匪其止共：非议容仪恭敬。

[15] 邛（qióng）：忧，疾病。

[16] 奕奕：盛美之象。寝庙：宫殿宗庙。

[17] 作：建造。

[18] 秩秩：有条理。猷（yóu）：政策，法令。

[19] 莫：这里指制定。莫之：定之。

[20] 他人：指谗言制造者。

[21] 忖度：思量，推测。

[22] 跃跃：跳跃之状。毚（chán）兔：狡兔。

[23] 获：擒获。

[24] 荏染：柔弱。

[25] 往来行言：指小人走在路上所言。

[26] 数（shǔ）：仔细审查。

[27] 蛇（yí）蛇：委屈巧诈之象。硕言：大话。

[28] 簧（huáng）：管乐乐器里用以发声的薄片，用竹或苇制成。

[29] 彼：指巧言的小人。

[30] 麋（mí）：通“湄”，指水边。

[31] 拳：力气。勇：勇敢，勇气。

[32] 职：仅，只是。乱阶：祸乱的阶梯。

[33] 微：小腿所生湿疮。既微且尰（zhǒng）：小腿生湿疮并且浮肿。

[34] 犹：谋划。将：大。

[35] 徒：但，只，仅。一说，指小人的同伙。

【译文】

高高在上的老天，是我们的爹娘。没有罪过没有差错，祸乱竟大到这个样。老天息怒，我确实没有罪过。老天宽恕，我确实没有差错。

祸乱初次萌发，其中已包含虚假。祸乱再次出现，君子听信陷害人的坏话。君子如果发怒，祸乱会停止得很迅速。君子如果严肃，祸乱很快就会结束。

君子屡次订立盟约，祸乱因此更加猖獗。君子信任强盗，祸乱所以愈加凶暴。强盗的话语很甜，祸乱因此进一步蔓延。非议容仪恭敬，这是周王的毛病。

盛美的宫殿宗庙，是由君子建成。有条理的大政方针，是由圣人制定。别人有了想法，我能够加以揣测。蹦跳不止的狡兔，遇到猎犬就被捕获。

柔弱的树木，是君子所栽。往来所传的话语，我的心进行量裁。委屈巧诈的大话，出自一张口。巧言如簧片，脸皮真够厚。

他是什么人？住在河水边。没有气力没有勇气，是造成祸乱的根源。小腿生疮又浮肿，你的勇气何处有？我做的谋划大又多，你住在那里能多久？

【品鉴】

这首诗选自《小雅》，是周王朝官员所作，揭露贵族君子听信巧言给国家带来的危害，表达了与奸佞小人作斗争的决心和信心。

诗的首章以概括的语言叙述了当时混乱的政局，在呼唤苍天的过程中，反复申明自己的无辜、无罪，出现祸乱的责任不在自己。

那么，混乱的局面为什么会出现呢？第二、三章对这个问题进行了追究。祸乱的萌生在于虚假的语言，它是最初的原因。而贵族君子听信谗言，导致祸乱的蔓延。作者指出，如果贵族君子表示愤怒和拒斥，兴起的祸乱很快就能平息。但是，贵族君子并没有那样做，而是抱薪救火，处置失当，导致恶性循环，以至于成为周王的心病。在追究祸乱的根源和贵族君子所应承担的责任时，连续用了几个排比句式，形成强烈的气势。原因和结果，采取的措施和产生的效应，分别对应，具有很强的穿透力。

作者抨击的焦点是巧言，其中有谗言和盗言。谗言是说别人坏话，无端诽谤。至于盗言，则有其特殊含义。《国语·周语上》："匹夫专利，犹谓之盗，王而行之，其归鲜矣。"盗的意思是损人利己，盗言就是攻击别人而谋取私利的言语。

作者对巧言深恶痛绝，同时也对战胜谗言充满信心。他认为君子圣人能够成就大业，建立宫殿宗庙，制定大政方针，因此，对付那些谗言的制造者绰绰有余。第四、五章，多次运用比、兴手法，暗示出和谗人的斗争如猎犬擒兔，稳操胜券。其中，“荏染柔木，君子树之”，当是期待朝廷能扶持处于弱势的正直之士。

作者把谗言的制造者说成是居于低洼水边的人，并且患有风湿浮肿疾病，不会维持太久。这是以地势的低下暗示他们人格的卑劣，地位的轻贱，以疾病并发暗示他们自取灭亡的命运。

巷伯

萋兮斐兮[1]，成是贝锦[2]。彼谮人者[3]，亦已大甚[4]！

哆兮侈兮[5]，成是南箕[6]。彼谮人者，谁适与谋[7]。

缉缉翩翩[8]，谋欲谮人。慎尔言也[9]，谓尔不信。

捷捷幡幡[10]，谋欲谮言。岂不尔受[11]？既其女迁[12]。

骄人好好[13]，劳人草草[14]。苍天苍天！视彼骄人，矜此劳人[15]。

彼谮人者，谁适与谋？取彼谮人，投畀豺虎[16]。豺虎不食，投畀有北[17]。有北不受，投畀有昊[18]！

杨园之道[19]，猗于亩丘[20]。寺人孟子[21]，作为此诗。凡百君子[22]，敬而听之。

【注释】

[1] 萋：盛多之象。斐（fěi）：有文采的样子。

[2] 贝锦：织成贝形花纹的锦。

[3] 谮（zèn）：说别人的坏话。

[4] 大：通“太”。

[5] 哆（chǐ）：张口貌。侈：大。

[6] 南箕（jī）：南天的箕宿。四星连成梯形，形似簸箕。

[7] 适：往。

[8] 缉（qì）缉：窃窃私语貌。翩翩：往来貌。

[9] 尔：指谮人。

[10] 捷捷：敏捷之象。幡（fān）幡：轻率翻动的样子。

[11] 受：指听信。

[12] 既：不久。迁：改变。

[13] 骄人：骄傲放纵的人。好好：喜乐之貌。

[14] 劳人：病人，指谗言的受害者。草草：忧虑的样子。

[15] 矜（jīn）：怜悯。

[16] 畀（bì）：给予。

[17] 有：语气词。北：北方。

[18] 昊：昊天，上天。

[19] 杨园：园名。

[20] 猗（yǐ）：偏斜，这里指斜穿。于：往，这里指伸展。亩：指农田。亩丘：有田的山丘。

[21] 寺人：宦官。孟子：人名。

[22] 凡百：所有的。

【译文】

纵横交错，色彩缤纷，织成贝形花纹的锦。那个诽谤别人的家伙，也是做得太过分。

张开口、口大张，像那南箕簸箕状。那个诽谤别人的家伙，谁去和他密谋商量。

附耳私语，频繁往来，密谋要诽谤别人。谨慎你的话语，人说你的话不可信。

急急忙忙、轻狂翻卷，密谋要造谗言。难道别人不接受你们所说的话，不久你们就又改变。

骄傲放纵的人喜乐陶陶，受谗言伤害的人忧虑烦恼。青天青天，看一看那骄傲放纵的人，怜悯受谗言伤害的人。

那个诽谤别人的家伙，谁去和他密谋商量？抓住那个诽谤别人的家伙，把他扔给老虎豺狼。老虎豺狼不屑吃，把他扔到遥远寒冷的北方。北方不肯接受，把他扔到上苍。

杨园的小路，斜穿山丘的农田。我是寺人孟子，作了这首诗篇。所有的君子们，严肃认真听我所言。

【品鉴】

这首诗选自《小雅》，是周王朝的宦官孟子所作，指斥以谗言害人者。

《巷伯》和《巧言》同是针对谗言谮人而发，但侧重点和写作手法明显不同。《巷伯》首先用生动形象的诗句描绘谗言和谮人的形态。对于谗言，突出它的精心编织，即以华美的外壳进行包装，正因为如此，它的危害性更大。对于谮人，突出他们的嚣张、巧诈、轻狂，再现了一个以专门进谗言害人的群体。一方面对谗言谮人进行具体描写，同时又向谮人提出警告，喝令他们停止作恶。

《巷伯》的作者呼唤苍天主持公道，最终要把那些谮人交给上天去审判，表现出作者与他们势不两立的态度。诗的作者把谮人看作渣滓和败类，豺虎不屑吃，北方幽冥之地也不会接纳，他们是不配与人为伍的渣滓。第六章运用前后相承的排比句，把谮人的污浊卑鄙渲染得淋漓尽致。

结尾一章采用象征的笔法开头，以道路斜穿农田暗示谗言谮人是人类社会的害虫。

作者公开标出自己的姓名，用以显示他与谗言谮人进行斗争的坚决，无所畏惧。这是《诗经》少数标出作者的篇目之一。

作者是一个宦官，通过他的揭露控诉使人得以窥见宫闱之内的钩心斗角的一幕。即使身为寺人，也难逃矛盾纷争的困扰。

寺人孟子是中国古代文学较早出现的宦官角色。到了《左传》、《国语》等史传文学作品中，这类人物的数量逐渐增多。

《巧言》、《巷伯》都把谗言谮人作为抨击的对象，其他变雅作品中，也可以看到。谗言是古代社会的一大公害，是人的劣根性的反映。从屈原到柳宗元、范仲淹，古代许多正直的文人都深受谗言的伤害，揭露谗言谮人也成为他们诗文的重要内容。

大东

有饛簋飧[1]，有捄棘匕[2]。周道如砥[3]，其直如矢。君子所履[4]，小人所视[5]。睠言顾之[6]，潸焉出涕[7]。

小东大东[8]，杼柚其空[9]。纠纠葛屦[10]，可以履霜[11]。佻佻公子[12]，行彼周行[13]。既往既来[14]，使我心疚[15]。

有冽氿泉[16]，无浸获薪[17]。契契寤叹[18]，哀我惮人[19]。薪是获薪，尚可载也[20]。哀我惮人，亦可息也。

东人之子，职劳不来[21]。西人之子[22]，粲粲衣服[23]。舟人之子[24]，熊罴是裘[25]。私人之子[26]，百僚是试[27]。

或以其酒[28]，不以其浆[29]。鞙鞙佩璲[30]，不以其长[31]。维天有汉[32]，监亦有光[33]。跂彼织女[34]，终日七襄[35]。

虽则七襄，不成报章[36]。睆彼牵牛[37]，不以服箱[38]。东有启明[39]，西有长庚[40]。有捄天毕[41]，载施之行[42]。

维南有箕[43]，不可以簸扬[44]。维北有斗[45]，不可以挹酒浆[46]。维南有箕，载翕其舌[47]。维北有斗，西柄之揭[48]。

【注释】

[1] 饛（méng）：食物满器的样子。簋（guǐ）：古代食器，圆形。飧（sūn）：熟食，饮食。

[2] 捄（qiú）：长而弯曲貌。棘：枣木。

[3] 周道：通往周王朝首都的大道。砥：磨刀石。如砥：言道路平坦。

[4] 君子：这里指贵族成员。履：指行走。

[5] 小人：指平民。

[6] 睠（juàn）：回顾的样子。

[7] 潸（shān）：流泪之象。

[8] 小东大东：指周王朝首都东部地区。大东在东部远方，《诗经·鲁颂·閟宫》："奄有龟蒙，遂荒大东，至于海邦"。小东当在大东以西。

[9] 杼柚（zhù zhóu）：梭子和机轴，都是纺织机械的构件。

[10] 纠纠：交织缠绕之象。葛屦（jù）：葛草编的鞋。

[11] 可：乃。

[12] 佻（tiáo）佻：安逸轻松之象。

[13] 周行：即周道，大道。

[14] 既：连词，且，又。

[15] 疚：本谓久病，引申为痛苦。

[16] 冽：寒冷。氿（guǐ）泉：水从侧面流出的泉。

[17] 获薪：砍取的柴草。

[18] 契契：愁苦很深的样子。寤（wù）：睡醒。

[19] 惮（dàn）：劳苦。《小雅·小明》："惮我不暇"。

[20] 载：装在车上。

[21] 职：掌握，主管。劳：慰劳。

[22] 西人：指周王朝贵族，居于西部，故称西人。

[23] 粲粲：鲜明美观的样子。

[24] 舟人：指船夫。

[25] 罴：兽名，似熊而大。裘：皮衣。

[26] 私人：指普通平民。

[27] 僚：等级很低的平民，这里指低等平民所从事的工作。据《左传·昭公七年》，当时人分十等，僚排在第八。试：用。

[28] 以：用。

[29] 浆：指饮料。

[30] 鞙（juān）鞙：所佩玉沉重之状。璲（suì）：瑞玉。

[31] 长：擅长，特长。

[32] 汉：天汉，即银河。

[33] 监：从上向下临照。

［34］跂（qí）：散开。织女：织女三星，鼎足而成三角形。

［35］终日：从早到晚。襄：本指上升，这里指越过。七襄：七个星次。

［36］报：反复。章：花纹。报章：反复而成花纹。

［37］睆（huàn）：明亮的样子。牵牛：指牵牛星。

［38］不以：不能。服：驾。箱：车厢，指车。服箱：驾车。

［39］启明：启明星，即金星，太阳升起前出现在东方。

［40］长庚：也是金星，日落后出现在西方。古人误以为启明、长庚为两星。

［41］天毕：星宿名，简称毕，属于西方七宿，有星八颗，形似古代田猎用的长柄网。长柄网亦称毕。

［42］载：则。施（yì）：斜。

［43］箕（jī）：星宿名，四星连成梯形，形似簸箕，属于东方七宿。

［44］簸扬：簸米扬糠。

［45］斗：北斗星，有星七颗，形似斗，有柄，属于北方七宿。

［46］挹（yì）：舀取。

［47］翕（xì）：收缩。

［48］西柄：柄向西方。揭：举起。

【译文】

簋中食物堆得满满，枣木勺子长又弯。通往周都大道平坦如磨刀石，笔直犹如射出的箭。那是君子所践履，小人站在旁边看。回过头去再看看，禁不住泪流涟涟。

近处的东方远处的东方，织机的梭子和轴上空荡荡。葛草编的鞋子，也能践履寒霜。安逸轻松的贵公子，走在通往周京的大道上。又是往又是来，使我的心里好悲伤。

泉水从侧面流出，不要浸泡我砍取的柴草，醒来后深深感叹，可怜我们这些人多么辛劳。柴草是已经砍来的，还可以用车辆装起。可怜我们这些辛苦的人，也该休息休息。

东方百姓的子弟，主管犒劳的官员不前来。西方的贵族子弟，衣服华美有光彩。船夫的子弟，穿着熊皮所制的裘衣。普通平民的子弟，从事各种低等的差役。

有的人饮用美酒，有的连浆水也喝不上。有的人身上佩戴很重的美玉，不是因为他有擅长。天上有银河，向下放射着光芒。那呈三角状的织女星，每天越过七个星次的地方。

虽然越过七个星次，却不能像机梭往来织出花纹。那闪光发亮的牵牛星，不能把车辆牵引。东方有启明星，西方有长庚星。那长柄弯曲的天毕星，则是斜着运行。

南天有箕星，却不能簸谷扬糠。北天有斗星，却不能用来舀酒浆。南有箕星，则是吸舌口大张。北天有斗星，长柄举起在西方。

【品鉴】

这首诗选自《小雅》，产生于远离周王朝首都的东部地区，故以《大东》名篇。作品揭露了周代东部和西部地区的不平等，东部地区是西部贵族掠夺的对象。

这篇作品多处采用了东部、西部地区对比的方式。代表西部的是君子、公子和西人之子，都是贵族成员。代表东部出现的是小人、东人之子、舟人之子，都是社会下层人员。这种对比体现在多个方面。服饰上：西方贵族衣服华美，佩戴瑞玉；东方却是“杼柚其空”，没有丝织品可供利用。因此，脚穿葛履践霜，船夫家的成员以兽皮御寒。西方贵族喝的是美酒；东人之子却连普通浆水都喝不到。在日常活动中，西方贵族轻松地往来于大道上，而“东人之子”，虽“百僚是试”，却是“职劳不来”，没有人对他们的辛苦劳作进行慰问。

这种对比造成巨大的反差，诗的作者对于东方之人的悲哀作了反复的抒发。他们看到西方贵族在大道上往来，先是“潸焉出涕”，既而“使我心疚”，从外表到内心都渗透着悲哀。第三章继续抒发东方“惮人”的悲哀，用洌泉浸薪起兴，引发出他们需要休养生息的呼声。从葛屦履霜到洌泉浸薪，选择的都是寒凉的事象，营造的是凄清苍凉的气氛。

诗的作者对西部贵族的控诉主要集中在两个方面：一是贪婪，开篇出现的饮食满器，勺子柄长而弯的事象，都是暗示西部贵族的贪婪；二是控诉西部贵族的尸位素餐，他们不做有益于民生的事，而是徒有其表。这两层意义在前四章表现得很明显。

从第五章开始，作者的视角由地面转到天上的星辰。他对天上星辰的调侃，同样集中在两个方面：一是有名无实，二是贪婪。织女星不能织布，牵牛星不能驾车，箕星不能簸米，北斗星不能舀酒浆。它们都是徒有虚名。另一方面，诗的作者又把某些星看作贪婪攫取的象征：毕星像张开的网，准备捕获猎物；南箕舌头收缩，像要把食物吞下去；至于北斗星的把柄则在西方高举，即将向东方进行敛取。通过巧妙的想象和联想，把众多星辰和西部贵族归为同类；这种天上人间互相印证的写法，强化了批评的力度，提高了艺术表现力。

诗中提到“东有启明，西有长庚”，但没有进一步展开，其中是否有隐情则不得而知。

诗中的北斗和挹酒浆联系起来，《楚辞·九歌·东君》继续沿着这个思路展开联想，太阳神在夜间“援北斗兮酌桂浆”，北斗不再徒有虚名。

诗中的牵牛、织女虽然相继而出，但彼此之间并没有直接联系。到了东汉时期的《古诗十九首·迢迢牵牛星》，牵牛、织女成了隔河相望的夫妻，变成了配偶神。

诗中的“舟人之子，熊罴是裘”，以熊罴的皮为裘，是贵族的服装，还是平民的服装？对此，毛诗写道：“舟人，舟楫之人。熊罴是裘，言富也。”毛诗的解释自相矛盾，无法圆通。《诗经》中《郑风》和《桧风》都有《羔裘》篇，其中出现的贵族成员或是穿羔裘，或是狐裘、羔裘轮流穿。《豳风·七月》也写道：“取彼狐狸，为公子裘。”由此可见，羊羔皮和狐狸皮所制的裘衣才是贵族穿的，而《大东》出现的“熊罴是裘”则是平民的服装。熊罴之裘和羔裘、狐裘相比，显得粗糙，并不意味着富有。

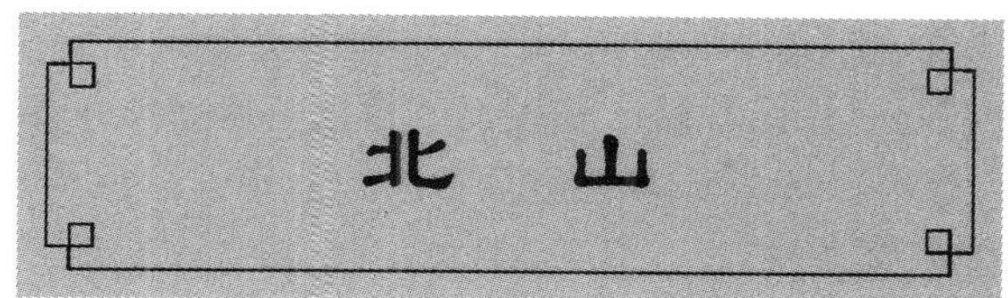

北山

陟彼北山[1]，言采其杞[2]。偕偕士子[3]，朝夕从事。王事靡盬[4]，忧我父母。

溥天之下[5]，莫非王土。率土之滨[6]，莫非王臣。大夫不均[7]，我从事独贤[8]。

四牡彭彭[9]，王事傍傍[10]。嘉我未老[11]，鲜我方将[12]。旅力方刚[13]，经营四方。

或燕燕居息[14]，或尽瘁事国[15]。或息偃在床[16]，或不已于行[17]。

或不知叫号[18]，或惨惨劬劳[19]；或栖迟偃仰[20]，或王事鞅掌[21]。

或湛乐饮酒[22]，或惨惨畏咎[23]；或出入风议[24]，或靡事不为。

【注释】

[1] 陟（zhì）：登。

[2] 言：发语词。杞（qǐ）：枸杞，果实小而红，可食，亦可入药。

[3] 偕（xié）偕：连续不断奔忙的样子。一说指健壮。士子：周王朝的官员从高到低依次为卿、大夫、士。士子，指低级官吏，作者自谓。

[4] 靡：没有。盬：停止。靡盬：没有停止。

[5] 溥（pǔ）：通“普”，即普遍。

[6] 率（shuài）：循，顺着。滨：本指水边，这里指边界。

[7] 大夫：诗作者的上司，直接向士分派事务的主管。不均：不能平均地分配任务。

[8] 贤：多。《吕氏春秋·顺民》："得民心则贤于千里之地。"

[9] 牡：雄马。彭彭：本之连续不断的鼓声，这里指马的进行健壮急促，踏地有声。

[10] 傍傍：忙于奔走之象。

[11] 嘉：夸奖。

[12] 鲜：赞美。将（jiāng）：强壮。方将：正值强壮之时。

[13] 旅力：即膂（lǚ）力，指体力。刚：强。

[14] 燕燕：安逸之象。居：坐。居息：坐着休息。

[15] 瘁（cuì）：劳累。事国：为国家服务。

[16] 息：休息。偃（yǎn）：仰卧。

[17] 不已：不停。于：出行。行：行走。于行：出行。

[18] 叫：呼叫。号：指号令。叫号：指号叫，征召。不知叫号：对上面的号令指派根本不知道。

[19] 惨惨：忧虑貌。劬（qú）劳：辛勤劳苦。

[20] 栖迟：栖息游乐。偃仰：仰卧。

[21] 鞅（yāng）掌：繁杂，繁忙。

[22] 湛（zhàn）乐：沉湎于欢乐。

[23] 咎（jìu）：过错，犯罪。

[24] 风：放。风议：放言高论。

【译文】

登上那座北山，采摘的是枸杞。不断奔忙的小官，从早到晚都在劳碌。君王的事无尽无休，忧虑我的父母。

普天之下，没有哪里不是天子的土地。顺着大地走到边界，没有谁不是王的臣子。大夫分配差事不公平，唯独我有太多要做的事。

四匹雄马不停奔忙，君王的差事繁多紧张。夸奖我年轻有为，称赞我正值身强力壮。体力正值盛壮，应当奔走四方。

有的人安闲地坐着休息，有的人为国事竭尽全力。有的人仰卧在床，有的人奔走不息。

有的人不知道上面的指令，有的人心怀忧虑辛苦劳顿。有的人栖息游乐躺着休息，有的人处理的公差杂乱纷纭。

有的人饮酒作乐，有的人担心犯错。有的人出来进去放言议论，有的人什么事情都要去做。

【品鉴】

《北山》选自《小雅》，是周王朝一位下层官员所作。作品诉说公务繁忙，同时对朝廷官员的苦乐不均予以揭露。

诗的前三章叙述作者的公务繁忙，由于他从早到晚不能离开岗位，连父母都无法照顾，内心感到很忧虑。诗的作者认为自己承担的事情太多，上司对工作量的分配很不公平。这就把批评的矛头指向了他的顶头上司。第三章所说的“嘉我未老，鲜我方将”，是上司给作者增加工作量的理由，是用夸奖和赞美的方式令他超负荷工作。

诗的后三章是把自己和那些整天无所事事的官吏作对比，揭露官场极端不平等的现象。对比从多个角度展开。一是紧张与闲暇的对比，第四章属于这方面的内容。二是对王事的态度的对比，自己身心交瘁，别人却漠不关心，不闻不问，第五章属于这方面的内容。三是忧与乐的对比：“或湛乐饮酒，或惨惨畏咎。”四是实干与空谈的对比：“或出入风议，或靡事不为。”在进行多层面的对比中，诗的作者对于空间场所予以特殊关注。“息偃在床”是指室内，“不已于行”是在外边奔波。“栖迟偃仰”是在休闲场所，“王事鞅掌”则是在办公地点忙碌。

紧张和闲暇是两种生存状态，对于每个人而言，既需要紧张，也需要闲暇，二者要合理调配。而《北山》所展示的却是不同人之间紧张和闲暇的严重失调。《北山》的作者每天处于极度紧张状态，以致达到心力交瘁的程度。而同为朝廷官吏，一些人却轻松自在。人生的紧张状态往往和认真负责的态度相关，而闲暇状态享受的是个人的自由。《北山》的作者对公务是负责的，而另外一些人则是在自由放任中，尸位素餐。

“溥天之下，莫非王土。率土之滨，莫非王臣”。这是《北山》的作者为抒发自己的不平而列举的事实。到了后来，这几句成为夸耀王权至上、版图广袤的名言。

信南山

信彼南山[1]，维禹甸之[2]。畇畇原隰[3]，曾孙田之[4]。我疆我理[5]，南东其亩[6]。

上天同云[7]，雨雪雰雰[8]。益之以霢霂[9]，既优既渥[10]。既沾既足[11]，生我百谷。

疆埸翼翼[12]，黍稷彧彧[13]。曾孙之穑[14]，以为酒食。畀我尸宾[15]，寿考万年。

中田有庐[16]，疆埸有瓜。是剥是菹[17]，献之皇祖[18]。曾孙寿考，受天之祜[19]。

祭以清酒，从以骍牡[20]，享于祖考[21]。执其鸾刀[22]，以启其毛[23]，取其血膋[24]。

是烝是享[25]，苾苾芬芬[26]。祀事孔明[27]，先祖是皇[28]。报以介福[29]，万寿无疆。

【注释】

[1] 信：通“伸”，延展。

[2] 甸：治理。

[3] 畇（yún）畇：指周遍，范围广大之义。原：原野，宽广平坦的地面。隰（xí）：低洼潮湿之地。

[4] 曾孙：指周族的一位贵族，周人对祖先神自称曾孙。田：耕种，意谓开垦农田。

[5] 疆：划分田界。理：治理。

[6] 南东：或南北向，或东西向。亩：田垄。周人称南北垄为南其亩，东西垄为东其亩。

[7] 同：聚集。

[8] 雨：降落。雰（fēn）雰：很盛的样子。

[9] 霡霂（mài mù）：小雨。

[10] 优：充足。渥（wò）：湿润。

[11] 沾：浸润，浸湿。

[12] 埸（yì）：田界。翼翼：整齐。

[13] 彧彧（yù）：茂盛的样子。

[14] 穑：收割。

[15] 畀（bì）：给与。尸：祭祀时扮神灵的人。宾：参加祭祀的人。

[16] 庐：这里指田里搭建的窝棚。

[17] 剥：剖开。菹（zū）：切成块状。

[18] 皇祖：对已故祖先的尊称。

[19] 祜（hù）：福。

[20] 骍（xīng）：赤色。牡：这里指公牛。

[21] 享：奉献祭品。

[22] 鸾（luán）刀：环上有铃的刀。

[23] 启：分开。

[24] 膋（liáo）：肠上的脂肪。

[25] 烝：进献。享：奉献祭品。

[26] 苾（bì）苾：芳香。

[27] 孔：很。明：洁净。

[28] 皇：安闲。

[29] 介福：所企求之福。一说指大福。

【译文】

蜿蜒伸展的南山，是大禹把它治理。范围广大的高低平原，曾孙把它开垦成田地。我划定田界，我进行整治，田垄的走向或是南北或是东西。

天空聚集乌云，雪花飘落纷纷。再加上所降的小雨，水分既充足又湿润。既湿润又充足，生养我的百谷。

田界极其整齐，糜子谷子充满生机。曾孙前来收割，酿出酒做成饭食。献给我们代神受祭的尸和助祭来宾，长寿万年永存。

庄稼地里有护田的小屋，瓜就长在田界处。把它剖开把它切割，献给伟大的先祖。曾孙必定长寿，得到上天所赐的福。

祭祀用的是清酒，再加上赤色的雄牛，献给祖先供享受。拿着那带铃的刀，割开牛的皮毛，取出它的血和脂膏。

将祭品进献于前，散发着浓郁的芳香。祭祀进行得光洁明净，祖先安闲地临降。回报给曾孙所求之福，保佑他万寿无疆。

【品鉴】

这首诗选自《小雅》，其中有祭祀祖先的内容，前半部分叙述农业生产情况。

全诗六章，前三章叙述周族子孙经营农业生产的具体情况，为后面的祭祀祖先预设铺垫，因为祭祀所用的物品不少取自农产品。周人以农业立国，诗中所叙述的对农田的治理，农作物的生长，气候的适宜，都反映出周人对农业的熟悉和深厚的情感。

后三章叙述祭祀祖先的相关事象，有的是其他文献见不到的，把瓜用于祭祖即是其例。而多数祭祀细节则反映出周文化的特点。第一，祭祀尚嗅。《礼记·郊特牲》在叙述祭祀风尚时写道：

> 周人尚臭，灌用鬯臭，郁合鬯，臭阴达于渊泉……萧合黍稷，臭阳达于墙屋。故既奠然后焫萧合膻、芗。

周人祭祀重视嗅觉感受，祭品的香气来自酒，香蒿和粮食一起焚烧，香蒿和牛羊肠的脂肪一起焚烧。其中的膻指羊肠脂肪，芗指牛肠脂肪。《信南山》中的祭品有酒，有牛肠脂肪，都是散发香气的原料，祭祀时“苾苾芬芬”，芳香飘溢。

第二，体现出周人尚赤的风俗。《礼记·明堂位》写道：“夏后氏尚黑，殷白牡，周骍刚。”骍刚，指赤色雄性的牛。《信南山》提到用于祭祀的骍牡，就是赤色的公牛。

第三，体现出礼乐文明的规范。《礼记·郊特牲》在叙述祭祀所用器具时写道：“割刀之用，而鸾刀之贵，贵其义也，声和而后断也。”刀环上有铃的刀称为鸾刀，在使用这种刀时要使环上的铃发出有节奏的声音，人的动作和鸾铃的声音协调一致，显示的是礼乐文明的威仪之美。

《信南山》和许多祭祀题材的诗歌一样，都预言神灵将给祭祀者降福，具体而言就是“万寿无疆”。这和《楚茨》所说的“万寿攸酢”，反映的是同样的心理期待，即把吉祥幸福的无限延续作为重要的理想。

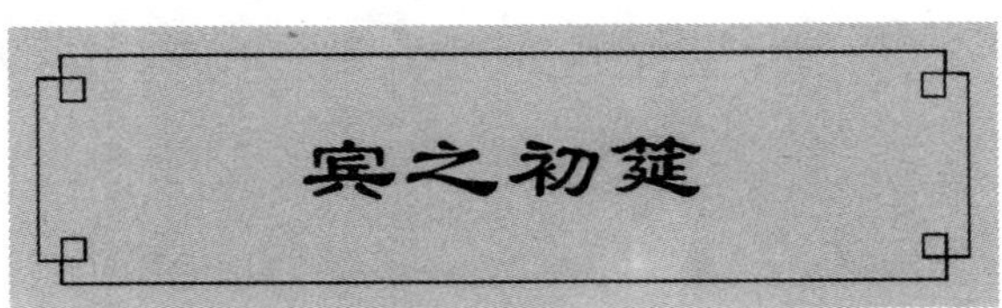

宾之初筵

宾之初筵[1]，左右秩秩[2]。笾豆有楚[3]，殽核维旅[4]。酒既和旨[5]，饮酒孔偕[6]。钟鼓既设，举酬逸逸[7]。大侯既抗[8]，弓矢斯张[9]。射夫既同[10]，献尔发功[11]。发彼有的[12]，以祈尔爵[13]。

籥舞笙鼓[14]，乐既和奏。烝衎烈祖[15]，以洽百礼[16]。百礼既至[17]，有壬有林[18]。锡尔纯嘏[19]，子孙其湛[20]。其湛曰乐，各奏尔能[21]。宾载手仇[22]，室人入又[23]。酌彼康爵[24]，以奏尔时[25]。

宾之初筵，温温其恭。其未醉止[26]，威仪反反[27]。曰既醉止，威仪幡幡[28]。舍其坐迁[29]，屡舞仙仙[30]。其未醉止，威仪抑抑[31]。曰既醉止，威仪怭怭[32]。是曰既醉，不知其秩[33]。

宾既醉止，载号载呶[34]。乱我笾豆，屡舞僛僛[35]。是曰既醉，不知其邮[36]。侧弁之俄[37]，屡舞傞傞[38]。既醉而出，并受其福。醉而不出，是谓伐德[39]。饮酒孔嘉[40]，维其令仪[41]。

凡此饮酒，或醉或否。既立之监[42]，或佐之史[43]。彼醉不臧[44]，不醉反耻[45]。式勿从谓[46]，无俾大怠[47]。匪言勿言[48]，匪由勿语[49]。由醉之言[50]，俾出童羖[51]。三爵不识[52]，矧敢多又[53]。

【注释】

[1] 筵（yán）：本谓竹席，这里作动词。古人席地而坐，几案旁边铺席，这里指坐在席上宴饮。

[2] 左右：左右两边的人。秩秩：井然有序的样子。

[3] 笾（biān）：古代盛食物的竹器，用于装果脯等。豆：古代食器，形似高足盘，一般有盖。楚：整齐摆放。

[4] 殽（yáo）：通“肴”，鱼肉等荤菜。核：果品。旅：有序陈列。

[5] 和：醇和。旨：美，味道好。

[6] 孔：很。偕：普遍，齐同。

[7] 举：献酒。酬：回敬。逸逸：安闲。

[8] 侯：箭靶。抗：竖起。

[9] 张：箭放在弓弦上。

[10] 同：集合。

[11] 献：进。发：射。功：技艺，本领。

[12] 有：指射中。的：箭靶。有的：射中靶子。

[13] 祈：求。爵：饮酒器具，相当于后代的酒杯，这里指斟上酒的爵。古代射礼，中靶者饮酒，以示奖励。

[14] 籥：古代乐器，类似排箫。籥（yuè）舞：持籥而舞。笙鼓：作动词，吹笙击鼓。

[15] 烝：进。衎（kàn）：欢乐。烈：光明，显赫。烈祖：光荣的祖先。

[16] 洽：切合。

[17] 至：达到，做到。

[18] 壬（rén）：交会。林：分开。

[19] 锡：赐。纯：完整，圆满。嘏（gǔ）：本指说明，引申为福。

[20] 湛（zhàn）：沉浸其中。

[21] 奏：进，献。能：才能，本领。

[22] 宾：来宾。载：则。手：取。仇：偶，比赛对手。

[23] 室人：家人，这里指主人的男性家庭成员。又：助，指作宾客的射伴。

[24] 酌：斟酒。康爵：空爵。一说为大爵。

[25] 奏：进。尔时：等候你。倒装句，正常词序为“以奏时尔”。时，指等候。

[26] 止：语气词。
[27] 反反：慎重之象。
[28] 幡（fān）幡：动作杂乱无章的样子。
[29] 舍：离开。座：座位。迁：移动。
[30] 仙仙（xiān）：轻脱的样子。
[31] 抑抑：收敛，严谨之象。
[32] 怭（bì）怭：失控之象。
[33] 秩：秩序，次第。
[34] 号：呼叫。呶（náo）：喧哗。
[35] 僛（qī）僛：歪斜之象。
[36] 邮：过错。
[37] 弁（biàn）：帽子。侧弁：歪戴帽子。之：是。俄：斜，倾斜。
[38] 傞（suō）傞：反复不停。
[39] 伐德：害德。
[40] 孔嘉：很美好。
[41] 维：同“唯”。令仪：美好的仪式。
[42] 监：主管纠察的官。
[43] 佐：辅佐。史：主管记录的官。
[44] 臧：善，美。
[45] 不醉反耻：不喝醉反而成为耻辱。
[46] 式：发语词。勿：不要。从：听从。谓：说，指说不醉反耻一类的话。
[47] 俾（bǐ）：使。大：太。怠：轻慢失礼。
[48] 匪言：不该说的话。
[49] 匪由：没有用。由：用。语：交谈。
[50] 由：因，由于。
[51] 俾：从。童：无角，秃。羖（gǔ）：黑色公羊。童羖：无角的黑色公羊。意谓醉人口里说出的都是胡言乱语。
[52] 三爵不识：喝上三爵酒便神志不清。
[53] 矧（shěn）：况且。又：通“侑”，指劝酒。

【译文】

宾客初入筵席，或左或右井然有序。笾豆等食器摆放整齐，鱼肉果

兰竹图／钱载作

昔我往矣杨柳依依
今我来思雨雪霏霏
行道迟迟载渴载饥
我心伤悲莫知我哀

——《采薇》

品各有次第。酒味醇和甘美，饮酒的人周遍普及。钟鼓已经设置，献酒和回敬都很闲逸。大的箭靶已经竖起，箭放在弓弦准备射出。射手已经集合，前行射击展示技艺。射出的箭中靶，有酒一杯作为奖励。

持籥而舞，吹笙击鼓，乐器已经和谐演奏。为使显赫的祖先欢乐而进献乐舞，以契合各种各样的礼数。一切礼仪都很周全，有交会，有分离。赐给你完满的洪福，子孙沉浸其中。沉浸在其中欢愉，各自展示你们的才能。来宾选择比射的对手，家人进来作为陪客人的射友。把那空杯斟满酒，等待你射中以相酬。

宾客初入筵席，温文尔雅谦逊有礼。他们没有喝醉的时候，威仪慎重得体。到了喝醉以后，动作举止杂乱。离开他的座位移动，轻脱起舞一遍又一遍。没有喝醉的时候，威仪严谨缜密。到了喝醉以后，动作举止失去控制。这都是说已经喝醉，就不再知道次第。

宾客已经喝醉，又是呼号又是喧哗。搅乱我的笾豆等食器，反复起舞歪斜错沓。这是说已经喝醉，不知道自己的偏差。歪戴的帽子像要坠落，反复起舞不知停下。喝醉从筵席走出，宾主都承受其福。喝醉不肯退出，这是对德的玷污。饮酒是很美的事，就在于有美好的仪表风度。

凡是这类饮酒的事，有的喝醉有的能控制。既设立主管纠察的酒监，或还辅以负责计事的酒史。他喝醉感到很美，不醉反而成为耻辱。不要听他所说的这种话，不要使他过于轻慢无度。不该说的话不要说，没有什么用不要对语。由于醉酒而言说，公羊上无角的话也说得出。喝过三杯就神志不清，况且又多次劝酒未停。

【品鉴】

这首诗选自《小雅》，揭露饮酒失控，导致宴会出现混乱不可收拾的局面，劝人饮酒守礼。

诗的作者是位高层贵族，他以宴会主人的口吻叙述了亲眼目睹的饮酒过程。诗的前两章描述宴会开始阶段的井然有序，彬彬有礼。宴饮的内容是丰富的，除饮酒之外，还有射箭、祭祀、歌舞。在表现各项活动合乎礼仪时，所用的词语都突出描写物件的整齐有序，和谐融洽。宾客入座有次序，器物摆放的整齐，饮酒气氛平和，射箭有人陪伴。所有这一切，再现了周代礼乐文明的威仪之美，也反映了贵族生活享乐的一面。

诗的第三章，对比了宾客未醉与已醉两种状态。这种对比从多个角度进入，用词对比性极强，鲜明地表现了酒后失礼的丑态。反反和幡幡，抑抑和怭怭，都形成巨大的反差。前者谨慎内敛，后者杂乱放荡；前者温文尔雅，后者丝毫不知体面。

第三章还用具体的动作，表现两种状态的巨大反差："舍其坐迁，屡舞仙仙。"饮酒者一旦醉后离开自己的座位，往往意味着更大混乱的出现。第四章就是展示离开座位的醉客的状态：他们呼叫喧哗，歪歪斜斜，并且乱舞不止，连帽子都快掉了，原本摆放整齐的器具也都被弄乱。上述描写的从声音、动作、服装等多个侧面透视，把醉客的丑态展示得惟妙惟肖，呈现给我们一幅生动的醉酒图。

第四章后半部分是作者对醉后丧德行为的批评和劝诫。作者认为宴饮的美好在于礼仪的保障，奉劝宾客们要依礼饮酒。其中所说的"由醉之言，俾出童羖"，类似的话还见于《大雅·抑》："彼童而角，实虹小子。"《宾之初筵》的作者称醉汉能说出公羊不长角的昏话；《抑》篇则称如果非说秃头上有角，那是在骗人。这两处的诗句异曲同工，都很形象。

《宾之初筵》是以贵族宴饮为题材，第二、三章都提到的射箭，是宴饮的重要组成部分。其中"宾载手仇，室人入又"反映了当时射箭比赛的一个重要规则，即要有射箭的伙伴出面陪同客人。《宾之初筵》所说的"室人入又"，就是由主方的家人充当陪射者。

《宾之初筵》所叙述的先依礼行事，后违礼乱宴会，反映出古代宴饮前后阶段的不同，这种不同又和礼仪有直接的关系。先秦时期比较隆重的宴饮分为飨和宴两个阶段，飨纯粹是象征性的礼仪，举酒而不饮，故终日而不醉。其他项目也都按礼仪行事，气氛庄严，敬而有礼。《宾之初筵》第二章所说的"以洽百礼"，指的就是飨礼。"百礼既至"，指的是飨礼的结束，进入宴的阶段。宴和飨的对比，气氛轻松，人们开始实实在在地饮酒吃菜，所以，酒醉失态都发生在宴饮的阶段。

采　菽

采菽采菽[1]，筐之筥之[2]。君子来朝[3]，何锡予之[4]？虽无予之，路车乘马[5]。又何予之？玄衮及黼[6]。

觱沸槛泉[7]，言采其芹[8]。君子来朝，言观其旂[9]。其旂淠淠[10]，鸾声嘒嘒[11]。载骖载驷[12]，君子所届[13]。

赤芾在股[14]，邪幅在下[15]。彼交匪纾[16]，天子所予[17]。乐只君子[18]，天子命之[19]。乐只君子，福禄申之[20]。

维柞之枝[21]，其叶蓬蓬[22]。乐只君子，殿天子之邦[23]。乐只君子，万福攸同[24]。平平左右[25]，亦是率从[26]。

泛泛杨舟[27]，绋纚维之[28]。乐只君子，天子葵之[29]。乐只君子，福禄膍之[30]。优哉游哉[31]，亦是戾矣[32]。

【注释】

[1] 菽（shū）：豆类。

[2] 筐：用竹编制的方形盛物器具。筥（jǔ）：用竹编制的圆形器具。筐和筥，在这里做动词。

[3] 君子：指诸侯。

[4] 锡：赏赐。

[5] 路车：诸侯所乘的车。乘（shèng）马：四匹马。诸侯所乘的车通常用四匹马。

[6] 玄衮（gǔn）：黑色绣有龙图案的礼服。黼（fǔ）：绣有黑白相间斧形花纹的礼服。

[7] 觱（bì）沸：水涌动之象。槛泉：泉名。

[8] 芹：指野生的芹菜，多生于水边。

[9] 旂（qí）：画有蛟龙图案的旗。

[10] 淠（pèi）淠：飘动的样子。

[11] 鸾：铃。嘒（huì）嘒：连续不断。

[12] 骖（cān）：三匹马拉一辆车。驷：四匹马拉一辆车。

[13] 届：至，来到。

[14] 赤芾（fú）：赤色蔽膝。股：谓大腿。

[15] 邪幅：裹腿，又称行縢，缠绕在小腿上。

[16] 彼：指赤芾和邪幅。交：系结，缠绕。匪：不。纾（shū）：松缓。

[17] 予：赏赐。

[18] 只：语气词。

[19] 命：策命。指赏赐的决定用文字写入简策，并在宗庙举行的典礼上宣读。

[20] 申之：重复而来。

[21] 柞（zuò）：树木名。

[22] 蓬蓬：繁盛貌。

[23] 殿：镇。

[24] 攸：所。同：聚集。

[25] 平平：明辨。左右：指君子身边的属臣。

[26] 率：遵，顺。从：服从。

[27] 泛泛：浮在水面。

[28] 绋缅（fú shǐ，缅又读 xì）：大绳长索。维：拴系。

[29] 葵：定，止，指挽留。

[30] 膍（pí）：相配。

[31] 优：充裕，这里指时间充足。

[32] 戾：安定，这里指安心逗留。

【译文】

采豆啊采豆，把它放入方筐圆筥。君子前来朝见，给他什么赏赐之物？虽然没有什么可以赏赐，赐给他四匹马和所牵引的车。还赏赐什么？黑色和黑白相间有图案的礼服。

涌动沸扬的槛泉，在那里采摘水芹。君子前来朝见，看见那蛟龙图案的旗身。他的旗帜在飘动，连续的鸾铃声两耳可闻。驾车的马或三匹或四匹，诸侯已经来临。

红色的蔽膝罩在大腿上，行縢在它的下面。束结它们不能松缓，这是天子赏赐的物件。欢乐的君子，天子对他加以册封。欢乐的君子，福禄重复迭增。

柞树的枝条，它的叶片茂盛蓬勃。欢乐的君子，镇守天子的邦国。欢乐的君子，万种幸福聚拢。身边的属臣精明强干，对他都很顺从。

浮在水面的杨木舟，用绳索把它拴系牢固。欢乐的君子，天子要把他挽留住。欢乐的君子，福禄不断光顾。时间充裕安闲自得，这就是你的安居之处。

【品鉴】

这首诗选自《小雅》，以诸侯朝见周天子为题材，当是周王朝在欢迎诸侯到来时演唱的歌诗。

诸侯定期朝拜天子，是周代重要的礼制，称为朝宗。《周礼·春官·大宗伯》："春见曰朝，夏见曰宗"。指的就是诸侯定期朝见天子。朝宗，以百川入海为喻，《尚书·禹贡》有"江汉朝宗于海"之语。朝宗，有时又称为朝聘。

诸侯朝见天子，是当时政治生活中的大事，周王朝对此极为重视。诗的首章叙述的就是周王朝为迎接诸侯到来所做的准备。采菽是在准备食物，以一问一答的方式说出的即将赏赐诸侯的礼品，则是等级地位的象征。

《采菽》所述周天子将要赐给朝宗诸侯的礼物是车马衣服，是由四匹马驾的车，是带有固定图案和标志的礼服，用以表示对诸侯的欢迎，也是对他们政治地位的肯定。

第二章叙述诸侯来朝的情景。首先见到的是旗帜，其次听到的是鸾铃的响声，最后见到的是驾车的马。这里采用由远到近依次推移的叙事方式，合乎人观察的实际情况。《小雅·庭燎》叙述朝廷官员黎明上朝的场景，展开的顺序是先闻鸾铃声，然后见到旗帜，和《采菽》的叙述顺序不同。这种差异是由上朝时间的不同造成的。诸侯来朝是在白天，首先看到的是远方的旗帜。大臣上朝是在"夜未央"时开始，所以先听到的是鸾铃声。

《采菽》第三章叙述来朝诸侯对于天子所赐服装的珍视。关于天子向诸侯赠衣的礼仪，《仪礼·觐礼》有详细的记载。周天子把向诸侯赠衣看作王权巩固的标志，是天子至尊地位的自我肯定，因此，赠衣典礼庄严肃穆，极其隆重。朝廷重臣手捧装有天子所赐衣服的衣箱，太史宣读天子的命书，众人肃立恭听。受赏赐的诸侯接受衣箱的前后都要跪拜致谢，最后连同命书一道收藏起来。《采菽》对于赠衣的过程，场面没有展示，而是作为背景隐藏在幕后。

周天子把向诸侯赠衣看作居高临下的恩赐，得到赏赐的诸侯则以此为荣耀，格外珍视天子的赏赐。“彼交匪纾，天子所予”。蔽膝、行縢一定要缠结牢固，不能松缓，因为它们是天子所赐，展示出受赐诸侯的微妙心态。

第四章以枝叶繁茂的柞树起兴，把诸侯说成是安定天子之邦的重要角色。以树木的枝叶相连、根深叶茂来比喻政治上的休戚相关，是古人常见的说法。《左传·文公七年》：“公族，公室之枝叶也。若去之，则本根无所庇阴矣。”这是把公室、君主比作树根，把公族比作树的枝叶。《左传·昭公九年》记载周景王的使者詹桓伯对晋平公所说的话语：“我在伯父，犹衣服之冠冕，木水之有本原，民人之有谋主也。伯父若裂冠毁冕，拔木塞原，专弃谋主，虽戎狄，其何有余一人。”周景王把自己比作树根，诸侯当然是树的枝叶。由此可见，《采菽》用树的枝叶起兴，引出诸侯对周王朝的镇辅，是当时一种惯性思维。

诗的末章是挽留诸侯，诸侯朝聘有固定的时间，《礼记·王制》称：“诸侯之于天子也，比年一小聘，三年一大聘，五年一朝。”按照郑玄的解释，只有在五年一朝期间诸侯才亲自前往，小聘、大聘分别派使者和大臣而已，这是春秋时期的礼制。至于西周时期，和王室最亲近的诸侯每年一朝，其余则是几年才朝聘一次。诸侯朝聘有固定的周期，朝聘逗留的时间也很短暂，对此，《仪礼·觐礼》有具体的记载。天子挽留诸侯，是在常规之外的恩典，带有深情脉脉的性质，《采菽》末章展示的正是依依惜别的情调。

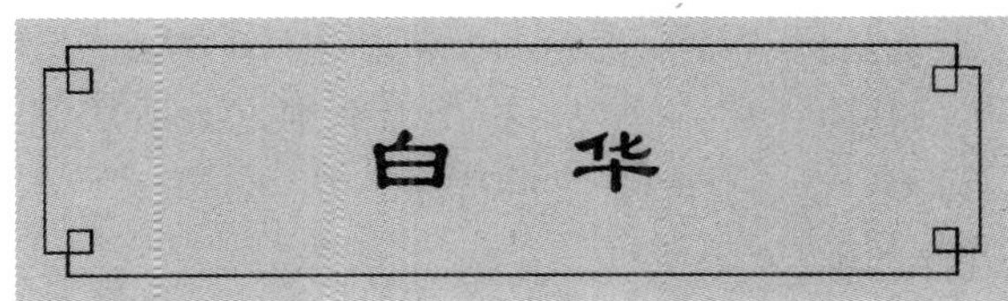

白华

白华菅兮[1]，白茅束兮[2]。之子之远[3]，俾我独兮[4]。
英英白云[5]，露彼菅茅[6]。天步艰难[7]，之子不犹[8]。
滮池北流[9]，浸彼稻田。啸歌伤怀，念彼硕人[10]。
樵彼桑薪[11]，卬烘于煁[12]。维彼硕人，实劳我心。
鼓钟于宫[13]，声闻于外。念子懆懆[14]，视我迈迈[15]。
有鹙在梁[16]，有鹤在林[17]。维彼硕人，实劳我心。
鸳鸯在梁，戢其左翼[18]。之子无良，二三其德。
有扁斯石[19]，履之卑兮[20]。之子之远，俾我疷兮[21]。

【注释】

[1] 白华：白花。菅（jiān）：一种多年生草本植物，开白花，茅类野草。

[2] 束：捆。

[3] 之子：那个人，指作者埋怨的人。

[4] 俾（bǐ）：使。独：孤独。

[5] 英英：盛多，浓重的样子。《吕氏春秋·古乐》："其音英英。"高诱注："英英，和盛貌。"

[6] 露：湿。

[7] 天步：犹言天命，这里指命运。

[8] 犹：善。不犹：不善。

[9] 滮（biāo）池：古水名，一作滮沱，亦名冰池，圣女泉，在今陕西西安市西北。

［10］硕人：身材魁梧的人。

［11］樵（qiáo）：打柴。桑薪：桑树枝。

［12］卬（áng）：通“昂”，抬起，抬高。煁（chén）：可移动的炉灶。

［13］鼓钟：敲钟。宫：宫殿，指作者怨恨之人所居住的地方。

［14］懆（cǎo）懆：忧郁不安的样子。

［15］迈迈：远远。

［16］鹙（qiū）：一种水鸟，似鹤而大，青苍色，长颈赤目，头颈无毛，足如鸡爪，黑色，又名秃鹙，凶猛贪残。

［17］鹤：指仙鹤，一种水鸟。

［18］戢（jí）：收缩。戢其左翼：指鸳鸯休息时把喙插进左翼中。

［19］扁：平。斯：此。

［20］履：踩，踏。卑：低。

［21］疧（qí）：低，矮，这里指忧愁成病的低落心情。《小雅·无将大车》：“无思百忧，只自疧兮。”即取此义。

【译文】

开着白花的菅草，用白茅把它捆束。那人远离我，使我感到孤独。

浓重的白云，润湿那些菅茅。天命艰难，那个人不好。

滮池水向东流，把那稻田浸润。长啸悲歌内心忧伤，想起那个身材魁梧的人。

砍伐桑树作柴烧，放在火上烘烤。就是那个身材魁梧的人，使我的心充满困扰。

在宫殿中敲钟，声音传到外面。想起你我就忧郁不安，你对我是那样疏远。

有秃鹙在鱼梁，有仙鹤在山林。就是那个身材魁梧的人，实在是困扰我的心。

鸳鸯成双成对在鱼梁，把它们的嘴回插进左边的翅膀。那个人品行不端，做事反复无常。

这块扁平的石头，踩着它还是太低。那个人离我遥远，使我忧愁成疾。

【品鉴】

这首诗选自《小雅》，抒发被废王后对周幽王的怨恨。

毛传对于这首诗的创作缘起有如下解说："《白华》，周人刺幽后也。幽王取申女以为后，又得褒姒而黜申后，故下国化之，以妾为妻，以孽代宗，而王弗能治。周人为之作是诗也。"从《白华》一诗的实际情况考察，毛传的说法基本可信。全诗以弃妇的语气进行倾诉，即使不是出自申后，也是在她被废弃之后了解事情真相的周人所作。

全诗八章，前面四章连续运用形象的起兴比喻，用于抒发弃妇的孤独和痛苦。白茅束菅，暗示自己被弃置一旁，不再被理会。降雨淋湿白茅，象征自己没被呵护，如同白茅任凭雨淋。水浸稻田和火烧桑薪是一组相反的事象，意谓自己处于水深火热之中，饱受痛苦的煎熬。菅茅、稻田、桑薪，都是弃妇本身的化身。

诗的六、七两章出现的是鸟的意象，也是富有象征性。鹤是水鸟，本应生活在水域，如今却飞进树林，这是弃妇被废黜的象征。鹙是凶猛的水鸟，是它把鹤赶走，占据了它的水域。这正是褒姒取代申后的文学显现。鸳鸯在梁，则是指周幽王和褒姒的相亲相爱。

《白华》把几个鸟的意象置于第六、七章，是接续第四章的"鼓钟于宫，声闻于外"。幽王和褒姒在宫内寻欢作乐，钟声传到弃妇耳中，使她想起自己被废黜，以及幽王当下对褒姒的宠爱。诗的第八章回应第四章钟声闻于外的细节，弃妇想踏着石头向外眺望，却因为石头太低未能如愿。石头的低矮引发思妇的心情更加低落，卑与疷前后相应，是由低矮到低沉，由物到人。

诗中把幽王称为之子，流露出对他的怨恨，不犹、无良、二三其德，道出幽王的恶行。至于两次称其为硕人，是从身材魁梧角度而言，并无赞美之意；而且身材高大正好与品德的卑微形成鲜明的对照。

诗中弃妇的心态是复杂的，她孤独、悲伤、压抑、忧愁，通过感情色彩鲜明的词语作了表现。同时，又穿插一些动作和心理描写，把被黜王后的幽怨和无可奈何充分展示出来，是中国古代最早的宫怨诗。

何草不黄

何草不黄？何日不行？何人不将[1]？经营四方。

何草不玄[2]？何人不矜[3]？哀我征夫，独为匪民[4]。

匪兕匪虎[5]，率彼旷野[6]。哀我征夫，朝夕不暇。

有芃者狐[7]，率彼幽草[8]。有栈之车[9]，行彼周道[10]。

【注释】

［1］将：指身体强壮。《小雅·北山》："嘉我未老，鲜我方将。"

［2］玄：黑色。

［3］矜：指危险。《小雅·菀柳》："曷予靖之，居以凶矜。"引申为可怜。

［4］匪：通"非"。匪民：即不当人来对待。

［5］兕（sì）：犀牛一类的野兽。

［6］率：循，沿着。

［7］芃（péng）：兽毛蓬松的样子。

［8］幽：深暗。

［9］栈（zhàn）：指简易轻便之车。

［10］周道：大路。

【译文】

什么草不枯黄，哪一天不在外奔忙？哪个人不身强力壮？经营在四面八方。

什么草不枯黑，哪一个人不可怜？哀叹我们服役者，唯独不被当作人看。

不是野牛不是老虎，顺着那旷野奔走。哀叹我们征夫，从早到晚没有闲暇的时候。

长毛蓬松的狐狸，钻进幽深的草丛。简易轻便的差车，奔走在联结周京的大道中。

【品鉴】

这首诗选自《小雅》，是一首征夫之歌。

诗的作者是在外服役的征夫，备尝艰辛，唱出这首歌抒发内心的痛苦。

第一、二两章分别以“何草不黄”、“何草不玄”开头，运用直赋其事的笔法。征夫常年在外奔波，所见到的都是荒凉的景象，草是最常见的物象。草的反复出现，营造的是荒凉凄清的气氛。草黄草玄，又是物候。草黄是在秋天，草玄应在冬天。有的草没有枯就遭遇严霜，呈现为黑色。玄、黄连用，显示的是一种病态和受伤害的情况。《周易·坤》上六：“龙战于野，其血玄黄。”《诗经·周南·卷耳》：“陟彼高冈，我马玄黄。”或指受伤的惨象，或是过度疲惫而致病的样子。《何草不黄》把玄、黄二字拆开运用，依然有这方面的含义，是一幅惨淡之象。

诗中两次出现野兽意象。第三章说自己不是犀牛、老虎，却像它们一样奔波在旷野。人和野兽都暴露在旷野，回应前章的“独为匪民”之语。末章先是写狐狸钻进深草，接着出现栈车行驰在大道，还是渲染人和野兽所处环境的相似。

《何草不黄》的作者是年轻力壮的征夫，对其所遭遇的艰辛，从时间和空间两个方面加以展示，空间是奔走于旷野周道，经营四方；时间上是何日不行，朝夕不暇。诗的作者自我哀伤，希望能够得到别人的同情，更期望改变这种恶劣的生活状态，过上人的正常生活。

大雅

灵台

经始灵台[1]，经之营之。庶民攻之[2]，不日成之[3]。
经始勿亟[4]，庶民子来[5]。王在灵囿[6]，麀鹿攸伏[7]。
麀鹿濯濯[8]，白鸟翯翯[9]。王在灵沼[10]，于牣鱼跃[11]。
虡业维枞[12]，贲鼓维镛[13]。于论鼓钟[14]，于乐辟廱[15]。
于论鼓钟，于乐辟廱。鼍鼓逢逢[16]，蒙瞍奏公[17]。

【注释】

[1] 经：经营，指修建。始：当初，起初。灵台：台名，故址在今陕西西安市西北。

[2] 庶民：百姓。攻：建造。

[3] 不日：指没多久，不几天，时间较短。

[4] 勿：不。亟：急切，急迫。

[5] 子：慈爱。一说指儿子。子来：慈爱地前来。或解作亲生儿子般前来。

[6] 灵：令，美好。灵囿：畜养鸟兽的园林为囿。

[7] 麀（yōu）：母鹿。伏：隐伏。一说是卧倒。

[8] 濯（zhuó）濯：有光泽的样子。

[9] 翯（hè）翯：高飞貌。一说是洁白。

[10] 沼（zhǎo）：水池。

[11] 于（wū）：感叹词。牣（rèn）：满。

[12] 虡（jù）：悬编钟编磬的木架。业：悬鼓的木架。枞（cōng）：本指一种常绿乔木，又名冷杉，这里指乐器架向上翘起之象。

[13] 贲（fén）：大。维：和。镛：大钟。

[14] 论（lūn）：排列有序。

[15] 乐：欢乐。辟廱（bì yōng）：贵族子弟学校。

[16] 鼍（tuó）：一种鳄鱼，皮坚厚。鼍鼓：用鼍皮所蒙的鼓。逢（pēng)逢：鼓声。

[17] 蒙（méng）：为白内障致盲。瞍（sǒu）：指闭目盲人。蒙瞍：盲人。奏：进，献。公：通“功”。《小雅・六月》：“以奏肤公。”奏公：这里指献艺。

【译文】

开始有筑灵台的规划，规划它建造它。百姓进行建造，没有几天就完成了。

开始规划并不急促，百姓怀着爱心投入。王所在的美好园囿，母鹿在那里隐伏。

母鹿肥硕有光泽，白鸟飞得高高。周王来到美好的水池旁，满池鱼儿腾跳。

悬挂乐器的木架用冷杉制成，上面有大鼓和钟。排列有序的鼓和钟，欢乐的贵族子弟学宫。

排列有序的鼓和钟，欢乐的贵族子弟学宫。敲起鼍皮鼓彭彭响，奏乐献艺的是盲人乐工。

【品鉴】

这首诗选自《大雅》，叙述灵台的修建及周王在那里享乐的情况。

第一章和第二章的前面两句叙述灵台的修建过程，突出修建工程的高效率和得到百姓的拥护，为后面周王的享乐预设铺垫。灵台之所以迅速竣工，是因为百姓对周王的忠心拥戴，主动踊跃前来，显示的是周王与庶民之间协调融洽的关系。

叙述周王在灵台的游乐，展示出物象多种多样，并且各具姿态：麀鹿言其伏，毛色润泽，白鸟言其高飞，鱼言其众多跳跃，乐器架言其高挺，钟鼓言其大和排列有序。最后出场的是盲人乐师，所作的描写由物及人，由无声到有声，依次推移，秩序井然。

对于“白鸟翯翯”，多解释为鸟羽洁白有光泽。从字形推断，应是鸟高飞之象。白鸟，当指白鹭。《周颂・振鹭》：“振鹭于飞，于彼西雝。”这里描写的是周王朝都城贵族学校出现的景物，和《灵台》所涉空间位置一致，白鸟指的是白鹭，人们关注它飞翔的姿态。《鲁颂·有驳》写道：“振振鹭，鹭于飞。”鲁国宫殿也可以见到白鹭群飞的景观。

筑台以供娱乐，是先秦时代君主的常见举措。《国语·楚语上》有楚灵王筑章华之台的记载。《战国策·魏策三》有梁王婴觞诸侯于范台的故事。筑台需要投入大量的人力物力，往往劳民伤财，因此，《灵台》对于修筑过程的相关描述，到后来成为不扰民、不伤财的美谈。《左传·昭公九年》鲁国叔孙昭子引《灵台》“经始勿亟，庶民子来”两句诗，奉劝季平在督促修建郎囿时不要扰民。《国语·楚语上》所载伍举规劝楚王不要以台观之大为美，也引了上述诗句。《孟子·梁惠王上》记载，梁惠王沉溺于池沼苑囿之乐，孟子引《灵台》的诗句，讽谏对方与民同乐。

《灵台》诗展示的不仅是灵台，而且包括灵台在内的苑囿。因此，如何看待苑囿之乐，成为孟子关注的话题。《孟子·梁惠王下》记载，他和齐宣王就谈论起文王之苑囿，孟子还是宣扬君主要与民同乐。

这首诗出现的灵台，是供游乐的场所。到了春秋时期，开始有登台观气的说法，《国语·楚语上》所载伍举的陈述就有“台不过观氛祥”之语。汉代的天象台称为灵台，具体记载见于《三辅黄图》卷五。班固《两都赋》后面所附五首诗，其一就是《灵台诗》，把灵台的功能归结为“帝勤时登，爰考休征”，灵台是观象台。至于《庄子·庚桑楚》所说的灵台，则是指人的心灵，相当于《德充符》的灵府。

关于《灵台》的创作缘起，毛传写道：“《灵台》，民始附也。文王受命而民乐其有灵德以及鸟兽昆虫焉。”《灵台》歌颂的究竟是不是文王，单从这首诗还无法得出确切的结论。

生　民

厥初生民[1]，时维姜嫄[2]。生民如何？克禋克祀[3]，以弗无子[4]。履帝武敏歆[5]，攸介攸止[6]。载震载夙[7]，载生载育，时维后稷[8]。

诞弥厥月[9]，先生如达[10]。不坼不副[11]，无菑无害[12]。以赫厥灵[13]，上帝不宁[14]。不康禋祀[15]，居然生子[16]。

诞寘之隘巷[17]，牛羊腓字之[18]。诞寘之平林，会伐平林[19]。诞寘之寒冰，鸟覆翼之[20]。鸟乃去矣，后稷呱矣[21]。实覃实吁[22]，厥声载路[23]。

诞实匍匐[24]，克岐克嶷[25]，以就口食[26]。艺之荏菽[27]，荏菽旆旆[28]。禾役穟穟[29]，麻麦幪幪[30]，瓜瓞唪唪[31]。

诞后稷之穑[32]，有相之道[33]。茀厥丰草[34]，种之黄茂[35]。实方实苞[36]，实种实褎[37]。实发实秀[38]，实坚实好[39]。实颖实栗[40]，即有邰家室[41]。

诞降嘉种[42]，维秬维秠[43]，维穈维芑[44]。恒之秬秠[45]，是获是亩[46]。恒之穈芑，是任是负[47]，以归肇祀[48]。

诞我祀如何？或舂或揄[49]，或簸或蹂[50]。释之叟叟[51]，烝之浮浮[52]。载谋载惟[53]，取萧祭脂[54]，取羝以軷[55]。载燔载烈[56]，以兴嗣岁[57]。

卬盛于豆[58]，于豆于登[59]。其香始升，上帝居歆[60]。胡臭亶时[61]，后稷肇祀。庶无罪悔[62]，以迄于今[63]。

【注释】

[1] 厥：其。民：这里指周人。厥初生民：那个最初生育周族人的人。

[2] 时：是。维：为。姜嫄（yuán）：周族男性始祖后稷的母亲。

[3] 克：能够。禋（yīn）：以火烧柴升烟的祭祀方式。克禋：能够以火烧柴升烟进行祭祀。祀：祭祀。

[4] 以：用。弗：指的是除去，去掉。

[5] 履：踏，踩上。帝：天帝，上帝。武：足迹。敏：指脚拇指。武敏：脚拇指的足迹。歆：欣喜。

[6] 介：接触。止：驻留，不移动。

[7] 震：动，指受感应。夙：开启，贯通。

[8] 时：是，此。后稷：周族男性始祖。

[9] 诞：发语词。弥：满。厥月：其月，指怀孕的月数。

[10] 先生：指顺利出生，分娩所用时间短。如：而。达：通达，顺利。

[11] 坼（chè）：开裂。副（pì）：剖开。此句指姜嫄生后稷时产门未裂，没有剖腹。

[12] 菑（zāi）：通“灾”。害：伤害。

[13] 赫：惊动。厥：其。灵：神灵。

[14] 不宁：不安定，指激动，欣喜。

[15] 康：空。不康：不徒然。

[16] 居然：安然，平安地。

[17] 寘（zhì）：同“置”，放置。隘巷：狭窄的胡同。

[18] 腓（féi）：庇护。字：爱护，保护。

[19] 会：正值，适逢。

[20] 翼：用翅膀，作动词。覆翼之：用翅膀加以覆盖。

[21] 呱（gū）：小儿哭声。

[22] 覃（tán）：深而长。吁：大，洪亮。

[23] 载：承载，引申为响彻。载路：响彻道路。

[24] 匍匐（pú fú）：伏地。

[25] 岐：爬行。嶷（nì）：左顾右盼。

[26] 就：往，趋近。

[27] 艺：种植。荏：苏子，一年生草本植物，果实可榨油。一说，

荏指大。荏菽（rěn shū）：苏子和大豆。

[28] 旆（pèi）旆：上扬貌。

[29] 禾役：禾穗。穟（suì）穟：下垂貌。

[30] 幪（méng）幪：茂密的样子。

[31] 瓞（dié）：瓜蔓。一说是小瓜。唪（běng）唪：茂盛貌。

[32] 穑（sè）：收获，这里泛指种植庄稼。

[33] 相：选择。一说指助。道：办法。

[34] 茀（fú）：除去。

[35] 黄茂：泛指五谷的优良品种。

[36] 方：排列整齐。苞：丛生。

[37] 种：低矮。褎（yòu）：长高。

[38] 发：指茎秆长高。秀：结穗扬花。

[39] 坚：坚实。好：柔韧。

[40] 颖：成熟的禾穗。栗：密实。

[41] 即：前往，去。有邰（tái）：指邰地，在今陕西武功西南。

[42] 降：指播下。一说指天降。

[43] 秬（jù）：一种黑黍。秠（pī）：黑黍的一种。

[44] 穈（mén）：红苗谷。芑（qǐ）：白苗谷。

[45] 恒：遍布，全都。

[46] 亩：本指田垄，这里指把收获的庄稼放在田垄上。

[47] 任：肩扛。负：驮在背上。

[48] 肇（zhào）：开始。祀：进行祭祀。

[49] 舂（chōng）：将谷物的皮壳去掉。揄（yóu）：把舂好的米舀出来。

[50] 簸（bǒ）：用器具上下扬动以去掉谷的糠壳尘土等。蹂（róu）：同“揉”，用手揉米。

[51] 释：用水淘米。叟（sǒu）叟：淘米声。

[52] 烝：通“蒸”。浮浮：热气上腾之象。

[53] 谋：计划，商量。惟：思考，盘算。

[54] 萧：香蒿。祭脂：祭祀用的牛肠脂。

[55] 羝（dī）：公羊。軷（bá）：祭祀路神。

[56] 燔（fán）：烧。烈：放在火上烤。

[57] 兴：兴旺。嗣（sì）：承续。嗣岁：指来年。

[58] 卬（áng）：通“仰”，指往高处拿。一说指我们。盛（chéng）：把东西放到器皿里。豆：一种食器，形似高足盘。

[59] 登：一种食器，形似豆而浅。

[60] 居：安然。歆：喜欢，高兴。

[61] 胡臭（xiù）：浓烈的香气。胡：本指大，这里谓浓烈。臭：气味，这里指芳香的气味。亶（dàn）：确实。时：及时，合时。一说，时指美好。亶时：实在合时。

[62] 庶：庶几，几乎。罪悔：过失。

[63] 迄：至，到。

【译文】

最初生育周族的人，就是那位姜嫄。她怎样生育周人？能够引火生烟能够进行祭祀，用以去掉无子的忧患。踏上了天帝大脚拇指的足迹欣喜有异感，于是接触于是驻留不迁。有感应有贯通，于是分娩生育，这就是后稷。

怀胎满了月数，顺利出生分娩快。下体没有破裂母腹不用剖开，临产无灾无害。因此惊动神灵，上帝激动不安宁。没有白白地进行火祭，孩子平安地出生。

把他放置在狭窄的胡同，牛羊对他加以保护。把他放置到平地的树林里，恰逢有伐木的樵夫。把他放置在寒冰上，鸟用翅膀盖住。鸟飞走了，后稷呱呱啼哭。哭声深长洪亮，响彻整条道路。

当他能够趴伏，爬行时左右盼顾，趋近的是食物。他种植苏子和大豆，苏子大豆蓬勃上扬。庄稼穗沉沉下垂，麻和麦茂密茁壮，瓜蔓延伸长长。

后稷种植庄稼，有他选择的办法。去掉茂盛的杂草，把谷物良种播撒。有的庄稼排列齐整，有的同根丛生，有的矮壮有的高挺。茎秆长高，结穗扬花，有的坚实有的柔韧。成熟的禾穗密实沉重，就到邰地定居农耕。

播下的是良种，有秬秠两种黑黍，有红苗和白苗的谷。满地都是两种黑黍，收割后放在田垄高处。满地都是红苗白苗的谷，运载它肩扛背负，是回家进行祭祀的供物。

他们的祭祀如何？有的脱壳有的把它舀出臼，有的簸掉糠有的用手搓揉。用水淘米其声叟叟，烧水做饭其声浮浮。又商量又运筹，取来香蒿和脂油，取来公羊祭祀路神以利行走。投在火里烧透，放在火上烤熟，以把来年的兴旺祈求。

高举祭品盛入木豆，放入木豆放入瓦登。它的香气开始上升，上帝安闲高兴。浓烈的香味的确合时，这是后稷开始的祭祀。几乎没有什么过失，一直延续到今日。

【品鉴】

这首诗选自《大雅》，叙述周族的男性始祖后稷传奇性的孕育和出生经历，以及他对农业做出的杰出贡献。

诗的开头两章叙述后稷传奇性的孕育出生经历。后稷之母踩了上帝的足迹而感应受孕，属于感应生子神话。中国古代流传着许多类似的神话，可划分为许多类型，履神迹感生只是其中一类，流传在西北地区。和姜嫄履迹生子神话类似的有伏羲氏的孕育神话。《太平广记》卷八十一引《诗含神雾》："大迹出雷泽，华胥氏履之，生伏牺。"华胥氏是伏羲的母亲，她在雷泽踏上神灵的足迹而生伏羲。古代传说的华胥氏之国在西北，《列子·黄帝篇》写道："华胥氏之国在弇州之西，台州之北。"又据《淮南子·地形训》所言："正西弇州曰并土，西北台州曰肥土。"由此推断，华胥氏之国位于西北地区。伏羲、后稷都是母亲履神迹而感生，这种类型的神话带有明显的地域特征，最初出自西北地区。到了后来，由于伏羲氏迁移到东部地区，人们就把雷泽说成是太湖。

《生民》对姜嫄履神迹生子神话不是简单说明，而是作了具体而生动的描写。她因无子而祭祀，可以推测她当时焦虑的心情。踩了上帝足迹之后的惊喜，身体所产生的强烈反应，把人神之间的感应写得生动传神，是按照人的性生活体验去描写姜嫄的生理和心理反应。

后稷的出生极具传奇色彩。他的出生，既没有延期，也没有难产，而是平安无事，以至于惊动了上帝，以此预示这位新生儿日后必然会有非凡的经历。

后稷出生之后经历过严峻的考验，他先后被放到隘巷、平林和冰上，但都没有受到伤害，反而得到牛羊、樵夫和飞鸟的保护。这段传说反映的是人与自然的亲和关系，人对自然的依赖，自然对人的呵护。古人中不少杰出人物都有初生阶段的传奇经历，春秋时期楚国名相令尹子文即是其中一位。《左传·宣公四年》写道：

> 初，若敖娶于䢵，生斗伯比。若敖卒从其母畜于䢵，淫于䢵子之女，生子文焉。䢵夫人使弃诸梦中，虎乳之。䢵子田，见之，惧而归。夫人以告，遂使收之。

子文吃虎乳长大，后来成为楚国的名相，他的传奇经历和后稷有相似之处。

后稷出生后被放置在危险的地方，是对他命运和自然生命力的考验。后稷是幸运的，他的自然生命力是顽强旺盛的，通过对他哭声所做的描写，暗示这位新生儿所潜藏的生命活力。以哭声判断新生儿的健康状况和年寿的长短，是古代相儿术的重要方式，《生民》的相关描写，可以说是相儿术的肇端。

周人以农业兴邦，把周作为族名，实际是标示周族的农业部落属性。周，甲骨文作田，是在田之中加点加画，表示田间布满庄稼的形态。周人男性始祖以稷为名，则是因为他在农作物种植方面所做出的杰出贡献。姜嫄生后稷，实际是大地生长庄稼理念的艺术再现，反映的是典型的农业文明的特征。

后稷和农业生产有极深的因缘，这从他匍匐爬行"以就口食"的憨态中就表现出来。在叙述后稷对农业生产所作贡献过程中，《生民》显示出周族先民很高的运用语言的技巧。一是动词的运用极其准确，通过艺、穑、相、茀、种、降、获、亩、任、负等一系列表示动作的词语，展示出从种到收获的全过程。二是形容词极其生动传神。旆旆、穟穟，一为上扬，一为下坠，分别显示出庄稼在生长期和成熟期的良好状态。幪幪言其茂密，唪唪言其伸展，或广或长，都是旺盛之象。方者整齐，苞者丛生；种为低矮，褎为修长；坚为结实，好是柔韧。这些词语每两个为一组，构成对应关系，把庄稼的多种形态从不同侧面充分地展示出来。

诗的最后两章叙述祭祀活动。祭祀是在秋收之后，因此，人们充满丰收的喜悦。从舂谷、淘米到食物加工，所用的动词和象声词营造的是喜庆的气象，同时反映出先民对祭祀对象所抱的虔诚态度，全身心投入祭祀的各项准备工作。

周族以芳香的气味娱神，对此，《生民》结尾两章作了具体的叙述。用以获取芳香气味的祭品除谷物外，还有香蒿和牛的肠脂。为了获取芳香的气味，还对祭品采取了多种加工方式：有的投入火中焚烧，有的放在火上烘烤，从而使得芳香浓烈，上升于天，博得天帝喜欢。神灵得到最大的满足，人们希望对来年的期待届时也能得到满足。

《生民》以姜嫄履天帝脚印怀孕生子开始，以祭祀上帝，“上帝居歆”结束，整篇作品置于灵光的笼罩之下。再加上后稷出生的传奇经历，使作品富有浪漫色彩。《生民》又富有现实性，中间几章对于农业生产所作的描写，如果不是对农业生产极其熟悉，不可能写得如此生动传神。

后稷是周族男性始祖，同时又是殷商就开始祭祀的农神，事见《左传·昭公二十九年》：“稷，田正也。有烈山氏之子曰柱为后稷，自夏以上祀之。周弃亦为稷，自商以来祀之。”稷成为田正的名称，同时又是农神。先秦流传的后稷传说，往往与农业生产相关。《国语·鲁语上》称“稷勤百谷而山死”。《山海经·大荒西经》写道：

> 帝俊生后稷，稷降以百谷。稷之弟曰台玺，生叔均。叔均是代其父及稷播百谷，始作耕。

从后稷到叔均都是以播种五谷为业，是一个农业世家。这里说的耕，指的是牛耕，《山海经·海内经》说得很清楚：“稷之孙曰叔均，始作牛耕。”叔均究竟是后稷之侄，还是他的孙子，已经无从考证，不过，他是后稷事业的继承者则是确定无疑的。

姜嫄生后稷的传说还见于《诗经·鲁颂·閟宫》、《楚辞·天问》、《史记·周本纪》等典籍。其中《天问》还提到后稷“冯弓挟矢”，是一位在武功方面有建树的英雄，这是其他文献未曾记载的。

公刘

笃公刘[1]，匪居匪康[2]。乃埸乃疆[3]，乃积乃仓[4]。乃裹餱粮[5]，于橐于囊[6]。思辑用光[7]，弓矢斯张[8]。干戈戚扬[9]，爰方启行[10]。

笃公刘，于胥斯原[11]。既庶既繁[12]，既顺乃宣[13]，而无永叹[14]。陟则在巘[15]，复降在原。何以舟之[16]？维玉及瑶[17]，鞞琫容刀[18]。

笃公刘，逝彼百泉[19]，瞻彼溥原[20]。乃陟南冈，乃觏于京[21]。京师之野[22]，于时处处[23]，于时庐旅[24]。于时言言，于时语语。

笃公刘，于京斯依[25]。跄跄济济[26]，俾筵俾几[27]。既登乃依，乃造其曹[28]。执豕于牢[29]，酌之用匏[30]。食之饮之，君之宗之[31]。

笃公刘，既溥既长[32]，既景乃冈[33]，相其阴阳[34]，观其流泉。其军三单[35]，度其隰原[36]，彻田为粮[37]。度其夕阳[38]，豳居允荒[39]。

笃公刘，于豳斯馆[40]。涉渭为乱[41]，取厉取锻[42]。止基乃理[43]，爰众爰有[44]。夹其皇涧[45]，溯其过涧[46]。止旅乃密[47]，芮鞫之即[48]。

【注释】

[1] 笃：结实，坚强。公刘：周族祖先，《史记·周本纪》所列先

周世系依次为后稷、不窋、鞠、公刘。

[2] 匪：同“非”。居：安居。康：安乐。

[3] 埸（yì）：田界，这里用作动词，指划分田界。疆：也指划分田界。

[4] 积：储蓄。仓：把粮食装在仓里。

[5] 裹：装载。餱（hóu）粮：干粮。

[6] 橐（tuó）：树条编织的容器，似筐而高，上无横梁，敞口。一说指没有底的口袋。囊：袋子。

[7] 思：想。辑：聚集众人。用光：用以光大其事。

[8] 斯：于是。张：弓弦绷紧。

[9] 干：盾牌。戈：横刃长柄的兵器。戚：斧子。扬：举起。

[10] 爰：于是。方：开始。启行：出发。

[11] 于：往。胥：观察。斯原：指豳地的原野。

[12] 庶：富饶。繁：指草木茂盛。

[13] 顺：顺势，随着地形。宣：周遍。

[14] 永叹：长叹。

[15] 陟（zhì）：登，升。巘（yǎn）：山。一说指有别于大山的小山。

[16] 舟：环绕，挟带。

[17] 瑶：似玉的美石。

[18] 鞞（bǐ）：刀鞘。琫（běng）：指玉。鞞琫：刀鞘用玉装饰。容：容纳。容刀：装着刀。

[19] 逝：往。百泉：极言泉水之多。

[20] 溥（pǔ）：广大。溥原：广大的原野。

[21] 觏（gòu）：见到，遇见。于：前往。京：山丘。

[22] 京师：山丘。

[23] 于：往。时：通“是”，此。处处：安居。

[24] 庐：窝棚一类的简易房，供临时居住。旅：一说指众多。庐旅：临时住房有序排列。

[25] 依：指野外聚餐。

[26] 跄（qiāng）跄：行进步伐有节奏的样子。济济：众多而整齐之象。

[27] 俾（bǐ）：使。筵：指铺席。几：指安放几案。

[28] 造：前往。曹：指伙伴。

[29] 豕：猪。牢：猪圈。

[30] 酌：舀酒。匏（páo）：葫芦的一种，这里指用葫芦做的水瓢。

[31] 君之：以他为君主。宗之：指以公刘为族长。

[32] 溥：通“敷”，舒展。长：为首领。

[33] 景：通“影”，测量日影以确定方位。冈：登高。

[34] 相：观察。阴阳：山北为阴，山南为阳。水南为阴，水北为阳。

[35] 单：指一支成建制的队伍。三单：三支。

[36] 度（dù）：按一定计量单位划分单位。隰（xí）：低湿之地。

[37] 彻：治。

[38] 度其夕阳：测量黄昏时的日影。

[39] 豳：地名，在今陕西栒邑西。居：定居。允：谓高。荒：覆盖。一说，允为实在，诚然；荒为大。

[40] 馆：房舍，这里指建筑宫室房屋。

[41] 为：而。乱：横流而渡。

[42] 厉：砺石，用来打磨用具的石块。

[43] 止基：奠定基础。理：治理。

[44] 爰：乃。众：人员众多。有：财物众多。

[45] 皇涧：涧名。夹其皇涧：沿着皇涧两岸而行。

[46] 溯（sù）：逆流而上。过涧：涧名。

[47] 止：既。旅：排列整齐。密：密集。

[48] 芮（ruì）：水名。鞫（jū）：尽头。即：接近。

【译文】

结实健壮的公刘，不肯安逸不坐享。于是整治田界于是划定封疆，于是储存粮食于是装入粮仓。于是装载干粮，往橐里放往袋里放。想聚集众人蹈厉发扬，弓弦绷紧箭在弦上。盾牌长矛战斧举起，于是开始迁移他方。

结实健壮的公刘，前往观察豳地的平原。既富饶草木又很繁盛，顺着地势把这里走遍，没有忧伤长叹。登高则升上山巅，又走下来到平原。他携带的是什么？美玉和美石，装刀的鞘用玉石镶嵌。

结实健壮的公刘，前往水系众多的百泉，瞻望那广大的平原。于是又把南边的山冈登攀，见到并前往另一座山。在这山丘的原野，前往那里安居，前往那里把棚屋有序搭建。前往那里说话，前往那里交谈。

结实健壮的公刘，前往那山丘与众人相聚。人员众多进行有节奏，使人铺席使人设几。全都上了山丘聚会就开始，于是前往伙伴那里。令他从圈栏中将猪捉起，舀酒就用剖开的葫芦。又是吃饭又是饮酒，以他为君长以他为宗主。

结实健壮的公刘，已经舒展已经为众人之长。测量日影登上山冈，观察方位的阴和阳，审视泉水的流势走向。他有三支成建制的武装力量，把低湿和高平的地块进行划分，治理田地以产粮。测量黄昏时的日影，豳地的居住空间确实宽广。

结实健壮的公刘，在豳地把宫室营建。横流渡过渭河，取来磨刀石取来石砧。奠定基础整修完毕，人员众多还有丰饶的财产。沿着皇涧的两岸，再在过涧逆流而前。房屋排列得整齐而又密集，就在那芮水接近尽头的地段。

【品鉴】

这首诗选自《大雅》，叙述周族祖先公刘率领周族迁移，最终定居豳地的事迹。

公刘是周族的英雄祖先，这首诗围绕迁豳这一重大事件，从多方面表现了公刘的业绩及才能、品德。

首章叙述周族为迁移所作的准备及开始迁移的情况，突出公刘的远见。在迁移之前，公刘率领周族先民精心经营农业，有了充足的储备，为迁移奠定了坚实的物质基础。在迁移过程中，带足口粮，并且全副武装，高度戒备，保证迁徙的安全。这是一次武装迁移，虽然没有提到迁移的原因，但可以感到当时的军事威胁。

第二章叙述公刘寻找定居地点的情况，他巡视了整个豳地，或上或下，不辞辛劳。公刘又是威武的，他佩戴美玉和精心装饰的刀，是众人注目的对象。

第三章讲述定居点确定在一座土山下，搭建起临时住房。“于时言言，于是语语”，传达出周族先民到达新定居点之后的喜悦。

第四章展示的是野餐的画面。周族先民在新的定居地点聚集一堂，人员众多而井然有序。公刘吩咐伙伴从圈里取出猪宰杀，用葫芦瓢舀酒喝，充满了热闹喜庆的气氛。这个举措使公刘的凝聚力更加强大，众人把他看作自己可以依赖的族长和首领。

第五章叙述周族先民在豳地的发展和建设规划。公刘率领族人在豳地定居之后，开始测量，根据地势驻扎了三支军队。开始垦荒，发展农业，最后决定在豳地高处建立永久定居的宫殿房舍。

结尾一章叙述为修建宫殿房舍进行备料的举措，并且具体交代定居地点的方位。通过一系列具体事件的依次描述，把公刘的远见卓识、勤政务实、细致周到、平易近人等优秀品质和杰出才能充分展示出来，是周族先民衷心拥戴的首领。在此过程中，运用大量特殊的句式，表现动作的多样和连续性，富有生活气息。

《公刘》一诗各章均以“笃公刘”开头，关于笃字的含义，毛传：“笃，厚也。”后代一直沿袭这种解释，从厚道老实方面去观照公刘。其实，笃在诗中指的是结实、健壮，这种含义在《诗经》中反复出现。《唐风·椒聊》：“彼其之子，硕大且笃。”《大雅·大明》：“缵女维莘，长子维行，笃生武王。”其中的笃字，都是指身体强壮，体现的是对于人自然生命力的崇拜。“笃公刘”同样是赞美公刘身体强健，具有旺盛的生命力。

第四章出现的“于京斯依”，展示的是野餐画面。《诗经》多次出现这种场景，都称为依。《小雅·车辖》：“依彼平林”。这是迎亲途中举行的野餐。《大雅·皇矣》：“依其在京，侵自阮疆。”这是进犯周土的密人在山上野餐。《周颂·载芟》：“有噴其馌，思媚气妇，有依其士。”这是从事劳动的农夫在田间野餐。依，或作衣、殷，有众多之义，故成为表示野餐的专用名词。

《公刘》第五章结尾两句是“度其夕阳，豳居允荒”。第六章开头两句是“笃公刘，于豳斯馆”。这四句诗首尾相续，讲述的是所确定的建筑宫室房屋的具体地点。“豳居允荒”指在豳地高处选址。允，甲骨文是在人的头部增一高冠，允和夋本是一个字，因此，从允从夋得声的字多含有高义。荒，本指覆盖，诗中指在那里建筑宫殿房屋。公刘把周族长久定居的宫殿房屋建在高处，从末章所作的交代可以得到验证。到那里要沿着皇涧行走，沿着过涧逆流而上，是在山涧的上头，明显是建在高处。那里临近水源，在地势上便于防守，具有多方面的优越条件。

第三、四章相继提到京、京师，指的都是山丘。师，繁体字作師，字形从自，自指山丘，因此，师有时也指山丘。

《公刘》一诗没有出现军事冲突，但是潜在的军事威胁依然可以感觉到。周族迁移是全副武装，高度戒备。公刘到各处巡视时要带佩刀，时刻保持警惕。第五章的“相其阴阳，观其流泉。其军三单”，便是选择军队设防的地点。

关于公刘率周族先民迁徙的缘由，毛诗写道：“公刘居于邰而遭夏人乱，迫逐公刘。公刘乃避中国之难，遂平西戎而迁其民。邑于豳焉。”公刘平西戎，未见史书记载，无从考证。《史记·周本纪》叙述公刘迁移的经过，没有写迁移的原因。

板

上帝板板[1]，下民卒瘅[2]。出话不然[3]，为犹不远[4]。靡圣管管[5]，不实于亶[6]。犹之未远[7]，是用大谏。

天之方难[8]，无然宪宪[9]。天之方蹶[10]，无然泄泄[11]。辞之辑矣[12]，民之洽矣[13]。辞之怿矣[14]，民之莫矣[15]。

我虽异事[16]，及尔同寮[17]。我即尔谋[18]，听我嚣嚣[19]。我言维服[20]，勿以为笑。先民有言，询于刍荛[21]。

天之方虐[22]，无然谑谑[23]。老夫灌灌[24]，小子跻跻[25]。匪我言耄[26]，尔用忧谑[27]。多将熇熇[28]，不可救药。

天之方懠[29]，无为夸毗[30]。威仪卒迷[31]，善人载尸[32]。民之方殿屎[33]，则莫我敢葵[34]？丧乱蔑资[35]，曾莫惠我师[36]？

天之牖民[37]，如埙如篪[38]，如璋如圭[39]，如取如携[40]。携无曰益[41]，牖民孔易[42]。民之多辟[43]，无自立辟[44]。

价人维藩[45]，大师维垣[46]，大邦维屏[47]，大宗维翰[48]。怀德维宁[49]，宗子维城[50]。无俾城坏[51]，无独斯畏[52]。

敬天之怒，无敢戏豫[53]。敬天之渝[54]，无敢驰驱[55]。昊天曰明[56]，及尔出王[57]。昊天曰旦[58]，及尔游衍[59]。

【注释】

[1] 上帝：指上天，天帝。板板：乖戾，不正常。

[2] 卒：尽，全都。瘅（dàn）：筋疲力尽，因劳累致病。

[3] 不然：不对。

[4] 犹：通“猷”，谋划，计划。

[5] 圣：智慧。靡圣：没有智慧。管管：高傲的样子。

[6] 不实：不实在，虚假。亶（dǎn）：诚实。

[7] 犹之未远：为政没有远见。

[8] 难（nàn）：发难。

[9] 宪宪：显耀，炫耀的样子。

[10] 蹶（jué）：颠覆，挫败。

[11] 泄（xiè）泄：无约束的样子。一说指泄（yì）泄，话多的样子。

[12] 辑：收敛。一说指和缓。

[13] 洽：融洽，协调。

[14] 怿（yì）：懈怠，放肆。

[15] 莫：无，没有。

[16] 异事：职务不同。

[17] 及：和，与。寮：指官署。同寮：指同在官署。

[18] 即：前往，趋就。

[19] 嚣嚣：傲慢的样子。

[20] 服：用。

[21] 刍荛（ráo）：割草打柴的人。

[22] 虐：暴烈。

[23] 谑（xuè）谑：欢乐嬉戏之象。

[24] 灌灌：不断劝谏之象，谓态度诚恳。

[25] 小子：指劝谏对象，年轻的当权者。跻（jiǎo）跻：趾高气扬之貌。

[26] 匪：非，不是。耄（mào）：本指年老，这里指昏乱，糊涂。

[27] 忧谑：以忧为谑，虽处忧患视同儿戏。

[28] 熇（hè）熇：本指火盛，这里指势焰炽盛，头脑发热到极点。

[29] 懠（qì）：整治。一说指愤怒。

[30] 毗（pí）：损伤，败伤。夸毗：因夸耀而受到损伤。

[31] 威仪：指礼仪风度。卒：尽。迷：乱。

[32] 善人：指朝廷贤臣。载：则。尸：谓不说话。尸，本指代神灵受祭的人，无语言。

[33] 殿屎：在宫殿上大便，谓丧尽威仪之后所出现的严重后果。一说指呻吟。

[34] 莫：没有。葵：止，制止。则莫我敢葵：没有人敢制止的。

[35] 蔑：弃灭。资：资财。蔑资：弃财。

[36] 曾（zēng）：乃，竟。师：指民众。

[37] 牖（yǒu）：诱导。

[38] 埙（xūn）：古代一种陶制圆形吹奏乐器。篪（chí）：古代一种管乐器，似笛子，八孔。

[39] 璋（zhāng）：一种玉器，形如半圭。圭：一种玉器，上圆（或剑头形）下方。

[40] 取：拿取。携：牵拉。

[41] 益：过度。携无曰益：牵拉不过分。

[42] 孔：很，非常。孔易：很容易。

[43] 辟（pì）：通"僻"，不正，邪僻。

[44] 无自立辟：不要自己做邪僻的事。

[45] 价（jiè）：通"介"，指甲，披甲。价人：指甲士，军人。藩：篱笆。

[46] 大师：大众，谓百姓。垣（yuán）：墙。

[47] 大邦：指大诸侯国。屏：屏障。

[48] 大宗：指周王的同姓宗族。翰（hàn）：通"干"，指栏杆。

[49] 怀德：亲德。

[50] 宗子：指嫡长子，这里指周王的太子。

[51] 俾（bǐ）：使，令。

[52] 斯：指周王太子。无独斯畏：不要唯独惧怕太子。

[53] 戏豫：游戏安乐。

[54] 渝：变，变动。

[55] 驰驱：指任意，放纵，没拘束。

[56] 昊：广大高远。昊天：皇天。

[57] 及：达到。尔：你。王（wǎng）：指前往。出王：出行。

[58] 旦：光亮。

[59] 衍：本义为水广布或长流，引申为延展。游衍：指游览，遨游。

【译文】

上帝乖戾反常，下民尽遭灾难。说出的话没有道理，作出的谋划没有远见。没有智慧而高傲狂妄，不诚实到了极点。政策上未能深谋远虑，因此我提出深切的规劝。

上天正在发难，不要炫耀彰显。上天正在进行颠覆，不要没有约束监督。言辞收敛了，百姓融洽相欢。言辞放肆了，百姓就全都走远。

我虽然和你职务不同，但与你同朝为官。我到你那里去谋划，听我的话你太傲慢。我的话为的是有用，不要以为是玩笑。古人有这样的话：向割草打柴的人请教。

上天正在暴虐，不要嬉笑戏谑。老夫我态度诚恳，小子你高傲不屑。不是我的话老糊涂，你把忧患视为儿戏。继续下去将头脑发热，不可用药物医治。

上天正在整治，不要因夸耀而败糜。礼仪风度全都迷乱，善人缄口无言如代神受祭的尸。有人正在宫殿拉屎，我们竟无人敢去制止。丧乱耗尽资财，竟然不抚恤我们的群黎。

上天诱导下民，好像吹埙好像吹篪，好像玉圭好像玉璋，如同把东西取来把东西提起。提起不要过分，诱导百姓很容易。人多有邪僻，不要自己本身做邪僻之事。

军人是藩篱，大众是围墙。大的诸侯国是屏障，周王同姓宗族像栏杆一样。亲近德就安宁，王的嫡长子就是城墙。不要使城墙坍塌，不要唯独对太子畏惧恐慌。

敬畏上天的愤怒，不敢游戏欢愉。敬畏上天的变动，不敢乘车驰驱。昊天明朗，能看到你的出入来往。昊天光亮，能照到你的外出游荡。

【品鉴】

这首诗选自《大雅》。毛传：“《板》，凡伯刺厉王也。”凡伯是周公的后裔，这首诗是否出自凡伯之手，已经无从考证。诗的第七章提到“宗子维城”，并且警告“无俾城坏”。依此推断，这首诗当作于周幽王时期。周幽王宠爱褒姒，将废太子宜臼，因此，诗的作者向当政的大臣提出警告。

这首诗的揭露和讽刺对象是当时西周王朝的一位权臣。诗中写道：“我虽异事，及尔同寮。”诗的作者与批评对象同朝为官，看到对方的许多缺失，因此以诗相谏。

诗的批评对象比作者年轻，因此称他为“小子”。这位权臣在政治雝。”这里描写的是周王朝都城贵族学校出现的景物，和《灵台》所涉空间位置一致，白鸟指的是白鹭，人们关注它飞翔的姿态。《鲁颂·有駜》写道：“振振鹭，鹭于飞。”鲁国宫殿也可以见到白鹭群飞的景观。

筑台以供娱乐，是先秦时代君主的常见举措。《国语·楚语上》有楚灵王筑章华之台的记载。《战国策·魏策三》有梁王婴觞诸侯于范台的故事。筑台需要投入大量的人力物力，往往劳民伤财，因此，《灵台》对于修筑过程的相关描述，到后来成为不扰民、不伤财的美谈。《左传·昭公九年》鲁国叔孙昭子引《灵台》“经始勿亟，庶民子来”两句诗，奉劝季平在督促修建郎囿时不要扰民。《国语·楚语上》所载伍举规劝楚王不要以台观之大为美，也引了上述诗句。《孟子·梁惠王上》记载，梁惠王沉溺于池沼苑囿之乐，孟子引《灵台》的诗句，讽谏对方与民同乐。

《灵台》诗展示的不仅是灵台，而且包括灵台在内的苑囿。因此，如何看待苑囿之乐，成为孟子关注的话题。《孟子·梁惠王下》记载，他和齐宣王就谈论起文王之苑囿，孟子还是宣扬君主要与民同乐。

这首诗出现的灵台，是供游乐的场所。到了春秋时期，开始有登台观气的说法，《国语·楚语上》所载伍举的陈述就有“台不过观氛祥”之语。汉代的天象台称为灵台，具体记载见于《三辅黄图》卷五。班固《两都赋》后面所附五首诗，其一就是《灵台诗》，把灵台的功能归结为“帝勤时登，爰考休征”，灵台是观象台。至于《庄子·庚桑楚》所说的灵台，则是指人的心灵，相当于《德充符》的灵府。

关于《灵台》的创作缘起，毛传写道：“《灵台》，民始附也。文王受命而民乐其有灵德以及鸟兽昆虫焉。”《灵台》歌颂的究竟是不是文王，单从这首诗还无法得出确切的结论。

生民

厥初生民[1]，时维姜嫄[2]。生民如何？克禋克祀[3]，以弗无子[4]。履帝武敏歆[5]，攸介攸止[6]。载震载夙[7]，载生载育，时维后稷[8]。

诞弥厥月[9]，先生如达[10]。不坼不副[11]，无菑无害[12]。以赫厥灵[13]，上帝不宁[14]。不康禋祀[15]，居然生子[16]。

诞寘之隘巷[17]，牛羊腓字之[18]。诞寘之平林，会伐平林[19]。诞寘之寒冰，鸟覆翼之[20]。鸟乃去矣，后稷呱矣[21]。实覃实吁[22]，厥声载路[23]。

诞实匍匐[24]，克岐克嶷[25]，以就口食[26]。艺之荏菽[27]，荏菽旆旆[28]。禾役穟穟[29]，麻麦幪幪[30]，瓜瓞唪唪[31]。

诞后稷之穑[32]，有相之道[33]。茀厥丰草[34]，种之黄茂[35]。实方实苞[36]，实种实褎[37]。实发实秀[38]，实坚实好[39]。实颖实栗[40]，即有邰家室[41]。

诞降嘉种[42]，维秬维秠[43]，维穈维芑[44]。恒之秬秠[45]，是获是亩[46]。恒之穈芑，是任是负[47]，以归肇祀[48]。

诞我祀如何？或舂或揄[49]，或簸或蹂[50]。释之叟叟[51]，烝之浮浮[52]。载谋载惟[53]，取萧祭脂[54]，取羝以軷[55]。载燔载烈[56]，以兴嗣岁[57]。

卬盛于豆[58]，于豆于登[59]。其香始升，上帝居歆[60]。胡臭亶时[61]，后稷肇祀。庶无罪悔[62]，以迄于今[63]。

上有许多致命的弱点，诗歌反复加以揭示。他说话不实，缺少诚信，又没有深谋远虑。但他自视甚高，不接受他人的批评。他没有忧患意识，感觉不到王朝面临的各种危机。他不能严格自律，而是放纵淫逸。如此多的毛病集于一身，足见是一个对国家命运漠不关心，不负责的角色。

诗的作者在对这位朝廷重臣进行劝谏的过程中，多次提到上帝、上天相威慑。先后出现了“上帝板板”、“天之方难”、“天之方蹶”、“天之方虐”、“天之方懠”，都是从天人感应的理念出发警告对方，意谓他的所作所为已经触怒了上天，天帝不再是他的保护神，要惩罚他。作者希望对方能够畏惧天命，改过自新。诗的末章，又奉劝对方“敬天之怒”、“敬天之渝”，把天帝描写成明察世事的至上神，希望对方能够严格约束自己，以免受到上天的惩罚。

诗中的上天又作为诱导百姓的典范出现：“天之牖民，如埙如篪，如璋如圭，如取如携。”连续运用形象的比喻，道出诱导百姓的正确方式。埙是陶制，篪是竹制，圭、璋是玉制，这是说诱导百姓要因其材质，如同乐器、玉器的制作原理。“如取如携”是说要为百姓提供助推力，但又不能做得过分。显然，诗的作者有感于对方牧民无术，借用上天的权威进行启蒙和指点。

《板》的作者具有爱憎分明的正义感和高度的政治责任感，他对朝廷权臣的批评中阐明了自己的政治主张。“辞之辑矣，民之洽矣。辞之怿矣，民之莫矣。”当政者收敛辞令，百姓就会融洽，而言辞放肆则会失去民心。“先民有言，询于刍荛”。当政者应该虚心听取不同的声音，要不耻下问。诗的作者运用一系列贴切的比喻，道出国泰民安的关键所在：军队是国家的藩篱，百姓是墙，强大的诸侯如屏障，天子同姓宗族如同栏杆，太子则如城。这是以建筑的格局来比喻王朝的各种政治力量，显示出政治家的眼光。

诗的作者饱含忧患意识，他担心当政者一意孤行，以忧为戏，最终弄得不可救药。他担心威仪尽丧，出现有人在宫殿大便的行为。他还担心出现丧乱，国家资财荡然无存，使百姓得不到任何实惠。忧国忧民、伤时闵乱之心溢于言表，表现出积极参与现实政治的精神和力挽狂澜的勇气。

崧高

崧高维岳[1]，骏极于天[2]。维岳降神，生甫及申[3]。维申及甫，维周之翰[4]。四国于蕃[5]，四方于宣[6]。

亹亹申伯[7]，王缵之事[8]。于邑于谢[9]，南国是式[10]。王命召伯[11]：定申伯之宅[12]。登是南邦[13]，世执其功[14]。

王命申伯：式是南邦，因是谢人[15]，以作尔庸[16]。王命召伯：彻申伯土田[17]。王命傅御[18]：迁其私人[19]。

申伯之功[20]，召伯是营。有俶其城[21]，寝庙既成[22]。既成藐藐[23]，王锡申伯[24]：四牡蹻蹻[25]，钩膺濯濯[26]。

王遣申伯[27]，路车乘马[28]。我图尔居[29]，莫如南土。锡尔介圭[30]，以作尔宝。往近王舅[31]，南土是保。

申伯信迈[32]，王饯于郿[33]。申伯还南，谢于诚归[34]。王命召伯，彻申伯土疆[35]。以峙其粻[36]，式遄其行[37]。

申伯番番[38]，既入于谢[39]，徒御啴啴[40]。周邦咸喜，戎有良翰[41]。不显申伯[42]，王之元舅[43]，文武是宪[44]。

申伯之德，柔惠且直。揉此万邦[45]，闻于四国。吉甫作诵[46]，其诗孔硕[47]。其风肆好[48]，以赠申伯。

【注释】

[1] 崧高：指嵩山，在今河南登封。岳：嵩山是五岳之一，为中岳。

[2] 骏：通“峻”，谓高。极：至。

上有许多致命的弱点，诗歌反复加以揭示。他说话不实，缺少诚信，又没有深谋远虑。但他自视甚高，不接受他人的批评。他没有忧患意识，感觉不到王朝面临的各种危机。他不能严格自律，而是放纵淫逸。如此多的毛病集于一身，足见是一个对国家命运漠不关心，不负责的角色。

诗的作者在对这位朝廷重臣进行劝谏的过程中，多次提到上帝、上天相威慑。先后出现了“上帝板板”、“天之方难”、“天之方蹶”、“天之方虐”、“天之方怫”，都是从天人感应的理念出发警告对方，意谓他的所作所为已经触怒了上天，天帝不再是他的保护神，要惩罚他。作者希望对方能够畏惧天命，改过自新。诗的末章，又奉劝对方“敬天之怒”、“敬天之渝”，把天帝描写成明察世事的至上神，希望对方能够严格约束自己，以免受到上天的惩罚。

诗中的上天又作为诱导百姓的典范出现：“天之牖民，如埙如篪，如璋如圭，如取如携。”连续运用形象的比喻，道出诱导百姓的正确方式。埙是陶制，篪是竹制，圭、璋是玉制，这是说诱导百姓要因其材质，如同乐器、玉器的制作原理。“如取如携”是说要为百姓提供助推力，但又不能做得过分。显然，诗的作者有感于对方牧民无术，借用上天的权威进行启蒙和指点。

《板》的作者具有爱憎分明的正义感和高度的政治责任感，他对朝廷权臣的批评中阐明了自己的政治主张。“辞之辑矣，民之洽矣。辞之怿矣，民之莫矣。”当政者收敛辞令，百姓就会融洽，而言辞放肆则会失去民心。“先民有言，询于刍荛”。当政者应该虚心听取不同的声音，要不耻下问。诗的作者运用一系列贴切的比喻，道出国泰民安的关键所在：军队是国家的藩篱，百姓是墙，强大的诸侯如屏障，天子同姓宗族如同栏杆，太子则如城。这是以建筑的格局来比喻王朝的各种政治力量，显示出政治家的眼光。

诗的作者饱含忧患意识，他担心当政者一意孤行，以忧为戏，最终弄得不可救药。他担心威仪尽丧，出现有人在宫殿大便的行为。他还担心出现丧乱，国家资财荡然无存，使百姓得不到任何实惠。忧国忧民、伤时闵乱之心溢于言表，表现出积极参与现实政治的精神和力挽狂澜的勇气。

崧高

崧高维岳[1]，骏极于天[2]。维岳降神，生甫及申[3]。维申及甫，维周之翰[4]。四国于蕃[5]，四方于宣[6]。

亹亹申伯[7]，王缵之事[8]。于邑于谢[9]，南国是式[10]。王命召伯[11]：定申伯之宅[12]。登是南邦[13]，世执其功[14]。

王命申伯：式是南邦，因是谢人[15]，以作尔庸[16]。王命召伯：彻申伯土田[17]。王命傅御[18]：迁其私人[19]。

申伯之功[20]，召伯是营。有俶其城[21]，寝庙既成[22]。既成藐藐[23]，王锡申伯[24]：四牡蹻蹻[25]，钩膺濯濯[26]。

王遣申伯[27]，路车乘马[28]。我图尔居[29]，莫如南土。锡尔介圭[30]，以作尔宝。往近王舅[31]，南土是保。

申伯信迈[32]，王饯于郿[33]。申伯还南，谢于诚归[34]。王命召伯，彻申伯土疆[35]。以峙其粻[36]，式遄其行[37]。

申伯番番[38]，既入于谢[39]，徒御啴啴[40]。周邦咸喜，戎有良翰[41]。不显申伯[42]，王之元舅[43]，文武是宪[44]。

申伯之德，柔惠且直。揉此万邦[45]，闻于四国。吉甫作诵[46]，其诗孔硕[47]。其风肆好[48]，以赠申伯。

【注释】

[1] 崧高：指嵩山，在今河南登封。岳：嵩山是五岳之一，为中岳。

[2] 骏：通“峻”，谓高。极：至。

沧浪濯足图／周臣作

鹤鸣于九皋声闻于天
鱼在于渚或潜在渊
乐彼之园爰有树檀其下维毂
他山之石可以攻玉

——《鹤鸣》

［3］甫：国名，故城在今河南南阳县西三十里。申：国名，故城在今河南南阳县北三十里。甫、申都是姜姓，炎帝的后裔。

［4］翰：指辅翼。

［5］于：词头，无实义。蕃：通“藩”，篱笆，指屏障。

［6］宣：通“垣”，指围墙。

［7］亹（wěi）亹：勤勉貌。

［8］缵（zuǎn）：继续。之：其，指申伯。

［9］于：取。邑：城邑。于邑：即取邑以封。谢：古代邑名，旧说其故城在今河南唐河县南。

［10］南国：南方诸侯国。式：法，取法。此句言为南方诸侯国的榜样。

［11］召伯：指召虎，周宣王时期的朝廷大臣。

［12］定：这里指营建。宅：这里指宫殿。

［13］登：成，这里指治理，安定。

［14］世：谓世世代代。功：谓事，指政事。

［15］因：用。谢人：谢邑的人。

［16］庸：指城。

［17］彻：治。土田：指农田。

［18］傅：周代保傅之类的官，相当于周王的老师。御：伺候周王的官吏。

［19］迁：迁移。私人：指申伯的家臣。

［20］功：事，指建筑宫殿治土田等。

［21］有：发语词。俶（chù）：开始。此句谓开始建城。

［22］寝庙：古代宗庙的两个组成部分，后面放置牌位和先人遗物的地方称为寝，前面举行祭祀的地方称为庙。

［23］藐藐：指雄伟，高大。《大雅·瞻卬》：“藐藐昊天。”

［24］锡：通“赐”，指赏赐。

［25］四牡：指四匹雄马。蹻（jiǎo）蹻：矫健。

［26］钩膺：套在马胸前颈上的带饰，又称为繁缨。濯濯：光泽鲜明之象。

［27］遣：派遣，打发。

［28］路车：周代贵族乘坐的一种车，又称辂（lù）。乘（shèng）马：四匹马。

[29] 我：代周宣王自称。图：考虑。尔：指申伯。

[30] 圭：上圆下方的长条形玉器，贵族在举行典礼时持在手中。介圭：大圭。

[31] 近（jì）：指奠定基础。王舅：指申伯。宣王之妃是齐侯之女，齐侯姜姓，故称申伯为王舅。

[32] 信：确实，真的。迈：行，出发。

[33] 饯：设酒食送行。郿（méi）：古邑名，在今陕西郿县东北。

[34] 诚归：诚心归附。

[35] 土疆：指领地疆域。

[36] 以：乃。峙（zhì）：储备，准备。粻（zhāng）：粮食。

[37] 式：语气词。遄（chuán）：迅速。

[38] 番（bō）番：谓辩治，干练。

[39] 入：指进入封地。于：往。

[40] 啴（tān）啴：众多的样子。

[41] 戎：兵事。

[42] 不：通“丕”。不显：谓丕显，高贵显赫。

[43] 元舅：大舅。

[44] 文武：指文治武功。宪：效法。此句谓申伯是文治武功的楷模。

[45] 揉（róu）：使顺服。

[46] 吉甫：尹吉甫，周宣王时期的朝廷大臣。诵：指这首歌诗。

[47] 诗：指诗篇。孔硕：谓篇幅很长。

[48] 风：指曲调。肆好：舒展柔和。

【译文】

嵩山高耸属于五岳，巍峨屹立直入天空。高山降下神灵，生出甫和申两个著姓。就是申和甫，是周王朝的依傍。是各诸侯国的篱笆，是四方的围墙。

勤勉从事的申伯，王继续任命他的职事。取邑取谢加封，南方诸侯以他为法式。王命令召伯：为申伯筑城建殿。安定南方的邦国，世世代代执掌那里的政权。

王册命申伯：做南方诸侯的首领。调集谢邑的人员，来建造你的都城。王指令召伯：治理好申伯的土田。王命令处理政务的傅和御：把申伯的家臣往谢地移迁。

和申伯相关的工程，召伯加以经营。开始筑城墙，直到寝庙完工。已经完成的建筑高大巍峨，王又赏赐申伯：四匹雄马矫健威武，胸前颈上的带饰亮鲜有光泽。

王送申伯启程，四匹马驾的车称为路。我考虑你的居处，最好莫过于南土。赐给你大的圭板，作为你的珍宝。前去奠定基础啊王舅，把南方这块土地保卫好。

申伯真的就要启程，王在郿地为他饯行。申伯回到南方，谢人归附于他都很忠诚。王命令召伯，治理申伯的领地疆域，为他储备粮食，你要迅速出行。

申伯干练精明，已经进入谢城，随从人员数量众多。周王的邦国都很高兴，兵事有了好的辅佐。高贵显赫的申伯，周王的大舅父，文治武功的楷模。

申伯的品德，温和有爱心又正直不阿。使万邦顺服，声名传遍四方诸侯国。尹吉甫作了这首歌诗，诗的字数很多。曲调舒展柔和，用来赠给申伯。

【品鉴】

这首诗选自《大雅》。《崧高》是周宣王大臣尹吉甫所作，是反映宣王中兴的重要作品。申伯是周宣王的母舅，他在来朝之际受到宣王的赏赐，增加了封地，赠予了车马玉器，并派召虎前往谢地为申伯筑城，指定了朝廷官员负责申伯迁居的事宜。申伯前往新的封地，宣王为他饯行，尹吉甫写了这首诗赠给他。

申伯姜姓，是炎帝的后裔。这首诗一开始就把申伯的始祖说成是山神，申伯有神灵的血统。这固然是美化之词，但其中体现的是高山崇拜，透露的是炎帝发祥于嵩山的信息。炎帝的后裔有齐、许、申、吕诸国，《左传·隐公十一年》写道："夫许，大岳之胤也。"大岳应指嵩山，同样把许姓说成是山神的后裔。《尚书·尧典》中的四岳，就是炎帝系统的四个分支。

周宣王增加申伯的封地，派召虎为他筑城于谢，其目的是让申伯成为守护南国的得力诸侯。周宣王的这一举措，在很大程度上是效法西周初期的分封制。《左传·僖公二十四年》写道："周公吊二叔之不咸，故封建亲戚以蕃屏周。"周宣王同样要使申伯的封地成为周王室的屏障。

对此，诗用形象的比喻作了展示："维申及甫，维周之翰。四国于蕃，四方于宣。"翰指辅翼，蕃指篱笆，宣指垣，都是屏障之义。类似的比喻还见于《诗经》其他作品。《小雅·桑扈》："君子乐胥，万邦之屏。之屏之翰，百辟为宪。"《大雅·板》："价人维藩，大师维垣，大邦维屏，大宗维翰。"以上比喻或相同，或类似，只是表现的对象有所不同。

《崧高》一诗按时间顺序进行叙述，首章对于申伯显赫神奇的出身及其对王朝的重要贡献进行渲染，从第二章开始转入对事件本身的叙述。

第二章到第六章，周宣王对申伯的增加封地、进行赏赐是一条线索，对召伯等朝廷大臣所下的指令及召伯所营是另一条线索，这两条线索交织在一起。第二、三章都是先列举宣王对申伯的赏赐，然后再讲述他对朝廷大臣的指令。第四章前半段叙述召伯在谢地的经营情况，然后转入宣王对申伯的赏赐及勉励。第六章则是申伯离开京城时的相关事件。通过上述事件可以看出，周宣王对申伯关爱有加，先是扩大封地，然后赏赐车马玉器，并且为他饯行。为申伯迁居所做的准备工作更是周到备至，其中包括确定居住场所、筑城、划定农田疆界、迁移家臣、划定领土疆域等，都逐项作了安排。召虎是为申伯迁居所做准备的主要人物，在经营谢地时显示了出色的才能。他先是为申伯筑城，建宫殿寝庙，治理农田，然后回京述职。申伯离开京城，召虎由被派往南方，为申伯划定疆域。

宣王对申伯的赏赐，体现的是对他的信任和期待，是对他重要地位的充分肯定。增加的封地自不必说，所赐的车马玉器，都是高贵身份的象征。申伯是宣王的母舅，他对申伯的勉励带有血缘纽带的深情，体现宗法制的特征。

这首诗是尹吉甫所作，他所颂扬的申伯兼有文治武功，更重视的是他的文德。他把自己所作的诵分为两种因素：一是诗，二是风，是用于演唱的歌诗。这里所说的诵，与后代对诵所作界定不同。其中所说的风，对于辨析《国风》名称的由来提供了内证。

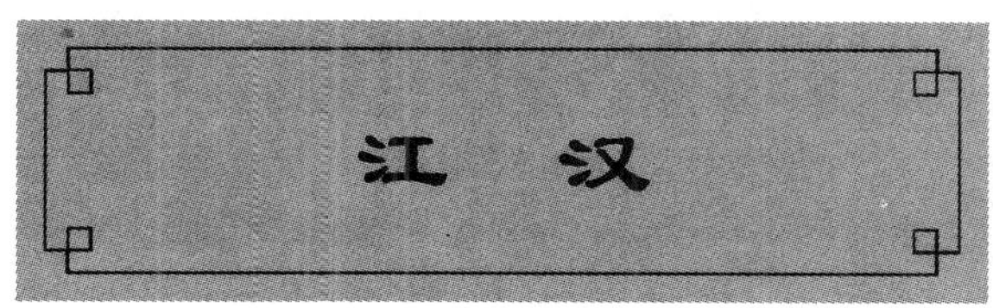

江 汉

江汉浮浮[1]，武夫滔滔[2]。匪安匪游[3]，淮夷来求[4]。既出我车，既设我旟[5]。匪安匪舒[6]，淮夷来铺[7]。

江汉汤汤[8]，武夫洸洸[9]。经营四方，告成于王。四方既平，王国庶定[10]。时靡有争，王心载宁[11]。

江汉之浒[12]，王命召虎[13]。式辟四方[14]，彻我疆土[15]。匪疚匪棘[16]，王国来极[17]。于疆于理[18]，至于南海[19]。

王命召虎：来旬来宣[20]。文武受命[21]，召公维翰[22]。无曰予小子[23]，召公是似[24]。肇敏戎公[25]，用锡尔祉[26]。

厘尔圭瓒[27]，秬鬯一卣[28]。告于文人[29]，锡山土田[30]。于周受命[31]，自召祖命[32]。虎拜稽首[33]：天子万年！

虎拜稽首，对扬王休[34]。作召公考[35]，天子万寿！明明天子，令闻不已[36]。矢其文德[37]，洽此四国[38]。

【注释】

[1] 江汉：长江和汉水。浮浮：水势汹涌奔流之象。

[2] 武夫：指周王朝的军队成员。滔滔：连续不断行进的样子。

[3] 匪：通“非”，不要。安：安逸。游：游乐。

[4] 淮夷：当时居住在淮河南部到江苏一带的土著先民。求：贪求。来求：前来贪求，指来侵略骚扰。

[5] 旟（yú）：一种画有鹰鸟的军旗。

[6] 舒：舒缓。

[7] 铺：止，指驻扎。

[8] 汤（shāng）汤：水势浩大之象。

[9] 洸（guāng）洸：威武之势。

[10] 庶：庶几，差不多。

[11] 载：则。宁：安宁。

[12] 浒：水边。

[13] 命：册命。召虎：召伯，名虎。

[14] 式：发语词。辟（pì）：开辟，拓展。

[15] 彻：整治。

[16] 疚：病。匪疚（jiù）：不要以此为病。棘：急迫。匪棘：不要操之过急。

[17] 王：为王。来：归。极：准则。王（wàng）国来极：为一国之君归于有准则。

[18] 于：前往。疆：修治边界。理：经营土地。

[19] 南海：指现在的东海。

[20] 旬：通“徇”，指巡行。来旬：返回巡视。宣：指公布册命。

[21] 文武：指周文王和周武王。受命：接受天命。

[22] 召公：指召公姬奭，召虎的先祖。翰：辅翼。

[23] 无曰：不要说。予：我。小子：对年轻人的称呼。予小子：我还年轻。

[24] 似：通“嗣”，谓继承。

[25] 肇敏：敏捷。戎：你。公：通“功”，指事功。一说戎公指军功。戎公：谓你的事功。

[26] 锡：赐。祉：福。

[27] 厘：通“赉”，谓奖赏。圭瓒（zàn）：以玉为柄的勺。

[28] 秬（jù）：黑黍。鬯（chàng）：郁金草。秬鬯：用黑黍和郁金草酿成的香酒。卣（yǒu）：装酒的器具，形如壶，有曲柄。

[29] 文人：有文德之人，这里指召虎的先祖召康公。

[30] 土田：谓土地农田。

[31] 于：前往。周：周地。于周受命：前往周地接受册命。

[32] 自：用。召祖：指召康公。自召祖命：用召康公受封的礼仪。

[33] 拜：跪拜。稽（qǐ）首：叩头。

[34] 对：报答。扬：宣扬。对扬：报答宣扬。王休：王的美德

懿行。

[35] 作：实现，复现。考：成功。作召公考：复现召康公的成功之举。

[36] 令闻：美誉，美好的声望。

[37] 矢：施行，发扬。

[38] 洽：协和，融洽。四国：四方的诸侯国。

【译文】

长江汉水汹涌奔流，武夫前行连绵不休。不敢安逸不敢游乐，淮夷前来贪求。已经出动我们的兵车，画有鹰鸟的军旗张起悠悠。不敢安逸不敢迟缓，淮夷前来驻留。

长江汉水浩浩汤汤，武夫威猛雄壮。整治天下四方，将成功的消息报告周王。四方已经平定，王国基本安宁。这样没有了纷争，周王的心也就平静。

在汉水之滨，王策命召虎：去开辟四方，整治我的疆土。不要有顾虑不要急促，治理天下要有准则。去修治边界，去经营土地，一直到南海的内侧。

王命召虎：返回巡视，公布策命。文王武王接受天命，召公奭是他们的股肱。不要说我还年轻，要把召公的事业继承。迅速完成你的任务，赏赐你福祉尊荣。

赐给你玉柄的酒勺，还有香酒一壶，用以告祭有文德的祖先。赐给你山和土地农田，前往周地接受策命，按照召康公受命时的礼典。召虎跪拜叩头：（口称）祝天子长寿万年。

召虎跪拜叩头，答谢周王赏赐的美厚。复现召康公的成功之举，（口称）祝天子万年长寿。光辉英明的天子，美好的声誉继续传播。发扬他的文德，协和四方的诸侯国。

【品鉴】

这首诗选自《大雅》。《竹书纪年》记载周宣王五年（前 823）如下事件：

> 六月，召穆公帅师伐淮夷。王帅师伐徐戎，皇父、休父从王伐徐戎，次于淮。王归自伐徐，赐召穆公命。

照此说法，《江汉》一诗作于周宣王五年，反映当时周王朝与淮夷的军事冲突及相关事件。召虎是帅兵讨伐淮夷的首领，诗的开头两章先是描写长江和汉水汹涌浩大，然后叙述周王朝军队的威武雄壮，浮浮对滔滔，汤汤对洸洸，出现的是极其壮观的景象。

《江汉》一诗以讨伐淮夷的战争为背景，但是，描写战争场面的诗句不多，只是用几句诗来渲染周王朝军队的整体声威，然后就转入周宣王对召虎的册封一事。

周宣王对召虎的策命有两次。

第一次在军中："江汉之浒，王命召虎。"这是周宣王在率军讨伐徐夷时册命召虎。郑玄笺："王于江汉之水上命召虎。"是在行军过程中发布命令，让召虎从容行事，治理南部疆土，扩大周王朝的版图，赋予召虎很大权力，他的责任极其重大。

第二次是在朝廷册命召虎："王命召虎：来旬来宣。"此时讨伐淮夷的战争已经取得胜利，因此令召虎回朝，周王要宣布对他的册命。宣王的册命从周初召康公辅佐文王、武王说起，勉励召虎继承先祖的事业，勇挑重担。同时，赞扬召虎能迅速取得讨伐战争的胜利，对他加以赏赐。宣王赏赐召虎的有玉器、香酒、土田，都是等级的象征，并且用周初册封召康公的礼仪，极其庄严隆重。

召虎对宣王的赏赐极其感激，表示要继承先祖的事业，为国立功，并颂扬宣王能施行文德，使得周王朝与四方诸侯关系出现协调融洽的局面。

召康公是召虎的先祖，和周公旦一同辅佐武王、成王，是朝廷的股肱之臣。召虎作为召康公的后代，同样建立了不朽的功勋。《国语·周语上》记载：周厉王暴虐，受到周人的诽谤，于是，他派卫巫进行监督告密，杀害对他进行诽谤的人。召穆公直言相谏，指出"防民之口，甚于防川"的道理。周厉王被国人流放，"彘之乱，宣王在邵公之宫，国人围之……乃以其子代宣王，宣王长而立之"。召虎用自己的儿子代替宣王去死，为拥立宣王付出了惨重的代价。宣王中兴期间，召虎曾被派往谢地为申伯筑城，划定疆界，事见《大雅·崧高》。从上述事实可以看出，召虎确实继承了先祖的事业，为宣王中兴立下了汗马功劳。

周颂

清庙

於穆清庙[1]，肃雝显相[2]。济济多士[3]，秉文之德[4]。对越在天[5]，骏奔走在庙[6]。不显不承[7]，无射于人斯[8]。

【注释】

[1] 於（wū）：赞叹词，象声。穆：庄严。清：清静。

[2] 肃雝（yōng）：庄重和顺。显：高贵显赫。相：助祭的人。

[3] 济济：众多貌。多士：指众多参加祭祀的人。

[4] 秉：操持，怀有。文之德：指周文王之德。一说指文德，即文事方面的才德。

[5] 对：报答。越：宣扬。对越：报答宣扬。对越，又称对扬。在天：指祖先在天之灵。《大雅·下武》："三后在天。"周族认为人死之后灵魂归天。

[6] 骏：迅速。

[7] 不：通"丕"，谓大。显：显赫，鲜明。承：指先后次第。

[8] 射：指超出，越过。斯：语气词。

【译文】

啊，静穆的宗庙，显赫的助祭者恭敬和谐。众多整齐的人士，秉承文王的美德。报答颂扬在天之灵，奔走在庙迅速敏捷。非常显赫非常顺承，没有对人有所逾越。

【品鉴】

《清庙》是《周颂》的首篇，是周王祭祀祖先所唱的乐歌。祭祀在宗庙进行，故以《清庙》为篇名，也是取首句两字为题。

在宗庙祭祀祖先，要求参加祭祀的人必须诚敬，以此表达对祖先的景仰和追思。《礼记·乐记》还写道："《清庙》之瑟，朱弦而疏越，壹唱而三叹，有遗音者矣。"祭祀祖先所用的乐器有瑟，所用的练朱弦发出浊重的声音，瑟的孔疏朗，乐曲节奏迟缓，所营造的是庄严肃穆的气氛。

《清庙》一诗展示的是祭祀祖先的场面，突出它的庄严肃穆。助祭的人高贵显赫，参加祭祀人员众多，他们秉持文王之德，报答宣扬祖先的在天之灵。他们快步行走，以显示对祖先的虔诚恭敬，同时又井然有序，依次前行。"骏奔走在庙"，展示的是行走的迅速之象；而"不显不承，无射于人斯"，则是描述参加祭祀人员依次前进的场面。"无射于人"，毛传释为"不见厌于人"，厌，指压，堵塞。《荀子·强国》："黭然而雷击之，如墙厌之。"《荀子·修身》："厌其源，开其渎，江河可竭。"厌，指堵塞，后世释厌为斁，厌恶，实是误解。其实，射不必释为厌，也可以解释得通，并且更加通畅。射，指竞争，由比赛意义而来。《大雅·思齐》有"无射亦保"之语，意谓无竞而保。"无射于人斯"，意谓参加的人员在进行祭祀的过程中不要争，不要越位次，而要井然有序。《礼记·少仪》写道："祭祀之美，齐齐皇皇。"齐齐，指整齐有序。皇皇，指隆重显赫。《清庙》所展示的正是宗庙祭祀的"齐齐皇皇"之美，是威仪之美的一种样态。

《清庙》作为祭祀祖先的歌诗，在天子大祭祀，天子视学养老，天子大飨、大射，两君相见等重要典礼演唱。具体记载见于《礼记》的《明堂位》、《祭统》、《仲尼燕居》、《文王世子》等。

有客

有客有客[1]，亦白其马[2]。有萋有且[3]，敦琢其旅[4]。有客宿宿[5]，有客信信[6]。言授之絷[7]，以絷其马[8]。薄言追之[9]，左右绥之[10]。既有淫威[11]，降福孔夷[12]。

【注释】

[1] 客：指前来朝见天子的诸侯。

[2] 亦白其马：诸侯以白马驾车。

[3] 有：通“又”。萋：众多的随从。且（jū）：整齐。

[4] 敦琢：通“雕琢”。旅：众，指诸侯的随从人员。

[5] 宿宿：住一夜为宿，宿宿，指住两夜。

[6] 信信：住两夜为信，信信，就是住四夜。

[7] 言：语助词。授：给予。絷：这里指绊马索，即绊住马蹄的绳子。

[8] 絷：绊住马蹄。

[9] 薄：急忙。言：语助词。

[10] 左右：指挽留住。绥：安抚。左右绥之：指挽留客人，不令其返回。

[11] 淫：大。淫威：指很高的威望。

[12] 降福：指赐予福祉。孔：甚，很。夷：平安。孔夷：非常平安。

【译文】

客人啊客人，还是白马驾车。人员众多又整齐，他的随从经过雕琢。客人住过两宿，客人住了四夜。交给你一条绳索，绊住他的马腿不得脱。赶快去追赶，多方安抚述诚款。已有不断扩展的威望，降给他的福很是平安。

【品鉴】

这首诗选自《周颂》，是周王挽留来朝诸侯的诗。

来朝诸侯以白马驾车，是一位白马客人，和《小雅·白驹》中的客人一样，应是殷商族的后裔，以宋国君主的可能性居多，体现的是殷人尚白的习俗。

这位白马客人的随从众多，但又井然有序，这是他训练调教的结果，显示的是礼乐文明的威仪之美。“有萋有且”，萋指众多。《小雅·巷伯》：“萋兮斐兮，成是贝锦。”萋，指众多。《大雅·韩奕》：“笾豆有且。”且，指排列整齐。人员众多而井然有序，正是《礼记·少仪》所说的“济济翔翔”的“朝廷之美”。

这位白马客人在周王朝停留的时间较长，宿宿、信信，都是表示停留多日的意思。《豳风·九罭》：“公归无所，于女信处。”“公归无复，于女信宿。”信，指住留两夜，这与《有客》的含义是一致的。

虽然白马客人已在周王朝停留多日，但是，周王对他的离开仍然恋恋不舍，派人对他进行挽留。留客的方式是“以絷其马”，可与《小雅·白驹》、《小雅·采菽》的留客方式相印证，体现出周王与来朝诸侯的脉脉深情。他们之间不仅仅是君臣关系，而且还有感情纽带相联结。周王吩咐属下对白马客人“薄言追之，左右绥之”，薄，谓急急忙忙，迅速加以追赶，唯恐不及。左右，用作动词，指挽留住客人。绥之，指妥善安置。

诗的结尾两句是对白马客人的赞扬和祝福。“既有淫威”，指白马客人有很高的威望，淫威是正面词语。“降福孔夷”，指赐福令其非常平安顺畅。那么，降福者是谁？是上天？是周王？诗中没有明言，看来两方面兼而有之。

《有客》是《周颂》中比较清新明快的作品，其风格与《大雅》、《小雅》的有些篇章相近，读起来轻松愉快，有较强的艺术感染力。

载芟

载芟载柞[1]，其耕泽泽[2]。千耦其耘[3]，徂隰徂畛[4]。侯主侯伯[5]，侯亚侯旅[6]，侯强侯以[7]。有嗿其馌[8]，思媚其妇[9]，有依其士[10]。有略其耜[11]，俶载南亩[12]。播厥百谷，实函斯活[13]。驿驿其达[14]，有厌其杰[15]。厌厌其苗[16]，绵绵其麃[17]。载获济济[18]，有实其积，万亿及秭[19]。为酒为醴[20]，烝畀祖妣[21]，以洽百礼[22]。有饻其香[23]，邦家之光。有椒其馨[24]，胡考之宁[25]。匪且有且[26]，匪今斯今[27]，振古如兹[28]。

【注释】

[1] 载：乃。芟（shān）：锄草。柞（zé）：砍树。

[2] 泽泽：土地松软之象。

[3] 耦：两人并肩耕作。耘：除草。

[4] 徂（cú）：前往。隰（xí）：低洼的农田。畛（zhěn）：田间小路。

[5] 侯：语气词。主：谓主人，家长。伯：长子。

[6] 亚：次子。旅：众子弟。

[7] 强：强壮。以：用。

[8] 嗿（tǎn）：指吃饭用餐。馌（yè）：送到田间的饭食。

[9] 媚：取悦。思媚其妇：想要得到女性的欢心。

[10] 依：指野餐，在田间进食。

[11] 略：锋利。耜（sì）：农具，似犁，用于翻土。

[12] 俶（chù）：开始。载：乃，则。南亩：南边的农田。

[13] 实：种粒。函：放在土里。活：成活。

[14] 驿驿：连续不断之象。达：指禾苗长出地面。

[15] 厌：生命力旺盛的样子。杰：长得特别好的禾苗。

[16] 厌厌：旺盛之象。

[17] 绵绵：连续不断。麃（biāo）：借为穮，指禾穗。

[18] 获：收获。济济：众多的样子。

[19] 亿：周代十万为亿。秭（zǐ）：十万亿为秭。

[20] 为：做。醴：甜酒。

[21] 烝：敬献。畀（bì）：给予。祖：泛指男性祖先。妣（bǐ）：泛指女性祖先。

[22] 洽：合乎。

[23] 铋（bì）：指加工过的食品。

[24] 椒：花椒。馨：指香气。

[25] 胡：大。考：老。胡考：老年人。宁：安宁。

[26] 匪：通“非”。且：此。匪且有且：不是这里才如此。

[27] 匪今斯今：不是今天才这样。

[28] 振：始，自。兹：此。振古如兹：从古代就是这样。

【译文】

锄掉杂草清除树根，把土壤耕得细碎松软。千对人并肩耕作，走向洼田走向小路间。有户主有家中长子，有次子有众兄弟，有强劳力有领班。吃着送来的饭食，想取悦于那些妇女，是在田间就餐的男士。用那锋利的犁头，耕耘南边的田地。播下那些百谷，它们在土壤里成活。连续地破土而出，有的比其他禾苗高出许多。密密麻麻的是禾苗，连绵不断的是穗梢。收获的人众多有序，广阔地面都是谷物堆积，以万计以亿计以千亿计。酿造出米酒和甜酒，敬献给男女祖先，用以切合百种礼仪。飘溢的饭香，是邦国家族的荣光。有花椒酒散发的芬芳，是长寿大老的安康。不是在遥远未来，不是今天才是这样，自古以来就是如此景象。

【品鉴】

这篇作品选自《周颂》，是用于祭祀的歌诗。

这首诗虽然用于祭祀，献给想象中的神灵，实际上却是歌颂人自身的农事活动，有很强的生活气息。

《载芟》从开荒整地开始叙述，中间历数播种、收获、祭祀等各项活动，是一年中农业生产的缩影。全诗采用按时间顺序依次推移的方式，在很大程度上是一首叙事诗。

《载芟》的作者对农业生产很熟悉，其中渗透了参加农业生产的切身体验和实际感受，写耕地突出其松软，写农具突出其锋利，写禾苗突出其茂盛。尤其是描写从播种到禾苗成长的过程，所用的动词和形容词既准确又生动。函，是把种子播进土地。杰，是禾苗率先钻出地面或格外茁壮者。驿驿、绵绵指的是连续不断。厌厌指禾苗生机勃勃，济济则言收获之多。至于“万亿及秭”则是从数量上加以渲染。

《载芟》一诗充满乐观气象，表现的是在农业生产活动中的愉悦。男性家族成员具有劳动能力的人都走向田间，并且身体强壮，此为一乐。有人把饭送到田间地头，农夫吃得津津有味，取悦于送饭的女性，此为二乐。庄稼按照人们的意愿茁壮成长，收获甚丰，此为三乐。用新粮食酿酒，祭祀祖先神灵，此为四乐。到处散发食物的香气，国泰民康，老有所养，农夫充满自豪感，此为五乐。总之，这首诗没有涉及从事农业生产的艰辛，而是用带有理想色彩的笔调叙述年复一年的农事活动，传达劳动和丰收带来的欢乐。

《载芟》一诗渗透对自然生命力的珍爱。叙述参加农事活动的成员，突出他们体魄的强健。描写庄稼的发育生长，突出它的生机勃勃，充满活力。诗的后面把“胡考之宁”作为对自己莫大的安慰，传达出对老人的关爱。

《周颂》另有《良耜》，所叙述内容与《载芟》相似，也是用于祭祀的歌诗。

丝衣

丝衣其紑[1]，载弁俅俅[2]。自堂徂基[3]，自羊徂牛[4]，鼐鼎及鼒[5]。兕觥其觩[6]，旨酒思柔[7]。不吴不敖[8]，胡考之休[9]。

【注释】

[1] 丝衣：用丝织品所做的衣服。紑（fóu）：谓大。一说衣服鲜洁貌。

[2] 载：戴。弁（biàn）：古代男子所戴的礼帽，圆顶，丝织品或皮制。俅（qiú）俅：恭顺的样子。

[3] 堂：室外为堂。徂（cú）：前往。基：墙根。

[4] 自羊徂牛：指周王巡视供食用的牛羊。

[5] 鼐（nài）：大鼎。鼒（zī）：小鼎。

[6] 兕（sì）：犀牛。觥（gōng）：饮酒器，酒杯。兕觥：兕牛角形的酒杯。觩（qiú）：弯曲之状。

[7] 旨酒：美酒。思：斯。柔：柔和。

[8] 吴：大声说话，喧哗。敖：通“傲”，指傲慢，轻脱。

[9] 胡：大。考：老。胡考：年岁大的老人，亦谓大老。休：愉快。

【译文】

丝衣宽缓轻柔，戴着礼帽谦恭俯首。从前堂走到墙根，巡视羊和牛，大鼎小鼎一应俱有。牛角杯弯弯曲曲，美酒绵软可口。不喧哗不傲慢，高龄大老乐在心头。

【品鉴】

这首诗选自《周颂》，是周王举行养老礼时所演唱的歌诗。

养老礼是中国古代重要的礼仪，夏、商、周三代都有各自的仪式，《丝衣》反映的是周王所举行的养老礼。

"丝衣其紑，载弁俅俅。"诗的开头描写周王出席养老礼时的着装。《礼记·王制》叙述养老礼时写道："周人冕而祭，玄衣而养老。"这里所说的"冕而祭"，指养老礼首先"释奠于先老"，即对于已故的老人进行祭祀，具体记载见于《礼记·文王世子》。按照《礼记·王制》的记载，周王出席养老礼上身穿黑衣，诗中所说的"丝衣"，是用黑色丝织品所制，是一种庄重的服色。紑，字形从不，不与丕通用，谓宽松，即古人所说的褒衣，古代的礼服都是以宽缓著称。"载弁俅俅"，俅，字形从求。字形从求者往往有屈曲、聚拢之义，如逑、捄、觩等。俅俅，指周王恭顺之态，谦下之象，即后面所说的"不敖"。

《丝衣》在对周王的服装进行描写之后，叙述他在养老礼场所巡视的情况。周王的巡视既全面又细致，巡视的范围从前堂到墙角，巡视的对象包括养老礼所用的牛羊、器具。《礼记·文王世子》对于周王出席养老礼有如下叙述："释奠于先老，遂设三老、五更、群老之席位焉。适馔、省醴、养老之珍具，遂发咏焉。"周王要在设定诸老的席位之后，巡查养老礼所用的食物及器具的准备情况。一切就绪之后，奏乐迎接诸老就座。

"兕觥其觩，旨酒思柔。"这是从物品器物方面突出养老礼的庄重，富有人情味。酒杯似兕角，呈弯曲状，显得珍贵而美观。所备的酒既美且柔，正是养老的佳品。

最后两句从气氛方面进行描写，不喧哗、不倨傲，而是小心翼翼，轻声慢语，对老人极其敬重，在座的老人感到美好和幸福。

有关上古养老礼的具体记载见于多种典籍，其中《礼记·王制》的叙述最为详细。

鲁颂

駉

駉駉牡马[1]，在坰之野[2]。薄言駉者[3]，有驈有皇[4]。有骊有黄[5]，以车彭彭[6]。思无疆[7]，思马斯臧[8]。

駉駉牡马，在坰之野。薄言駉者，有骓有駓[9]。有骍有骐[10]，以车伾伾[11]。思无期[12]，思马斯才[13]。

駉駉牡马，在坰之野。薄言駉者，有驒有骆[14]。有骝有雒[15]，以车绎绎[16]。思无斁[17]，思马斯作[18]。

駉駉牡马，在坰之野。薄言駉者，有骃有騢[19]。有驔有鱼[20]，以车祛祛[21]。思无邪[22]，思马斯徂[23]。

【注释】

[1] 駉（jiōng）駉：马肥壮的样子。牡马：雄性马。一说，牡，通“牧”。

[2] 坰（jiōng）：遥远。

[3] 薄：聚集。言：通“焉”。薄言：聚集成群。一说，薄言为语气助词。

[4] 驈（yù）：两股间为白色的黑马。皇：黄白色马。

[5] 骊（lì）：纯黑色的马。黄：纯黄色的马。

[6] 以车：驾车。彭彭：象声词，形容马驾车强健有力。

[7] 思：思虑，想法。无疆：没有边际。

[8] 斯：之。臧：善，指美好。

[9] 骓（zhuī）：青白相杂的马。駓（pī）：黄白相杂的马。

[10] 骍（xīn）：赤黄色的马。骐：青黑色纹理的马。

[11] 伾（pī）伾：行进迅疾之象。

[12] 无期：没有期限。

[13] 才：通“材”，指可供利用。

[14] 驒（tuó）：有白鳞花纹的青黑色马。骆：黑鬃的白马。

[15] 骝：黑鬃的赤色马。雒（luò）：白鬃的黑色马。

[16] 绎绎：连续行进之象。

[17] 无斁（yì）：无倦，不厌烦。

[18] 作：指开始工作，谓驾车。

[19] 骃（yīn）：浅黑色杂有白毛的马。騢（xiá）：赤色杂有白色的马。

[20] 驔（diàn）：黄脊黑色的马。鱼：灰白色而有鱼鳞纹的马。

[21] 祛（qū）祛：舒张之貌。

[22] 邪（yú）：通“余”，剩余。《史记·历书》：“归邪于终。”即把多余的日子归到最后作闰月。

[23] 徂（cú）：往。一说借为驵（zù），指骏马，谓马强壮。

【译文】

膘肥体壮的雄马，在那遥远的草野。聚集在草野，有的黑马白胯，有的黄白，有的纯黑，有的纯黄，驾车行进彭彭作响。思虑没有边际，想的是马儿兴旺健壮。

膘肥体壮的雄马，在那遥远的草野。聚集在草野，有的青白，有的黄白相配，有的赤黄，有的青黑，驾车行进快如飞。思虑没有期限，想的是马儿材力充沛。

膘肥体壮的雄马，在那遥远的草野。聚集在草野，有的青黑白纹，有的黑鬃白身，有的鬃黑体赤，有的鬃白体黑色彩分明，驾车前行绵绵无尽。思虑没有厌倦，想的是马儿把车牵引。

膘肥体壮的雄马，在那遥远的草野。聚集在草野，有的黑白相杂，有的赤白兼存，有的黑衣黄脊，有的灰白而成鱼鳞纹，驾车行进舒张腰身。思虑没有剩余，想的是马儿驾车长途飞奔。

【品鉴】

这首诗选自《鲁颂》，是一首养马歌，叙述鲁国朝廷的马匹的繁多和强壮。

这首诗共四章，每章列出四种毛色不同的马，各章不相重复，从中可以看出作者在辨识马匹毛色方面丰富的专业知识。《诗经》有许多作品出现了马，并且往往标出毛色，不同场合所用马匹的毛色也不尽相同。所以，这首诗不厌其详地列举马匹的毛色，在很大程度上是显示自己在养马方面的博学多识。追溯中国古代的以学问为诗，这篇作品是重要源头之一。

全诗四章用的是复唱的方式，各章的句数、字数及句型结构完全相同，只是变化不同的词语。词语的变换体现出熟练的技巧，使作品层层推进，避免了重复言说。

对于马驾车所作的描绘，所用的词语依次是彭彭、伾伾、绎绎、祛祛。彭彭本是连续击鼓的声音，这里用来形容马驾车的强健有力，使人仿佛听到马在行进过程中四足踏地发出的响声。伾伾，言其行进的速度很快。绎绎，连续不断之象，突出马的持久的耐力。祛祛，人在走路时随着手臂摆动，衣袖上下挥舞，也是取其舒张之义。对于马的驾车形态，用以上四个词语加以描绘，取象角度各异，前后不相重复，全面展示了马的雄姿。诗中对马驾车的描述都是想象之词，却是对现实中马驾车的状态细致观察的结果。

在表达自己的想法时，所用的词语分别是无疆、无期、无斁、无邪。无疆，指的是没有界域，属于空间范围。无期，指的是没有期限，属于时间范围。无斁，指的是不厌倦，属于精神活动的范围。无邪，指的是没有剩余，属于数量范围。这四个词语也是数量各异，是对自己思虑的全方位展开。

诗的作者对于所养的马有祝福，有期待，所用的词语分别是臧、才、作、徂。臧，指美好，吉祥。才，指能够为人所用。作，则是指所养的马开始投入实际操作，担当起驾车职能。徂，指马驾车前进。作者所用的这四个词语，它们依次排列体现的是渐进性，是从一般到具体的过程。

商颂

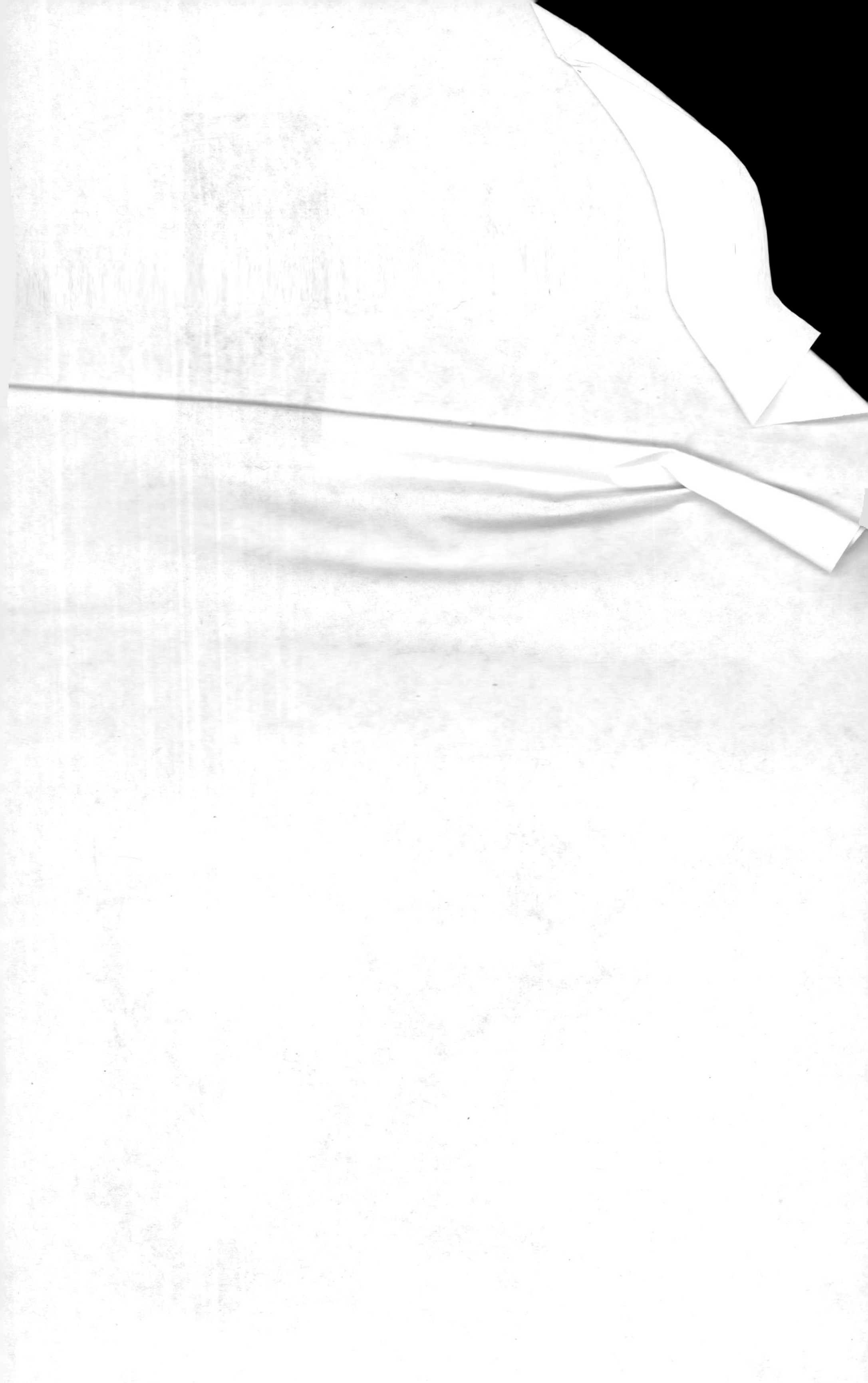

那

猗与那与[1]！置我鞉鼓[2]。奏鼓简简[3]，衎我烈祖[4]。汤孙奏假[5]，绥我思成[6]。鞉鼓渊渊[7]，嘒嘒管声[8]。既和且平[9]，依我磬声[10]。於赫汤孙[11]！穆穆厥声[12]。庸鼓有斁[13]，万舞有奕[14]。我有嘉客[15]，亦不夷怿[16]。自古在昔[17]，先民有作[18]。温恭朝夕[19]，执事有恪[20]。顾予烝尝[21]，汤孙之将[22]。

【注释】

[1] 猗（ě）：声音高亢。与：语气词。那（nuó）：通“娜”，谓众多，指五音繁会。

[2] 置：措置，设立。鞉（táo）鼓：有柄可摇动的鼓。

[3] 奏鼓：击鼓。简简：指鼓声很大。

[4] 衎（kàn）：欢乐。这里是使动用法，谓使欢乐。烈：通“列”。烈祖：历代祖先。

[5] 汤孙：商汤的子孙。这里指主祭的殷商族的君主。奏：进。假：至。奏假：进至，意谓来到祭祀场所。

[6] 绥：安抚，保佑。思：无实义。成：成功。绥我思成：保佑我获得成功，是向神灵祈祷。

[7] 渊渊：鼓声曲折多变的样子。

[8] 嘒（huì）嘒：声音响亮的样子。管：吹奏乐器，多用竹制成。

[9] 和：协调，和谐。平：声音高低分明。

[10] 依：依次，伴随。

[11] 於（wū）：叹词。赫：显赫。

[12] 穆穆：和美貌。

[13] 庸：通“镛”，大钟，用作乐器，属于打击乐。庸鼓：钟和鼓。斁（yì）：声音盛大的样子。

[14] 万舞：手持兵器、乐器、羽毛进行表演的舞蹈。奕：盛大。

[15] 嘉客：指参加助祭的客人。

[16] 不（pī）：通“丕”，谓大。夷：平静。怿（yì）：愉快。夷怿：平静愉快。

[17] 昔：从前。自古在昔：从古代，在过去。

[18] 先民：指前辈祖先。有作：有所作为，有建树。

[19] 温恭朝夕：从早到晚，温和恭敬。

[20] 执事：从事工作。恪（kè）：敬谨。

[21] 顾：光顾，光临。烝：冬天祭祀。尝：秋天祭祀。

[22] 将：奉献，进献。

【译文】

多么高亢多么繁富，设置的是我带柄的摇鼓。击鼓声音宏大，使我列祖列宗欢娱。成汤的裔孙来到，请神保佑我成功。摇鼓声音多变，管乐响亮高鸣。既协调又高低分明，依从的是击磬之声。显赫的成汤裔孙，那乐曲和美动听。敲钟击鼓声音洪亮，表演万舞是盛大的规模。我有助祭的嘉宾，也都很平和快乐。从古代开始在从前，先人就已有了建树。从早到晚温和恭敬，做起事情认真严肃。请神灵光顾我们秋冬的祭典，这是成汤裔孙所进献。

【品鉴】

这首诗选自《商颂》，是殷商王朝及后来宋国君主祭祀祖先通用的歌诗。

《礼记·郊特牲》在叙述祭祀之礼时写道：

> 殷人尚声，臭味未成，涤荡其声。乐三阕，然后出迎牲。声音之号，所以诏告于天地之间也。

《那》诗充分体现出殷人尚声的特点。首先，所用的乐器种类繁多，有鼓、钟、管、磬，分别属于打击乐和吹奏乐两大类。其次，各种乐器

商颂

所演奏的曲调，都是以宏大见长，猗与、简简、嘒嘒、有斁，都是声音宏大之象。再次，强调各种乐器及声调的协调，开头的“猗与那与”，指的是鼓声高亢而繁多，体现的是高和多的结合。中间的“既和且平，依我磬声”，鼓、管都是和磬声相互配合，构成和谐的乐章，突出各种乐器之间的协调。与乐曲响相伴随的是万舞，同样属于祭祀尚声，是以声娱神。《那》诗首先叙述祭祀所用的乐器及歌舞的场面，最后结尾两句是“顾予烝尝，汤孙之将”，确实是以乐曲声诏告天地之后再奉献祭品，与《礼记·郊特牲》的相关记载可以相互印证。

这首诗对于祭祀的目的交代得很清楚，为的是祖先神“绥我思成”，保佑商汤的后裔事业成功，是向神灵祈求福祉。后面则是对英雄祖先的赞扬。他们每天都温和恭谨，恪尽职守，是后代子孙效法的好榜样。在赞扬祖先的同时，也暗示主持祭祀者将要继承祖先传统，励精图治，珍惜祖先创立的基业。

关于《那》诗的产生时代，学术界有两种看法。一种观点认为它是殷商时期就已经存在的祭歌，产生的年代很早，后来为殷商后裔的宋国君主所沿用。另一种观点则认为它是宋国宫廷的祭祖歌诗，产生于宋国建立之后，具体时间段应在西周到春秋时期。

图书在版编目（CIP）数据

诗经品鉴（插图本）/李炳海编著.
北京：中国人民大学出版社，2010
（大众阅读系列）
ISBN 978-7-300-12501-5

Ⅰ.①诗…
Ⅱ.①李…
Ⅲ.①诗经-文学研究
Ⅳ.①I207.22

中国版本图书馆 CIP 数据核字（2010）第 141172 号

大众阅读系列
诗经品鉴（插图本）
李炳海　编著
Shijing Pinjian

出版发行	中国人民大学出版社		
社　　址	北京中关村大街 31 号	**邮政编码**	100080
电　　话	010－62511242(总编室)		010－62511398(质管部)
	010－82501766(邮购部)		010－62514148(门市部)
	010－62515195(发行公司)		010－62515275(盗版举报)
网　　址	http://www.crup.com.cn		
	http://www.ttrnet.com（人大教研网）		
经　　销	新华书店		
印　　刷	涿州星河印刷有限公司		
规　　格	155 mm×235 mm　16 开本	**版　　次**	2010 年 11 月第 1 版
印　　张	18.25 插页 9	**印　　次**	2010 年 11 月第 1 次印刷
字　　数	284 000	**定　　价**	39.80 元